조르바를 찾아서

발칸을 가다
나는 자유다

발칸반도 7개국(튀르키예, 그리스, 알바니아, 몬테네그로, 크로아티아, 슬로베니아, 보스니아헤르체코비나) 배낭 여행기

조 르 바 를   찾 아 서

발칸을 가다
나는 자유다

이학근 李學根 지음

좋은땅

해외여행을 내 방식으로 해 보고 싶었습니다.

60년대, 70년대 전국 여행을 배낭 메고, 버스나 기차를 타고 무전여행을 했듯이, 예전에 우리네 시골 마을 혹은 산골 명산을 찾아가서 텐트 치고 밥 지어 먹고 했던 기억을 추억 삼아서 가면 안 될까 하는 마음으로 갔습니다.

그 나라의 문화와 풍습을 보고 듣고 그들의 생활을 체험하고 싶었습니다. 그들의 문화와 생활은 우리와 다를 것이니, 내가 먼저 그들의 문화에 흡수되어야 한다는 생각과 각오는 하고 갔습니다. 경제적으로 그들에게 흡수되면 정말 좋지마는 나는 돌아와야 하고 이방인이니 어려운 일이라 생각합니다. 그들이 나를 받아 주어야 가능한 일이기도 하기 때문입니다. 적어도 경제적으로 그들에게 의존하지 않는다는 마음은 분명하였습니다.

가능하면 문명이 덜 발달한 곳을, 가능하면 과거에는 문화적으로 우수했던 지역을 택해야 했습니다. 우리보다 아직은 소득이 낮은 국가로, 과거는 우리보다 역사와 전통이 앞선 나라로.

해서 선택한 곳이 바로 발칸반도의 국가들이었답니다. 튀르키에 서부 해안을 포함한 발칸은 기원전 수천 년의 역사를 가진 곳입니다. 희랍신화에 등장하는 유적부터 호메로스의 일리아드 트로이 전쟁, 동로마·서로마제국, 베네치아공화국, 로마제국, 오스만제국, 일차대전·이차대전, 유고연방의 해체와 내전, 동·서유럽의 각축장으로 화약고라는 별칭까지 있는 지역입니다. 종교적으로 희랍신화와 문명이 존재하며 기독교, 이슬람교, 동방정교의 다양성이 있고 현재는 어려운 여건이지만 균형을 이루어 공존하는 지역이기도 합니다.

별로 준비 없이 갔습니다. 가서 익히고 득하고 그리하여 생존했습니다. 경험하는 동안 즐거웠지만 감히 돌아와서는 생존이라고 말하는지 모르겠습니다. 지금 생각하면 생존이었구나 싶지만 그때는 재미있어 행복했고 즐겼습니다. 아무도 말해 주지 않았고 아무도 도와주지 않았습니다. 내 스스로 체득하고 알아냈고 해결했습니다. 그곳에 사는 많은 현지 사람들이 나와 함께해 주었기에 감사하고, 잊지 못하고 그리워합니다. 남은 것은 여기 적힌 여행 일기와 사진이지만 영원히 잊지 못할 일들은 그들이 보내 준 따뜻한 인정과 배려의 마음입니다. 다시는 못 만날 사람들, 다시는 안 생길 일들, 이제 와 생각하니 그 순간순간들이 머무르고 싶었던 순간들이었노라, 이 일기를 책으로 묶는 이유는 내가 오래오래 자주 열어 보고 기억하고자 이 책을 발간하노라고 말합니다. 한 순간, 하루하루, 한 곳 한 곳, 모두가 소중하고 추억하고 기억하고 싶습니다.

나에게는 나의 일들이 중요하듯 이 글에 공감하고 해외여행을 하고자 하는 사람은 그들의 여행 방식이 있을 것입니다. 그들이 같은 장소를 방문하더라도 같은 감회는 불가능하겠지요. 이 글에서 보여 준 단순한 사건들이 여행 체험에 도움이 된다면 하는 바람입니다.

책을 엮기에 내용들이 많이 부족합니다. 어떤 점을 알리면 좀 더 효과적이고 도움이 될지 모르니 그냥 내 생각대로 담았습니다. 다만 이런 여행도 있고 가능하구나 하고 용기를 얻는다면 그 또한 기쁨입니다. 혹자는 여행 후일담 이야기 마당을 열라고도 합니다. 요약과 정리가 부족하여 이 또한 어려움이 있어 주저합니다. 책은 재미있어야 한다고 말은 합니다. 그러나 재미있는 책 쓰기가 그리 쉽습니까? 그러니 읽기 쉬운 책이라도 되었으면 합니다. 감사합니다.

2024년 선유동천 달아랑 느티나무책방에서
안봉처사 이학근

조르바를 찾아서 발칸을 가다 나는 자유다

목차

서문   - 4

■ **여행 일정 및 경로**   - 8

■ **발칸을 가다**   - 10

  1. 고대문명의 제왕 튀르키예   - 11

  2. 에게 바다에 핀 문화 크레타와 그리스를 찾아가다   - 85

  3. 아직은 서구에 물들지 않아 아름다운 나라 알바니아   - 211

  4. 아드리아해의 진주 몬테네그로 포드고리차, 코토르   - 221

  5. 쪽빛으로 물든 해안을 따라 크로아티아 두브로브니크,

     스플리트, 자다르, 플리트비체 그리고 자그레브   - 235

  6. 목축의 나라 슬로베니아 류블랴나 그리고 블레드 호수   - 261

  7. 여행의 백미 보스니아헤르체고비나 사라예보 그리고 모스타르   - 271

  8. 찾아갈 곳이 있는 이스탄불   - 283

■ **여행 수단 및 방문 도시별 일정**   - 294

■ **조르바에 대하여**   - 297

  후기   - 298

여행 일정 및 경로

1. 출발: 2024년 5월 24일
2. 귀향: 2024년 7월 6일
3. 방문국: 튀르키예, 그리스, 알바니아, 몬테네그로, 크로아티아, 슬로베니아, 보스니아헤르체고비나. (7개국)
4. 여행 경로(도시별):

인천 - 이스탄불 - 튀르키예 부르사 - 차나칼레 - 트로이- 이즈미르 - 베르가마(페르가몬) - 쿠사다시 - 에페스 - 셀축 - 데니즐리 - 파묵칼레 - 데니즐리 - 쿠사다시 - 그리스 사모스섬 피타고레이오 - 그리스 사모스섬 바티 - 그리스 아테네 피레우스항 - 크레타 이라클리온 - 니콜라스 이스트로 - 시티아 - 리치티스 고르지 - 니콜라스 이스트로 - 크레타 이라클리온 - 크레타 하니아 - 크레타 키사모스 - 크레타 이라클리온 - 칼라미 - 크레타 수다항 - 아테네 피레우스항 - 아테네 - 델포이 - 티바 - 레이아노클라디 - 라미아 - 레이아노클라디 - 라리사역 - 리토호로역 - 리토호로타운 - 올림포스산 - 리토호로 타운 - Rritsa Litochoro Beach - 리토호로역 - 라리사 - 알바니아 티라나 - 알바니아 두러스 - 몬테네그로 포드고리차 - 코토르 - 크로아티아 두브로브니크 - 스플리트 - 자다르 - 플리트비체 국립공원 - poljanak - 플리트비체 국립공원 - 자그레브 - 슬로베니아 류블랴나 - 블레드 - 류블랴나 - 자그레브 - 보스니아헤르체고비나 사라예보 - 모스타르 - 사라예보 - 이스탄불 - 인천

5. 준비물: 배낭, 겉옷 두 벌, 휴대폰, 체크카드, 소화제(평소 복용하던 것), 500유로, 각 나라 지도 및 가이드북 낱장, 한화 오만 원.

구글 지도에 기록된 방문한 도시들의 위치

발칸을 가다

1. 고대문명의 제왕 튀르키예

2. 에게 바다에 핀 문화 크레타와 그리스를 찾아가다

3. 아직은 서구에 물들지 않아 아름다운 나라 알바니아

4. 아드리아해의 진주 몬테네그로 포드고리차, 코토르

5. 쪽빛으로 물든 해안을 따라 크로아티아 두브로브니크, 스플리트, 자다르, 플리트비체 그리고 자그레브

6. 목축의 나라 슬로베니아 류블랴나 그리고 블레드 호수

7. 여행의 백미 보스니아헤르체고비나 사라예보 그리고 모스타르

8. 찾아갈 곳이 있는 이스탄불

조르바를 찾아서 발칸을 가다 나는 자유다

1. 고대문명의 제왕 튀르키예

피에르 로티 언덕에서 바라본 이스탄불 금각만

차나칼레 항구의 트로이 목마

5월 24일

그냥 나선다.

이번에는 지리산이 아니고, 한때는 세계의 화약고라던 발칸반도, 튀르키에 이스탄불 공항으로 나선다. 산에 지고 가던 배낭 메고, 야간 버스 두 번 갈아타고, 인천공항 탑승 게이트 앞에 네 시간 전에 와서 먼저 가는 비행기 한 대 보내고 다음 비행기를 기다린다. 모자란 잠은 열 시간 타고 갈 비행기에서 와인에 취해 자면 된다. 사실 나는 장시간 항공기를 타는 데 익숙하고, 시차 적응에 능숙하다. 산에 갈 때 지는 배낭보다 작은 걸 메고 걸어 보니 가볍고 허허롭다. 작아도 한 달 보름 용품이 다 들어 있다. 산에 갈 때보다 가벼운 이유는 먹고 자는 일을 준비하지 않으니 얼마나 편안하고 가벼운가. 튀르키에 이스탄불로 들어가서 크로아티아, 그리스 세 개 나라 문화와 인문학 그리고 자연 탐방이다. 어디를 가서 뭘 봐야 하는 건 없다. 6주를 떠돌며 살아 보는 체험이다. 굳이 그곳을 택한 이유를 대자면, 크레타섬에 가서 희랍인 조르바를 만나고, 신들의 산 올림포스산을 오르고, 동서양이 만난다는 이스탄불이란 도시를 보며 호메로스의 트로이 전쟁터를 보고, 지중해와 에게해 그리고 흑해와 보스포루스 해협을 항해하는 유람선을 탈 것이다.

《그리스인 조르바》의 첫 장면처럼 야간 선박으로 크레타 하니아항으로 입항하여 크레타 문호 카잔차키스 무덤을 보고 이라클리온항에서 아테네로 귀항을 해 볼 것이다. 그리고 산토리니섬을 지나 튀르키에의 쿠사다시로 들어갈 것이다. 가능하다면 크로아티아 이오니아해, 아드리아해 해안선을 따라 몬테네그로 포드고리차를 지나 알바니아 국경을 넘어 그리스로 내려올지도 모른다. 시간이 된다면? 도시보다 시골로, 그리고

조르바를 찾아서 발칸을 가다 나는 자유다

대중교통을 이용한 이동, 민박을 이용한 문화 체험이다.

　나의 해외여행의 기초에는 흑백 사진이 나오는 《김찬삼의 세계여행》이란 오지를 체험한 오래된 책이 있었다. 1960년대 해외 배낭여행 탐험가 시초라고 할 인물이 김찬삼 씨였다. 나는 이 전집 책을 고등학생 시절, 친구 집에서 읽었던 기억이 있다. 남태평양 사모아, 아프리카, 동남아 등등 오지 국가를 탐험한 위대한 여행가였다. 나는 아직 인천 국제공항이다.

이스탄불 구도심의 공원

5월 25일 이스탄불

　이틀 밤을 거리와 버스와 비행기에서 보내고, 사흘째 이스탄불 숙소를 얻어 밤이 왔는데 웬걸. 자정이 지난 시간 눈이 점점 말똥말똥해진다. 이런 젠장. 오늘 밤은 푹 자야 하는데 말이다. 휴대폰 데이터용 심카드도 사서 끼우고 이스탄불 구시가지 술탄이 살았던 회교 사원 이른바 모스크가 군집한 지역 악사라이 숙소의 독방에 누웠는데 잠은 올 기미

가 보이지 않는다. 어쩔거나. 이렇게 사연이나 적어 보내며 시간을 보내
보자. 내일 낮에 잠이 오면 그때 자기로 하고, 여기서는 웬만하면 걸어서
다 볼 수 있는 지역이다.

무얼 봤느냐가 중요하지 않다. 무엇을 했느냐가 더 중요하다. 보고 느
끼는 것과 하고 느끼는 것은 천양지차라고 나는 생각한다. 오늘은 큰 모
스크 세 개를 보았는데 이름도 잊었다. 숙소 호스트가 직접 가이드를 해
주었는데 그는 설명을 해 주다 기도 시간이란다. 기도에 참여한다고 해
서 나도 같이 기도를 올렸다. 나는 그냥 곁눈으로 그들 사이에 끼여 일
어섰다 앉았다, 절을 했다가 중얼거리다가 또 두 손바닥으로 얼굴을 비
비다가, 한국어로 된 코란 한 권을 선물로 받았다. 여행 서적에서 읽었던
그 이야기들의 현장인데 이름들은 비슷하여 기억이 되지 않았다. 오늘
은 여기까지 적는다.

언덕 위 술레이만 모스크가 보인다

조르바를 찾아서 발칸을 가다 나는 자유다

5월 26일

일기처럼 글을 매일 올려 두자. 자고 깨니 새벽이다. 한 이틀 잠을 몰아서 깊고 길게 잤다. 어제 오전에는 배낭은 숙소에 두고 맨몸으로 아야 소피아 성당을 걸어서 찾아갔다. 방향을 대강 익혀 언덕을 넘어 동남쪽을 향해 걷다 보니 멀리 보일 것이라 상상했는데 모스크가 지천으로 있는 이곳 이스탄불에서는 불가한 상상을 한 것이다.

한 시간이나 걸려 걸어가니 수많은 군중이 광장과 매표소 앞에 줄을 이어 서 있다. 어디가 매표소인지 어디에 줄을 서야 하는지 물어 찾는 것도 힘들다. 그들도 나처럼 잘 모를 것이니. 줄이 이쪽도 있고 저쪽도 있다. 아무 줄이나 그냥 긴 꼬리 하나 끝에 섰다. 이 줄의 머리 쪽은 어디로 가는지 사실 보이지 않는다. 그냥 서면 어느 쪽이든 그쪽으로 가면 된다는 내 오랜 경험의 결과임을 이제야 알게 되었다. 잘못된 일은 없었다는 내 경험. 왜냐면 잘못될 일은 잘못되는 일이 생길 결과를 전제했기에 생길 수 있기에. 아무 일도 안 하면, 아무 일도 생기지 않는다. 그래서 무슨 일을 정하고 했으니 잘못되는 일도 생기는 것. 마치 궤변 같은 말을 하는지도 모르겠다만.

입장 줄이었다. 미리 예약한 표를 휴대폰에 담아 온 사람, 단체로 인솔되어 온 사람, 나는 아무 준비도 안 된 사람이다. 미리 준비하지 않았던 사람은 저쪽 입장권을 파는 곳에 줄을 서야 한다. 줄을 선 채 인터넷 사이트를 찾아 결제 시도를 했는데 안 되고 말았다. 이젠 줄을 다시 갈아타야 했다. 갈아탔다. 시간이 지나니 매표소 입구가 나왔다. 해서 돈을 냈더니 1,200리라를 내라고 했다. 숫자를 잘못 알고 돈을 주었는데, 직원은 유로는 안 받는다고 해서 돌려받고, 소지했던 리라로 표를 샀다. 나에게는 잘못된 일은 아무것도 발생하지 않았다. 다만 입장하는 데 긴 시간이 걸렸을 뿐이다. 사는 일이 여행이기 때문이다.

아야소피아 성당 내부, 이층에서 찍은 사진

아기를 안은 성모마리아 모자이크, 아야소피아 1층

자세히 이야기하면 글이 길어져 일기가 안 될 것 같으니 이만 줄이겠다. 어차피 소비해야 할 시간을 입장하는 데 사용했다. 성당 내부를 더 오래 구경해야 하는데 줄을 서 기다리는 데 더 많은 시간을 보낸 것 같았지만 나에게는 상관없는 일이었다. 다른 구경을 하나 줄 서는 일을 하나 이곳 공기 속에서, 아니 분위기란 말이 맞을 것 같다. 어쨌거나 이 분위기 속에서 보낸 시간은 같기에. 이층만 관람이 되고 일층은 내려가지 못했다. 돔을 받치고 선 네 개의 기둥을 만져 보고 싶었는데, 줄을 따라 걸어가다 일층으로 내려가나 보다 하고 따라 내려갔는데 출구가 나왔다.

조르바를 찾아서 발칸을 가다 나는 자유다

허망했다. 이층으로 되돌아갔다. 인증 사진이라도 찍고 나와야지 싶었다. 그래서 올라가서 찍었다. 뭐 찍은 사진을 보니 어느 모스크나 별반 차이가 없다. 인산인해로 붐비는 톱카프 궁전 그리고 블루 모스크를 보고, 식당을 찾아서 처음으로 메뉴에서 음식을 골라 튀르키예 맥주 한 병과 한 시간을 들여 늦은 점심을 먹고 한낮의 땡볕을 피해 걷기 대신 트램을 탔다. 자고 깨니 새벽이다. 시차 적응은 이제 어쩔 수가 없나 보다. 자유인이 되어 잠도 자유 시간이니, 3시 반이다. 한국은 여섯 시간을 더하니 저녁 9시 반일 거다. 어제 늦게 마신 튀르키예 커피 한 잔이 문제일 거라 생각한다. 이스탄불 골든혼(金角灣, 금각만)이 내려다보이는 피에르 로티 전망대에서 내려다본 경치에 취해 마신 튀르키예식 커피 한 잔. 꼭 따뜻한 커피를 마시고 싶었기에. 그 멋진 전망의 분위기에 맞는 진한 커피를.

톱카프 궁전에서 바라본 보스포루스 해협

돌마바흐체 궁전에서 바라본 예니카프항

갈라타 다리 위의 낚시꾼들

어제는 아침 6시에 나서서 트램을 타고 신시가지 카바타쉬 종점까지 갔다. 갈라타 다리를 걸어 볼 작정으로 트램을 탔는데 가다 마음이 변해 종점까지 가 보고 돌아오는 길에 갈라타 다리 구경을 할 참이었다. 종점에 내려 보스포루스 해협이 잘 보이는 카바타쉬 선착장을 찾았고, 주유소 근처에서 길을 묻고 있는 대구 아주머니 두 분을 만났는데 내가 마침 다녀온 카바타쉬 선박 터미널을 찾고 있어 안내를 해 주게 되었다. 나도 내일은 부르사로 가야 하니. 그들은 당일 10시 배표를 사고, 나는 내일 표를 사고자 했으나 월요일인 내일은 여기서는 배가 없고, 내가 머무는 악사라이 근처 예니카프 선착장으로 가면 내일 배로 부르사로 갈 수가 있다고 한다.

두 중년은, 언니는 나보다 나이가 많았고 동생분은 적었다. 그들도 좌충우돌 일단 부딪혀 보는 것이었다. 그들은 그리스를 들러 이탈리아 시칠리아섬까지 가겠다는 의욕과 정열이 대단해 보였다. 한 달 여정이란다. 길거리 카페를 찾아 커피 한잔을 나누고 헤어졌다. 돌아오는 길에 갈라타 다리를 걸어 건너왔고, 낚시꾼들의 낚시도 구경하고 예니카프 선착장을 물어물어 찾았고 다음 날 오후 3시 부르사 가는 배표를 350리라에 예매를 했고, 또 구글 지도를 이용해서 악사라이 숙소로 돌아왔다.

조르바를 찾아서 발칸을 가다 나는 자유다

내일 오후에 이 길을 다시 되돌아가면 된다. 집에서 선착장까지는 걸어서 30분이다. 내일은 이곳을 떠나 튀르키예 아시아 지역으로 간다. 이곳은 튀르키예 유럽 지역이고 구도심이다. 악사라이 이 숙소로 돌아올 것이니 여행 중 사용하지 못할 짐은 두고 가야겠다. 귀국할 때 이스탄불로 다시 올 것이니까.

대구에서 여행을 온 자매를 만나

숙소에 와서 서너 시간 쉬다 금각만 피에르 로티 찻집을 찾아갔다. 오후 5시가 넘어서 피에르 로티 언덕을 찾아가는 방법을 숙소 주인이 친절하게 알려 주었다. 얼마나 멋진 자리인지가 궁금하기도 하지만 피에르 로티라는 프랑스 시인이 자주 찾아갔다는데. 버스 종점인 곳에 있었다. 내려서 모두들 케이블카를 타고 언덕을 올라간다. 나는 걸어 올라갈 생각이다. 두리번거리면서 케이블카 탑승구 쪽이 아닌, 언덕 위로 올라갈 산길을 찾아 경사가 심한 지름길 계단을 발견했다. 가파른 계단 양쪽으로 하얀 비석들이 즐비하다. 수백 개의 비석들이 있는 공동묘지이다. 그러나 어쩔거나. 숲속이라 저녁 어둠이 살짝 묻어 왔다. 낯선 곳이고 주변 환경이 으스스, 달리기 시작했다. 뛰면 공포감이 없어진다. 군대 시절에 야간에 보초 서고 돌아오던 방어진 공동묘지 생각이 난다. 올라가니 큰길로 올라오는 사람들과 만나게 되었다. 내려갈 때는 케이블카를 타야겠다. 벌써 경사진 찻집과 식당에는 사람들이 좋은 자리를 선점하고 있었다. 나이가 내 또래인 아저씨 한 분이 혼자 앉은 자리 곁에 양해를 구하고 같이 앉았다. 그는 이 고장 사람이었다. 많은 이야기를 들려주었지만 다 잊었다. 그는 이 시간에 자주 온다는 이야기만 생각이 난다. 오히려 그가 나에게 한국에 대해 더 많은 질문을 한 것 같다.

금각만이 보이는 피에르 로티 언덕에서

튀르키예식 커피 한 잔을 마시고 더 어두워지기 전에 하산했다. 당연히 케이블카를 탔는데, 멕시코 가족들이 같이 탔다. 내 옆자리에 앉은 아가씨가 영어로 말을 붙여 와서 사진을 같이 찍었는데 와서 보니 무척 활달하고 아름다운 아가씨였다. 200유로를 3,800리라쯤 되는 튀르키예 돈으로 환전하고 숙소로 와서 쓰러져 잤다. 자다 한 번 깨서 화장실 다녀와서 또 잤는데 열두 시간 잤다. 그리고 숙소에 있는 과일과 아이란과 따뜻한 히말라야 차를 끓여서 두 시간을 숙소 친구들과 먹고 마시고 놀았다. 이란인 무슬림이 주인인 이곳에는 비치된 알코올음료는 없었다. 비행기에서 내린 후 내가 마신 알코올은 맥주 한 병이 전부이다. 일단 글줄은 여기서 놓아야지. 자든지 일어나든지 하겠지.

조르바를 찾아서 발칸을 가다 나는 자유다

이스탄불 악사라이 무슬림 숙소에서 그들의 저녁 식사

금각만(골든혼)을 사이에 두고 피에르 로티에서

5월 27일 부르사

아르무틀루Armutlu라는 곳을 부르사인 줄 알고 배에서 내렸다. 이스 탄불 구도심 카바타쉬에서 타고 두어 시간 가자 배가 처음으로 도착했 고 사람들이 일어나서 우르르 내리기에 따라서 내렸는데. 부두에서 어 느 분께 부르사 가는 버스를 물었더니, 바다 건너 도시를 가리키면서 저 기가 부르사라고 하는 것 같았다. 나는 노란 버스가 그곳에 있는가 했는 데 누군가가 배를 다시 타라고 소리친다. 놀라서 배를 향해 뛰어 내려가 니, 올렸던 갑판을 선원이 다시 내려 발판을 건넜다. 한순간에 나는 이곳

아르무틀루에 버려질 뻔했다. 다시 배를 타고 나는 부르사로 가고 있다. 하하하, 내려서 부르시인 줄 알고 찍은 사진 두 장이 증거로 남았다.

부르사 가는 배 타는 예니카프항

　배 안에서 당연히 튀르키예인이겠지 한 사람들이 자기들은 쿠르드 사람이란다. 자기들이 사는 곳 사진을 보여 주었는데, 내가 좀 친근하게 대하자, 자기 민족들을 좋아하냐고? 나는 말을 걸 때는 한국 사람들 튀르키예 사람 좋아한다고 했는데. 자기들도 좋아하냐고 물어 와서 난민족이라 좋아한다는 말은 못 하고 무서워지기 시작하는 거야. 혹 납치당할 것도 같고. 계속 이야기를 걸고 해서, 자는 척도 해 보다, 찬스 봐서 자리를 옮겼다. 산악지 메마른 동굴 같은 곳에 은신해 사는 민족이잖아. 재수 없으면 잡혀 가는 거지. 그들은 납치가 일도 아닌 걸로 아는데? 하여간에 수난의 시작일지도. 그들은 내 말을 하나도 모르고, 나도 그네들 말 하나도 모르는데, 이 정도로 소통 능력이 돼야지, 세계 여행을 다닌다고 하지. 영어 잘한다고, 한국말 잘한다고, 여행 잘 다닌다고 하는 자는 초짜야.

　　　　　　　　　　　조르바를 찾아서 발칸을 가다 나는 자유다

부르사 가는 배에서 만난 쿠르드족

5월 28일

일어나니 새벽 4시. 다 잔 것 같다. 오전에 이 도시 부르사를 섭렵하고, 오후 버스로 차나칼레로 갈 것이다. 네 시간 버스를 타야 하는데, 버스는 좀 고민스럽다. 이제부터 튀르키예 내륙 여행을 시작하는데 버스 타기도 적응해야지. 어제는 부르사항에서 노란 버스인 시내버스를 타고 구글 지도를 이용해서 숙소에 왔는데, 버스 하차 지점을 몰라 젊은이의 도움을 받아 중간에 내려 트램으로 갈아타고 왔다. 숙소는 시내 새 건물에 있었고, 손님은 나 혼자이다. 저녁 식사는 식당을 찾아 눈으로 보고 지적하여 먹었다. 200리라로, 술을 파는 식당은 찾기 힘들다. 여기는 부르사의 신도시 같은 곳이다. 건물들이 새로 지어진 곳이고 지금도 도로와 건물이 들어서고 있었다. 역에서 내려 여기까지 제법 걸어서 왔고 산이 안보이고 사방은 넓었다. 숙소 근처까지 와서 집을 찾는데 힘이 들었다. 왜냐면 호스텔이란 곳이 방 몇 개를 숙소로 개조하여 인터넷 숙소 사이트에 알려 게스트를 받는 곳이라 일반인들이 찾아오는 곳이 아니기 때문이다. 건물 모양 보고 알 수가 없는 곳이다. 간판도 없다. 연락이 겨우 닿아 호스트기 니와서 찾을 수 있었다. 히여간에 우여곡절 끝에 왔다.

부르사 숙소로 가는 길을 알려 주고 떠난 두 청년

부르사 식당에서 먹은 튀르키예 식사

아, 부르사여! 이스탄불을 떠나 처음 찾는 도시. 그러나 아직은 시작이고 나는 트로이로 가고 있다. 저녁을 튀르키예 음식을 파는, 현지인들이 이용하는 곳을 찾아서 잘 먹었다. 내일 아침을 여기 와서 먹어야지 하였다. 술 파는 주류 전문점에서 맥주 한 병을 사서 숙소로 돌아와 혼자 마시고 잤다. 커피와 짜이만 매일 마셔대니, 속이 쓰리다. 술은 없고, 술보다 더 독한 놈이 이 두 놈인데, 나는 그러네. 그래서 커피, 짜이 아닌 것 같아서 시켰는데, 따뜻하고 맛도 달고 좋은데 이름을 모르겠네. 그림 보고 시켰더니.

부르사에서의 기억은 너무도 허망하다. 젊은이 두 사람의 천사 같은 은혜를 입어 내가 가야 하는 버스 정류소를 자기들이 같이 갈 수 없으니 자기들이 탈 트램에 날 태워서 내릴 역을 알려 주어 나만 내렸다. 트램은 이용권을 미리 사야 해서, 트램 비용도 그들의 트램 카드로 대신 결제를 해 주고, 내가 내릴 역 홈에서 작별을 하였다. 그들에 대한 내 감사의 기억은 저녁 6시 반에 트램에서 찍은 사진 한 장이 전부이다. 와서 얼굴을 다시 보니 참 순한 얼굴이다. 트램 기차역에 내리니 사람들은 사방으로 흩어져 어디가 역사인지를 알 수가 없었다. 나는 다시 이방인으로 홀로 남겨진 고아가 되었다. 구글 지도로 길을 찾아가는 법도 미숙하고 또 여기가 대체 어딘지도 알 수가 없다. 내가 미리 예상하고 온 곳이 아니기에 정말 용기 하나 믿고 그냥 온 것이다. 그것도 오늘이 첫날이다. 이스탄불을 떠나서는. 그냥 철길을 가로질러 밖으로 나갔다. 개찰구도 없고 출구도 없었다. 철길 좌우로 자기 가고자 하는 곳으로 그냥 나가면 된다. 그래서 나도 그냥 가까워 보이는 길 쪽으로 나가니 길을 걸어가는 사람도 없다. 철길 따라 걸었다. 건물이 많은 쪽으로. 그러고는 물어물어 지도에 찍힌 숙소 위치를 보여 주고 묻고 또 사람 보이면 묻고, 어쩔 것인가? 전화를 걸 수가 없다. 내 휴대폰은 통화가 되지 않는 폰이다. 그리하여 삼십 분 정도 걸어서 숙소를 찾았고 호스트에게 메시지로 연결되어 숙소 앞에서 만났다. 사진을 보고 내가 그날의 일들을 복기해 냈다. 첫날의 추억들은.

다음 날 아침, 숙소에서 내가 차린 간단한 조식을 먹었고, 호스트는 오전 8시 반에 나를 버스에 태워 주었다. 나는 교통카드가 없으니 호스트가 버스에 날 태워 주고 카드로 결제를 해 주고 갔다. 고마운 일이다. 그

부르사 버스 터미널

부르사 터미널 식당, 원하는 것을 눈으로 보고 선택

도 이런 직업(여기 젊은이들이 아파트나 집을 빌려 숙박업을 한다)을 시작한 지 얼마 되지 않았다고 열심히 해 보겠다고 숙소 홍보를 부탁하였다. 터미널에 9시 반경에 도착하여 11시에 구내식당에서 튀르키예식 음식을 골라 먹었다. 아무래도 점심을 먹을 시간이 없을 것 같았다. 부르사 버스 터미널은 넓고 좋았다. 차나칼레 가는 버스를 탔다. 아마 11시 반 차나칼레 가는 버스인데 부르사에서 출발하는 버스가 아니라 경유하는 버스이지 싶다. 버스는 시설이 좋았고 차장이 승객에게 음료와 간식을 서비스하고 쾌적하였다. 해안선을 따라 가는 버스에서 다르다넬스 해협을 구경하며 갔다. 1915차나칼레대교를 지날 무렵 바다는 반대편 육지와의 거리가 좁아졌다. 차나칼레 터미널은 시외곽지에 있었고 오후 3시 반이나 되어서 도착하였다. 시내로 가는 내가 탈 버스는 내가 얼

조르바를 찾아서 발칸을 가다 나는 자유다

찡거리는 사이에 떠났고 다음 버스를 30분이나 기다려 탔다. 차나칼레에서 시작되는 다르다넬스 해협은 마르마라해와 이어져 있고 마르마라해는 이스탄불의 보스포루스 해협으로 연결되어 있다. 아시아와 유럽을 연결하는 좁은 해협은 끝나고 비로소 바다는 에게해로 나가게 된다. 에게해는 다시 지중해가 되고 지중해는 나아가서 지브롤터에서 대서양으로 이어진다. 단적으로 말하면 지브롤터와 여기 차나칼레 입구를 막으면 지중해는 카스피해처럼 호수가 된다는 말이다.

차나칼레 트로이 목마 공원에서 정당 선거운동

차나칼레 바닷가 근처에 숙소를 잡았다. 트로이 목마가 전시된 차나칼레 해안에는 트로이를 보겠다고 오는 관광객들이 오긴 오는 모양인데 깨끗하고 아름다운 바닷가 도시였다. 트로이 유적을 보고자 하는 관광객은 여기서 출발하는 버스를 타야 트로이로 갈 수가 있다. 내 마음속에는 온통 트로이를 가는 일이 전부이다. 나는 수년 전부터 이따금씩 시간이 나면 구글 지도를 보고 차나칼레부터 트로이까지의 해안선을 따라 지명과 지형을 익히곤 했다. 그런 곳에 직접 찾아왔다는 감격은 가슴이 벅찰 뿐이다. 예약한 숙소에서 보내온 메시지와 구글로 튀르키예 부부가 경영하는 민박집 같은 집에서 따뜻한 환대를 받고 하루를 묵었다. 남편은 영어를 잘 못하지만 인정이 많았고 호스트인 아내는 영어를 잘 구사하였고, 앙카라에서 대학을 나왔다고 하였다. 고양이를 키운다며 몇 가지 주의사항을 당부하였다. 저녁에 숙소 호스트에게서 트로이 가는 버스를 어디서 타야 하는지를 물었고, 버스는 아침 7시 30분에 첫차가 있다고 해서 숙소에서 7시에 나왔다.

부르사에서 차나칼레 가는 버스 내 서비스

1915차나칼레대교

5월 29일 차나칼레, 트로이 유적지

다음 날 아침 일찍 차나칼레 가는 버스 시간을 확인하여 그들이 일어나기 전에 숙소를 나왔다. 시내 중심지 도로를 기준으로 남쪽으로 걸어서 30분, 버스 정류소는 고가도로 아래 공터처럼 생긴 낮은 곳에 있었다. 지상에서는 보이지 않아 묻지 않았으면 찾지 못할 뻔했다. 아무도 없었다. 버스도 없었다. 한 곳에 버스 시간표가 걸려 있었다. 차나칼레 출발 시간과 티바(트로이) 출발 시간표이다. 7시 반 첫 버스 시간. 버스는 30분이 지나 40분경 와서는 그냥 갈 뻔했다. 저만치 정차하고는 문도 안 열고 있었다. 내가 다가가서 묻자 타라고 한다. 내부에는 몇 사람이 타고 있었다. 어디서 출발해서 왔는지도 모른다. 간다고 하니 탔다. 그렇다. 나는 그렇다. 내가 알 수 있는 건 아무것도 없다. 다만 믿는다는 것이다. 믿을 도리밖에는. 그리고 즐겁다. 미지의 세계로 간다는 것이.

보스포루스 해협 차나칼레에서 건너 육지는 갈리폴리 반도

차나칼레에서 트로이 가는 돌무쉬 버스

나는 지금 그렇게 학수고대하고 끊임없이 그리워하던 고대 도시 목마의 전설이 있는, 트로이 전쟁 이야기가 있는 곳, 호메로스의 〈일리아드〉

에 나오는 트로이로 간다. 무엇을 볼 것인지는 그리 중요하지 않다. 나는 사학자도 고고학자도 아니다. 나는 여행가이다. 가는 일이 중요하다. 작은 미니버스는 어느새 사람들이 가득 탔고 버스가 트로이에 도착했을 땐 사람들은 중간에 거의 내리고 나와 젊은 두 사람이 내린 것이 모두였다. 그들은 트로이 유적에서 매표를 하고 관리를 하는 사람이었다. 그러니 이 버스를 타고 온 관광객은 나 혼자이다. 내려서 매표소에 섰다. 매표 시간은 앞으로 30분을 더 기다려야 한다. 나는 입장하기 전 대형 주차장을 돌며 잡초가 우거진 땅을 걸었다. 가끔씩 양귀비가 빨갛게 피었다. 눈에 확 들어왔다. 꽃양귀비가 피는 시기이다. 지금은 아주 드문드문 저절로 핀 양귀비에게 혼자라는 위로를 받는다. 사진을 몇 장 찍고 씨앗을 몇 알 얻고는 들어갔다. 입장료는 좀 비싸다. 그러나 대수냐? 몇십 배의 돈을 들여 여기까지 왔는데. 잘 알지 못하는 유적들을 데크길을 따라 한 바퀴 돌았다. 허물어진 성터와 돌들 그리고 군락 지어 핀 양귀비 그리고 오래된 무화과나무 그늘에서 간식을 먹었다. 가끔씩 단체 관광객들이 해설사를 대동하고 지나갔다. 나는 무심했다. 그들의 설명이 나랑은 무관했다. 알고 싶지도 않았다. 아, 그렇구나! 저 유적, 유물들이 기원전에 만들어진 것 그리고 이 언덕이 저 아래 평원과 바다 그리고 멀리 그리스와 연결되었구나. 독일인이 발굴하여 좋고 귀한 건 다 가져갔고 남은 것들은 트로이 박물관에 보관하고 여긴 크고 가치 없는 것들만 그냥 남았고 그 땅이 여기이니 와서 보고 끝이다. 나는 근처에 있다는 박물관은 들르지 않았다. 걷기도 싫었지만 입장료를 내고, 보고 싶지도 않았다. 두어 시간을 둘러보니 두 번을 돌았다. 허망하지도 않았다. 목표를 이루었다는 성취감이 가득하였다.

조르바를 찾아서 발칸을 가다 나는 자유다

트로이 유적지

트로이 유적지 입구 마당에 핀 꽃양귀비

트로이 유적지 내 유적들

　어떤 사람이 말했다. 트로이에서 아이바즉Ayvacik으로 가면 다음 목적
지인 이즈미르로 갈 수 있다고 했다. 보통은 트로이에서 다시 차나칼레
로 돌아와서 이즈미르 가는 버스를 탄다. 그러나 아이바즉으로 가는 버
스가 여기 트로이에는 없다. 여기는 유적지와 유적지를 관리하는 건물
이 전부다. 다시 말하면 식당도 없다. 간단한 매점이 유적지 안에 있을
뿐이다. 나오면 승용차를 타든지 올 때 타고 온 미니버스를 타고 차나칼
레로 갈 뿐이다. 여기서 4킬로를 가면 아이바즉 가는 버스를 탈 수 있다

고 한다. 그 4킬로를 배낭을 메고 걸어가 볼까? 나는 유적지를 나와서 주차장 관리인이 있는 주차장으로 갔다. 서니 사람이 모여 이야기를 하고 있는 중이다. 말을 걸었다. 그들은 알아듣지를 못한다. 그들은 차를 마시고 있었다. 나에게 차를 권한다. 나는 고맙다고 하면서 마시고 그냥 손짓, 발짓, 표정으로 의사를 전한다. 어떻게 그들은 내 의사를 알아내었는지 나는 모른다. 오토바이를 타고 온 한 아저씨가 있었다. 4킬로를 태워 달라고 했다. 돈을 준다고 하면서. 그는 경찰에 걸린다고 했다. 그러고는 그중 한 사람이 여기서 차나칼레로 돌아가는 미니버스를 타고 가다 도로 교차로 사거리, 역찰레Gokcali에서 내려 아이바즉 가는 버스로 갈아타면 간다는 것이다.

트로이에서 아이바즉 가는 길을 알려 준 관리인들

역찰레 삼거리에서 아이바즉 가는 돌무쉬를 기다리다

허 참. 신기하고 재미있네. 차나칼레 가는 버스가 오면 기사가 친구이

조르바를 찾아서 발칸을 가다 나는 자유다

니 이야기를 해 둘 것이니 그러하겠냐고? 그럼 고맙지. 그리하여 나는 그날 미니버스를 타고 산업도로 사거리 미니버스 정류소 표시도 없는 정류장, 역찰레에서 한 30분을 기다려, 어디서 오는지도 모르는 오직 아이바즉으로 간다는 미니버스를 타고 한 시간쯤 걸려 점심시간쯤에 도착하였다. 아이바즉에서 한 시간쯤 기다리는 동안 점심도 먹고, 이즈미르 가는 버스를 탔다. 아이바즉은 소도시이지만 아주 흥미로운 도시 같았다. 버스표를 미리 사고는 근처를 배회하였다. 할아버지들이 모여 차를 마시는 곳도 보고, 영어를 배운 청소년들이 버스를 기다리는 사이에 대화를 나누고, 어린아이들이 길을 걷는 모습을 사진으로 담기도 하고 오래된 회교 사원을 보기도 했다. 화장실에 들르기도 하고 작은 버스 터미널의 모습이 마냥 재미있었다. 우연히 들른 아이바즉은 오래 기억될 것 같다.

아이바즉 버스 터미널에서 만난 소년들

짜이를 마시고 있는 아이바즉 노인들

미소를 보내 준 아이바즈 어린이들

　이즈미르 가면서, 에게해 해안선을 따라 가면서, 작은 도시를 경유하면 내려 화장실도 들르면서, 버스 안에서 커피와 차 혹은 과자도 지급받아 먹으면서, 휴대폰 충전도 하면서, 이렇게 글도 쓰면서, 휴식도 취하면서, 졸기도 하면서, 네 시간이나 걸린다고 하니 버스 안에서 천천히 하고 싶은 일을 다 하면서 간다. 장거리 버스 여행이 급 좋아졌다. 나에게 호텔의 기능을 해 주는 곳이다. 내일은 페르가몬을 다녀와야겠다. 숙소는 그냥 이즈미르에 잡아 두고서, 당일로. 그럴까 생각 중이다. 저녁에 다시 생각하면 되는 일. 내일은 내일이 되어 봐야, 무슨 일을 하는지 알게 된다. 이즈미르에 도착하니 7시가 지났다.

이즈미르 가는 버스 내 승차권을 파는 차장 아저씨

　　　　　　　　조르바를 찾아서 발칸을 가다 나는 자유다

이즈미르 숙소는 버스 터미널에서 지하철을 타고 가야 했다. 호스트가 알려 준 역에서 호스트를 만났다. 젊은 호스트는 영어를 한마디도 못했다. 오직 구글 번역기로 대화를 나누었다. 좀 답답했다. 그렇지만 친절하고 저녁 식사도 숙소에서 튀르키예 집밥을 먹었다. 그는 무슬림이었다. 친구와 함께 호스텔 사업을 시작한 모양이다. 그는 다음 날 내가 탈 페르가몬으로 가는 버스를 타는 장소까지 데려다주고 갔는데 버스는 한참을 오질 않았다. 다행히 다른 도로에서 번호를 보고 길을 건너가 탔다. 뭐 중요한 것은 아니고 그럴 수도 있다. 현지인이라고 다 아는 것은 아니라는 말이다. 이즈미르의 기억은 그냥 저녁 늦게 와서 호스트 숙소에서 자고 일찍 일어나서 버스를 타고 떠난 것이 모두이다. 영어를 전혀 못 하는 호스트와 대화를 한다는 것은 정말 답답하였다. 차라리 없다면 그들은 내가 필요한 사항들을 미리 메모하거나 알려 놓았을 것인데. 마주 보고 번역기를 돌리며 정보 전달을 하는 것은 나로서는 무척이나 어려운 일이었다.

무슬림 청년이 운영하는 이즈미르 숙소 가정 식사

5월 30일 이즈미르 베르가마

지하철을 한 번 타고 다시 시내버스로 갈아타고 베르가마(페르가몬)로 가기 위해 이즈미르 버스 터미널에 왔다. 우여곡절 끝에. 베르가마 가는 미니버스는 매 시간 있었다. 베르가마 유적지를 보러 이즈미르 터미널에 도착하자 바로 떠나는 버스를 탈 수가 있었다. 미니버스는 별도의 작은 터미널이 있었다. 중심 터미널 입구 좌측에 있었고, 내가 탈 미니버스에는 손님들이 이미 가득 차 있었다. 남은 좌석이 있어 탑승하니 바로 출발하였다. 이런 미니버스를 돌무쉬라고 부른다. 사람들이 다 차면 떠나는 미니버스를. 한 시간 사십 분 걸린단다. 지금 9시 15분이다. 버스는 어제 내려온 도로를 따라 다시 북으로 올라가고 있다. 어쩔 수 없는 일이다. 아이바즉에서 이즈미르를 거치지 않고 바로 베르가마로 갈 수는 없었다. 그러나 오전 시간이고 멀지 않은 거리이고 이렇게 작은 버스로 간다는 것이 가벼운 여행 같아 좋았다. 어제 숙소에서 마중도 나오고 밥도 해서 먹여 주는 등 마음씨는 고왔지만, 손님 응대가 미숙하여 내 의사 전달이 무척이나 힘들었던 젊은이로부터 해방되었다. 다시 나는 자유다!

베르가마 식당 콩 요리 수프와 샐러드 그리고 요구르트

조르바를 찾아서 발칸을 가다 나는 자유다

가족이 경영하는 튀르키예 식당, 베르가마

점심때쯤 되어서 베르가마에 도착하였다. 미니버스에서 내려 구글 지도를 열고는 방향을 정해 걷는다. 도시는 크지 않아 맴돌아도 염려가 되지 않았다. 좌우를 다 걸어도 한 시간 이내이지 싶다. 이 숙소도 개인 아파트를 쪼개서 호스텔을 하는 곳인데 삼층 건물이 꽤나 크고 주인집은 나이 든 아주머니 혼자 사는 집 같았고, 손님 예약을 받는 호스트는 여기에 살지 않는 딸이지 싶다. 아주머니와는 눈짓이나 표정이나 사물을 들고 이야기를 해야 가능하고 어려운 질문은 예약한 호스트에게 메시지를 보내야 답이 온다. 시설은 가족용으로 사용하던 방을 가족이 오지 않을 때 빌려주는 집이다. 숙소 근처에 음식점들이 있어 입맛에 맞는 튀르키예 음식을 골라 먹을 수 있었고 가격도 저렴하였다. 햇살이 잘 드는 호텔식으로 꾸며진 방에서 세탁을 간단히 하여 방 앞 발코니에 널고는 시내로 나갔다. 여기에 무엇이 있는지를 알 수가 없었다. 베르가마란 곳이 하여간에 나가서 알아보아야 한다. 정찰이다. 길거리로 나서서는 그냥 볼 만한 곳으로 걷는다. 가족이 운영하는 식당을 만났다. 할아버지가 입구에 테이블을 놓고는 계산을 한다. 가게 주인인 셈이다. 돈은 이 한 분이 받는다. 다른 사람은 절대 안 받는다. 돈도 나가면서 주고 가야지 미리 받거나 손님이 앉아서 주고받지는 않았다. 음식을 먹고 앉아 있었는

데 주인 같은 할아버지가 짜이차를 보내 주었다. 물론 서비스로. 차 맛
이 좋았다. 공짜라서 그런지? 식사는 고정으로 여기서 하였다.

베르가마 아크로폴리스 가는 옛길, Tabaklar 다리

마을 찻집에 모여 노는 남자들

아크로폴리스는 높은 산언덕이라 잘 보였다. 오늘은 저 언덕을 오르
지 않는다. 그냥 어떻게 가야 하는지를 살피는 일이다. 사람들에게 물으
니 무슨 다리를 건너 올라가면 된다고 한다. 케이블카를 타라고 알려 주
기도 한다. Tabaklar 다리를 건너갔다. 아치 모양으로 개울물을 건너는
돌다리이다. 이 평범한 다리가 유명한 이유는 모르겠다. 마을 노인들이
모여 차를 마시고 마작 같은 게임을 하는 카페에 앉아서 그들처럼 따뜻
한 홍차를 마신다. 나는 홍차에 각설탕을 두 개 넣어 마신다. 꽃병 모양
으로 된 유리잔에 담겨 나온다. 말이 통하는 노인 한 분과 짧은 대화를
나누고는 일어섰다. 근처에 보이는 붉은 벽돌 성전을 찾아갔다. 건물은

석조가 아니라 벽돌로 지었는데 허물어져 지붕은 없었다.

베르가마 대성당 일명 붉은 벽돌 사원

붉은 벽돌 대성당에서 만난 튀르키예 교사들

베르가마 대성당 마당에 선 로마 건축물

박물관 카드가 없는 나는 매번 튀르키예 돈을 내고 입장을 했다. 박물관 카드는 박물관에서만 팔았다. 로마시대 건물이고 기원후 2세기경 건물이라고 한다. 대리석 기둥과 석조각상이 널브러져 있었는데 그냥 입을 다물지 못했다. 벽돌은 붉은 흙으로 만들었다고 하는데 구웠기에 아직도 모양을 유지하지 싶기도 하다. 오스만 시대에는 감옥으로 사용되었다고 한다.

　다음으로 찾아간 곳은 아스클레피온이다. 버스는 가지 않는다고 한다. 해서 택시를 탔다. 걸어서 갈 수도 있지만 한낮 시간에 멀기도 하고 언덕 위라 높기도 했다. 내리니 언덕 위 평원에 덩그렇게 매표소 하나가 있었다. 택시는 날 내려 주고는 바로 떠났다. 돌아가는 사람이라도 태워 가지 했는데 여길 오는 사람들 대부분은 자기 차로 오는 모양이다. 표를 사서 들어가니 입구에서 200미터 정도 도열한 원주형 기둥들이 진열되었고 사람들이 걸어 나오고 있었다. 이 시간에 나처럼 들어오는 사람은 없었다. 시간은 오후 4시를 넘었다. 기원전 4세기에 건립된 치료나 요양을 위한 시설이었다고 한다. 원형극장의 모습이 잘 보존되어 있었고 무대에서는 악단이 연주를 하고 있었다. 사람들은 그리 붐비지 않았다. 나는 극장 위 언덕 높은 곳으로 올라갔다. 언덕 뒤는 풀들과 나무들이 엉킨 산이었다. 멀리 판자 가옥이 보였는데 걸인들이 사는 곳 같았다. 올리브와 무화과, 대추나무와 자생하는 과수들이 있었다. 오래된 올리브나무 그늘에 앉아서 광장과 시설들을 내려다보았다. 시원한 바람을 맞고는 아리랑 노래를 한 곡 불렀다. 사람들이 모이면 불렀던 노래인데 오늘은 혼자서 듣고 혼자서 부른다. 한 삼십여 분을 쉬다 바라다 보이는 구조물, 즉 석조물을 여러 곳 둘러보았다. 목욕 시설이 있었고 무어라고 설명을 한 표지판이 있었으나 대개 건물의 원래 모습을 스케치한 그림 사진이었다. 기원전 환자를 치료하고 요양하는 곳으로 이용되었다고 하였다. 음료나 차를 파는 곳도 안 보였고 나오는 길을 따라 오니 입구와 다른 쪽에 버스가 한 대 와서 기다리고 있었고 사람들이 타고 있었다.

조르바를 찾아서 발칸을 가다 나는 자유다

아스클레피온

아스클레피온 원형극장

이런, 어서 타야지. 아니면 다시 택시를 불러야 하지 않는가. 얼른 차에 올랐다. 누군가가 와서 이 차를 타고 왔냐고 물었다. 나는 아니라고 했고 그럼 어디서 왔냐고 묻는 것 같았다. 나는 베르가마로 돌아간다고 올 때는 택시로 왔다고 하니 이 차는 베르가마로 가지 않는다고 하는 것이다. 그제야 '아, 이 차는 다른 도시에서 단체 혹은 투어 객을 모아서 온 버스이구나' 싶었다. 내릴 수밖에 없었다. 그래서 내렸다. 내려서 어디 갈 데가 없다. 낙동강 오리알이 되었다. 그냥 나무 그늘에 서서 그 차가 언제 떠나나 구경이나 하는 사람이 되고 말았다.

헌데 나에게 말을 해 준 그 여자분이 내 앞으로 찾아왔다. 그러고는 그 차에 다시 타라고 한다. 나는 어리둥절하게 되었다. 이런, 안 간다고 했는데. 그러나 이럴 때가 중요하다. 안 탄다고 하면 그냥 왜냐고 묻지 않는 것이 서양의 문화이다. 나는 어색하지만 군말 않고 이끌려 탔다. 고집 없는 아이처럼. 나는 비무장 차림이다. 배낭은 모두 숙소에 있다. 물병 하나 안 들고 있다. 그 여자는 기사에게 무어라고 이야기를 했고 다시 나에게 와서는 내려가면서 베르가마 입구에서 세워 줄 터이니 괜찮냐고 한다. 그럼 당연 괜찮지. 그럼 박물관 근처쯤 되지 싶었다. 속으로 콧노래가 나왔다. 모든 사람들이 이방인인 그리고 동양인인 나를 관찰하고 있는 것 같았다. 버스는 별로 크지도 않았고 사람들이 앉는 좌석도 창을 따라 양쪽으로 작은 의자가 놓여 있는 버스였다. 마치 오래된 시내버스 같은. 그래서 차에서 내려다보이는 아스클레피온의 평원, 즉 풀밭을 내려다보고 저 멀리 내일 가 볼 아크로폴리스도 보고 사진도 찍으며 내려왔다. 저녁 6시였다. 입장한 시간이 4시였으니 두 시간 구경하고 나왔다.

아스클레피온에서 베르가마로 태워 준 버스

친절을 보여 준 관광버스 가이드

조르바를 찾아서 발칸을 가다 나는 자유다

아스클레피온에서 바라본 건너 산 위 아크로폴리스

베르가마 도심 한낮의 맥주 카페

　베르가마 도심을 가로질러 도시 모습을 보았는데 도시는 정말 단아하고 깨끗하였다. 소도시지만 오래된 서구식 건물과 도로 모습이다. 나는 도심을 지나면서 경제적으로 부유하지는 않지만 대단히 세련된 그리고 정리 정돈된 환경이라는 생각이 들었다. 목이 말랐는데 옥외 그늘에 테이블이 놓인 술집들이 보였다. 이제 저녁 시간이구나. 나는 손님들이 맥주를 마시는 그늘이 좋은 가게 빈자리에 혼자 앉았다. 모두들 안주 없이 병맥주를 몇 병씩 놓고 마시고 있었다. 나는 저 병맥주 한 병이면 족한 주량이니 한 병을 시켜 놓고는 옆 테이블을 보니 두 남자가 빈 병 다섯을 모셔 놓고 두 병을 더 마시고는 담배 연기에 한가득 취해서 즐겁다. 석양에 비친 햇살에 익은 중년 남자의 모습을 보니 동질감이 스친다. 그래. 술을 마시면 저렇게 탁자에 빈 병이 쌓이도록 마셔야 되는데 나는 항상 왜 이런가? 그래. 오늘은 두 병을 마셔 보자! 한 병을 더 시키고는 말을 걸었다. 그들은 곧 합석을 제의해 왔다.

오케이를 부르고 잔을 들고 갔다. 이제 술판
이 벌어졌다. 그들은 이미 많이 마셨다. 두 사
람 모두 이곳 사람이 아니다. 일을 찾아 온 사
람이었다. 여기서 좀 멀리 떨어진 곳에 사는
데 방을 얻어 같이 생활을 한다고 했다. 아마
공사장에서 같이 일하는 사이 같았다. 한 사
람은 그런대로 영어를 알아들어 대화를 이어
갔다. 그러나 영어를 하나도 못 하는 사람이
더욱 말이 많다. 술이 가득 취해 그저 나랑 즐
겁다. 술을 권하고 튀르키에 말인지 아랍 말
인지 나는 모른다. 그러다 자기 반지를 뽑아
서는 내 손가락에 끼워 주고는 어깨동무로 난
베르가마에서 두 노동자와 합석
리를 친다.

안 받겠다고 돌려주어도 막무가내이다. 저녁 식사를 해야겠다 싶어서
좀 점잖은 사람에게 식사 주문이 되냐고 물으니 옆집으로 자리를 옮기
자고 한다. 그래서 옮겼다. 그리고는 내 음식을 여러 가지 골라서 주문
을 해 주고는 그들은 안 먹었다. 반지를 못 돌려주고 미안해서 내가 뭘
주어야겠다는 생각이 드는데 마땅한 게 없다. 그냥 차고 있던 전자시계
를 단숨에 풀어서 그에게 주고 말았다. 그는 고맙다고 하고 옆에 쓰러져
잔다. 나는 반지를 빼서 그의 손가락에 다시 끼워 주고는 우리는 헤어졌
다. 내일 이 시간에 여기서 다시 만나자는 약속을 하면서.

조르바를 찾아서 발칸을 가다 나는 자유다

저녁에 나는 다시 아침을 먹었던 식당에 가 보았으나 벌써 저녁 시간이 끝나 문은 닫혀 있었다. 저녁이라고 먹은 음식이 내 식성에 맞질 않았기에, 되돌아 나오는데 처음에 식당을 물어서 알려 준 가게에서 튀르키예 음식점에서 일하던 아주머니를 만났다. 그녀는 주인 할아버지 딸이라고 한다. 그래서 그녀의 남편도 그 집에서 가끔씩 일을 도와주곤 하는 모양이다. 자리를 잡고 앉았다. 무얼 시켰는지 기억도 없지만 그들의 작은 꼬마 아이는 중학생 정도로 보였다. 유일하게 그 아이가 영어를 하여 나랑 대화를 하고 부모는 지켜보고 기다리곤 했다. 기억에 오래 남은 시간이기에 여기에 기술한다.

영어를 하는 노동자

옆 좌석 아저씨 둘
빈 맥주병이 다섯이네
나도 오늘 저 친구들처럼
마셔 볼까나?
안주 없이
잔도 없이
병째 들이마시는
저 술꾼들
담배 한 대씩 손가락에 끼고서는
세상 저리 살아야 하는 것 맞지 않나?
내 사는 꼴이
부끄럽네!

누가 보랴?

보면 좋지

문이 열리니

피었네

귀한 꽃

반기네, 홀로

홀로 핀 양귀비

벌이 왔네

부럽군

어떤 꽃은

홀로

혹은 셋이네

타바크 다리를 건너 아크로폴리스 옛길을 찾아가다

조르바를 찾아서 발칸을 가다 나는 자유다

나는 아크로폴리스 고대도시 유적지에 있다. 베르가마란 도시를 우리
는 페르가몬이라 부른다. 영어식으로. 아침 7시에 산 아래 다리 Tabaklar
를 건너, 산비탈 마을 골목길을 따라 올랐는데, 마을이 끝나자 산속은 철
조망이 둘러쳐 있다. 산꼭대기로 올라가야 아크로폴리스에 들어갈 수가
있는데. 철조망을 따라 옆으로 난 숲길과 초지를 걸었다. 차가 올라오는
도로를 만나 갈림길에서 케이블카 타러 가는 길은 버리고 찻길로 걸어
올랐다. 도로를 따라 한 15분 걸으니 철문이 도로를 막았다. 문은 8시 30
분에 연다고 되어 있다. 지금은 8시 10분. 20분이 되니 승용차가 왔고 그
들도 기다린다. 30분이 되니 경비차가 와서 열쇠로 문을 열어 주었고 그
들은 근무를 하기 위해 초소로 들어갔다.

옛길은 철조망으로 둘러쳐 올라갈 수 없다

아크로폴리스 올라가는 도로 정문은 아직 닫혀 있다

한 아저씨가 걸어서 왔고 그는 먼저 와서 기다리던 승용차에 날 태워

주었다. 승용차에는 나를 포함하여 네 사람이 타고 있었다. 유적지 입장 티켓 사는 곳까지 선속력으로 신나게 달린다. 꼬불꼬불 비탈진 외길을 빨리도 달린다. 이미 오랫동안 다닌 숙달된 운전이다. 한국 같았으면 이런 비탈진 길을 이 속도로 달린다면 조마조마하며 탄 걸 후회를 했을 것이다만, 나는 이곳 사람들의 관행과 습생에 벌써 젖었다. 그냥 신이 났다. 그들처럼 차를 타고 여기에 올라간다는 기분에. 그들은 매표소 근처 케이블카 승하차장에 있는 상점 주인들이다. 아침이니 가게 문을 열고 장사를 시작할 모양이다.

아크로폴리스를 찾아가는 중, 좌측 길로 오른다

걷거나 차로 올라가는 길과 케이블카를 타는 길, 이정표

매표소 입장은 9시부터라 가져온 과일을 꺼내 그들과 나누어 먹고, 나는 아크로폴리스로 들어가서 두 시간 남짓 다녀 보고, 허물어진 성벽에 올라 보고, 만져 보고, 앉아서 갖고 온 음식을 먹어 보고, 해 볼 건 다 해

조르바를 찾아서 발칸을 가다 나는 자유다

아크로폴리스 뒤로 보이는 호수, 산성과 망루가 있다

베르가마가 보이는 아크로폴리스 원형극장

아크로폴리스 유적지 석물들

보고 나왔다. 오만 가지 고대 유물·유적이 곳곳에 흩어져 있다. 산꼭대기 위가 적당히 넓고 적당히 경사진 곳에. 성곽도 있고 돌기둥은 부지기수이고 그냥 돌의 무덤이다. 아크로폴리스 원형극장은 경사지고 넓고 통로가 위험했다. 다 내려갈 수가 없었다. 다시 올라와야 한다는 것을 생각하니. 12유로 본전 빼고 나와서 아침에 같이 올라온 분의 카페에서 짜이차를 마신다. 소나무 그늘 아래 카페는 바람이 불어 시원하다. 여기는 아크로폴리스이다. 나는 고대 페르가몬 왕족처럼 누비었다. 아크로폴리스 유적을 이야기하자면 또 책 한 권을 써야 한다. 그래서 생략한다.

　단 한 가지 나는 산을 내려갈 때는 케이블카를 타고 갈까도 했는데, 아침에 나를 차에 태워 준 아저씨를 카페에서 또 만났다. 그는 나에게 돌아가냐고 물었다. 그는 날 데리고 지팡이 하나 들고는 하산 길을 인도했다.

　도로도 아닌 낮은 문고리를 따고는 내려갔다. 야산 오솔길이다. 마른 풀들이 죽은 듯 펼쳐진 언덕길을 따라서 아래로 목장 길처럼 걸어 내려갔다. 아침에 내가 철조망 때문에 못 올라온 길인 듯하다. 그러고는 일반 입장객은 못 보는 유적들이 놓인 공간으로 길 안내를 했다. 무얼 보았느냐고 물으면 사진에 남아 있을 뿐. 나는 그것들이 무엇인지 모른다. 다만 이 길은 케이블카가 생기기도 전에 사람들이 이곳을 방문할 때 다닌 길이지 싶다. 물론 철조망이 없었을 오래전에.

아크로폴리스 옛길을 내려가면 미개방된 유적들이 있다

　그리고 이 유적의 관리 책임을 맡고 있는 사람이 이 사람이지 싶다. 내려오면서 그는 건물마다 들러서 청소도 하고 살피고 여러 가지 설명을 하였다. 마차나 말이 오르내릴 수 있을 넓은 비포장길을 따라 내려갔다.

지금 여기는 일반인들에게 개방되지 않는 곳이다. 그를 따라 마을이 나타나는 지점까지 내려가서는 철조망 사이에 달린 조그만 문을 밀고 나갔다. 그 길 아래 그의 집이 있었다. 그는 점심 먹으러 집으로 내려온 것 같았다.

무얼 보았느냐고 묻지를 말아라. 대한민국 사람 어느 누구도 보지 못했을 지금은 공개되지 않는 지역, 아크로폴리스 유적들과 지붕이 있는 건물들과 그 유물들을 나는 정말 우연히 다 보았다. 사진으로 남겼다. 이 모든 것을 이야기하자면 또 책 한 권이지만 내 관심사는 아니다. 어느 황제가 누웠다는 화강암 석판이 놓인, 오래된 올리브나무 그늘에도 누워 보았다. 그리고 저 위에 있었던 신전과 비슷한 유적지가 이곳에 있었다. 아크로폴리스 유적지에서는 여기가 보이지 않는다. 그의 안내를 받지 않으면 이곳에 올 수가 없다. 열쇠로 문을 열고 들어와야 한다. 칼 황제가 낮잠을 잤다는 석판

나는 아침에 이곳을 지나쳐 올 수도 있었겠지만 철조망을 통과하는 통로를 찾지 못해 결국 차가 올라가는 도로로 올라왔다. 문지기가 문을 따 주었고 관리자가 태워 주고 다시 걸어서 내려오면서 그의 설명을 듣게 되는 행운을 누렸다.

미개방된 유적지 건물 내부를 소개하는 관리인

아크로폴리스 언덕 중턱에 위치한 거대한 대리석 기둥들

마차가 다녔다는 길에서
허브를 채취하는 모습

아크로폴리스가 무어냐? 고대 도시국가이다. 아크로는 원형이다. 돌 문화이고 성곽 문화이고 집단 주거시설이고 방어시설이다. 성주가 거주하는 공간이다. 기원전에는 많은 도시국가들이 있었다. 그중 하나일 뿐이다. 지진과 전쟁에 폐허가 되었지만 그런대로 보존이 양호하고 거대하여 남은 것 중 하나이다. 기원전 이야기이니. 폼페이의 유적은 화산에 몰락한 유적이듯이. 우리가 기억할 것은 화산이나 지진에 파괴된 것, 그러니까 이 지구에 남아 있는 돌들은 그것들이 다른 물질로 변하기 전의 역사의 유물이다. 그 이전의 역사, 즉 돌이 다 사라지고 다시 만들어지는 시간의 역사는 유물이 없기에 모른다가 답이다. 있었는지도 모른다. 그렇다고 없었다고 말할 수 있는가? 오늘은 여기서 그만 쓰자. 내일로 넘어가야 한다. 나는 지금 이즈미르로 가고 있다. 이즈미르에서 쿠사다시 가는 버스로 갈아탈 것이다. 굿바이, 베르가마. 많은 기억을 갖고 떠나온 페르가몬 왕국의 땅이여, 민족이여!

산기슭에 산재된 유물들

관리인이 자기 집 앞에 서서 손을 흔들어 주고 있다

지형을 이용하여 건축물을
지었던 곳

6월 1일 쿠사다시, 에페스, 셀축

나는 오늘 노숙을 해야 할 판이었다. 여기 쿠사다시에 5시경에 도착하여 ANB에 예약을 신청하고 숙소를 찾아 한낮의 햇살을 다 맞고 걸어서 갔는데 결국 찾질 못했다.

버스 터미널에서 나와 도로를 건너 약간 언덕이 진 곳으로 올라갔다. 지도가 알려 주는 대로. 5시경이지만 한낮의 햇살은 펄펄 끓었다. 숙소는 쿠사다시 해안 쪽이라 내려가야 하는데 생각을 하면서 고가도로가

겹쳐지는 곳에서 쉬다 가야겠다고 마음먹고, 그늘 아래 노인들이 앉아
서 차를 마시고 있는 찻집에서 쉬게 되었다.

쿠사다시, 한낮의 더위를 피해 찻집에서 쉬는 노인들

참 한가하게 노년을 보내는 모습이다. 모두 남자 노인들만 앉아 있었
다. 야외 테이블에는 담배 재떨이가 있었고 그들은 뜨거운 홍차를 마시
고 있었다. 술병과 안주는 없었다. 참 신기한 풍경이다. 마작 같은 게임
을 하는 사람도 있었고 삼삼오오들이다. 혼자 앉은 사람은 아무도 없다.
떠나고 오는 사람들이 교대로 자리를 지킨다. 나도 홍차를 마시고는 곧
일어섰다. 언덕에 올라서니 다시 내려가는 길이었고 대로를 벗어나 작
은 길로 내려갔다. 식당들이 있고 작은 연립주택들이 있는 주택가였다.
높은 쪽은 건물들이 새로 지어졌고 바다가 내려다보이는 곳이었다. 나
는 구글 길 안내를 따라 그 아래 골목길로 내려갔다. 그러나 근처까지는
안내가 되었으나 예약 확정이 이루어지지 않았으니 정확한 위치는 알
수가 없고 주소만 보였다. 주소를 들고 물어서 찾아갔다. 지나가는 사람
들이니 그들도 주소를 보고 이쪽이다 저쪽이다 하면서 같은 길을 여러
번 가다 오다 하며 드디어 주소대로 집을 찾았으나 그 집은 호스텔이 아
닌 가정집이었다. 예약이 확인되면 자동으로 주소가 왔는데 요상하게

조르바를 찾아서 발칸을 가다 나는 자유다

내가 지정한 숙소는 한 곳인데 주소는 셋이다. 두 곳은 이 지역이 아니라 무시하고 내가 처음 예약한 주소로 찾아갔으나 없었다. 그곳 주민의 말로는 파산하여 떠났다는 것이다. 어쩔 것인가?

그 숙소는 일단 포기하고, 오늘 잘 곳을 마련하기 위해 다시 가까운 숙소를 찾아서 예약을 신청하고 확정 회답이 오길 기다리며 골목길의 빵집 앞 의자에 허락도 없이 앉아 정신없이 휴대폰을 만지고 있었던 모양이다. 겨우 정신을 차리고 빵집 안을 들여다보니 여주인이 안으로 들어와 앉으라고 한다. 그때서야 내가 제정신이 아니었구나 싶었다. 그래서 무어라도 팔아 주어야겠다고 빵을 주문을 했는데 막상 내가 먹을 만한 음식은 없었다. 계란 두 개를 프라이를 해 달라고 하니 원래 메뉴에는 없는 모양이다. 남자 주인이 무어라 이야기를 하니, 만들어 주었다.

빵과 아이란, 계란 두 개를 프라이로 먹었다

그 사이에 다시 예약한 숙소는 거절을 해 왔다. 하여간에 그러다 가게 주인과 대화가 되었고, 남자의 통역은 여자 주인이 밀짚모자 쓴 내 모습에 반했다고 너스레를 편다. 푼수 같은 나는 그 말에 신이 나서 내가 조금 전에 무슨 일을 했는지를 이야기를 했더니 '그 숙소가 어디냐?', '이름이 뭐냐?' 모였던 동네 사람들이 제 일처럼 걱정이 태산이다. 나도 모르게 소영웅심이 발동하여 내 여행담으로 호기를 부렸다. 여자 주인이 그 남자에게 저녁에 당신 집으로 데리고 가서 하룻밤 재워 주라고 한 모양이다. 당신 집은 또 무어냐? 부부 사이가 아닌가? 궁금하지만 일단 개인 사이니 넘어갔다.

마을 사람들, 저 의자에 앉아서 숙소를 찾고 있었다

그리하여 나는 이 가게가 문을 닫는 11시까지 기다리기로 약속을 하고 말았다. 무려 네 시간을. 기다리는 동안 언덕을 넘어 마을 끝까지 가 보고 돌아오곤 했다. 내가 올라간 언덕 위의 집들은 부촌이었다. 구획 정리된 택지에 화려한 개인 주택들이 줄지어 들어서 있었고 집 앞에는 고급차들이 있고 멋진 마당에는 정원과 테라스가 있었고 저녁 시간이라 가족들이 마당에서 식사를 하는 모습도 보였다. 그 사이 글은 잠시 멈추었고, 시간은 한밤으로 옮겨 갔다.

조르바를 찾아서 발칸을 가다 나는 자유다

오븐에서 빵을 즉석으로 구워서 내어 놓았다

오븐에서 구워낸 빵과 샐러드

　나는 지금 쿠사다시 바닷가 아파트 건물 삼층 골방으로 옮겼다. 11시에 가게 문을 닫고 그 남자의 차로 그의 숙소로 왔다. 그의 숙소는 매우 지저분하지만 그가 혼자 살기에는 적합할 것이다. 나를 위해 그는 침대를 내주고, 그는 바닥의 물건들을 밀치고 매트리스 한 장을 깔아 놓고는 거실이라고 치는 곳에 컴퓨터를 놓고선 담배 연기를 연신 내뿜고 있다. 나는 혼자 잠깐 눈을 붙이겠다고 불을 끄고 그가 펴 준 이불을 덮고 누웠는데 자동차 소음과 긴장에 잠이 들지 않았다. 시간을 보니 1시 반이다. 그러니 여기 와서 불을 끄고 누운 시간은 11시경이었을 거고, 아마 두 시간쯤 지났을 것이다. 잠을 자야 한다고 생각해 소음 마개를 꺼내 귀에 끼었고 안대를 썼고 마스크까지 쓰고는 다시 누웠지만 잠은 결코 오지 않았다. 사방이 조용하다. 담배 냄새도 견딜 만하다. 잠도 아니 온다. 그가 가게를 떠나올 때 싸 준 봉지에는 생수도 한 병, 이런저런 빵도 한 봉지,

아이란 두 개도 있어 나는 목이 말라 물을 마셨다. 내가 가게에서 빵값으로 돈을 지불하겠다고 하니 그는 휴대폰으로 번역된 문장을 내게 보인다. 게스트란 단어였다. 나는 내가 아는 문장이 얼른 생각이 났다.

2024. 6. 1. 오전 2:13:57
3 Zeki Aydınlı Sokak Cumhuriyet Kuşadası
Aydın

숙소 배낭이 보이고 문밖에 하켄이 있다

Be my guest. 나의 손님이다. 누가? 내가. 그의 손님이니 돈을 안 받는다는 말이다. 그가 자기 집에 가겠냐고 물어서 나는 대단히 고맙다, 기꺼이 너의 손님이 되겠다고 하니, 그는 나에게 그의 집은 매우 지저분하다는 영어로 번역된 휴대폰을 보여 주었고, 나는 괜찮으니 같이 가겠다고 한 것이다. 나는 지금 희랍인 조르바가 떠오른다. 나는 지금 혹시 조르바를 경험하고 있지는 않나? 약간 열린 방과 거실의 문 사이로 곁눈으로 서로를 확인하고 있다. 그와 나는 왓츠앱(WhatsApp) 연락처를 서로 주고받았다. 그의 여자와 함께 나의 폰으로 단체 사진을 찍었는데, 그의 여자가 빵집에서 손님을 받고 있을 때였다. 밖에 모인 그 동네 여럿이 있을 때 내가 셀카를 찍자, 그가 제안을 했다. 그의 여자가 오면 같이 찍자는

조르바를 찾아서 발칸을 가다 나는 자유다

것이었다. 그래서 우리들끼리 먼저 찍고 나서 나는 카메라를 들고 기다렸다가 그의 여자가 가게 밖으로 나와서 중심에 서자 하나 둘 셋을 소리치며 찍었던 기억이 난다. 가게에서 처음 봤을 때 나는 혼자 생각에 당연히 그의 아내이리라고 단정을 했었지만 묻지는 않았다. 지금 생각하니 묻지 않았기에 다행이다 싶지만 내가 물었다면 아마도 그는 그의 친구라고 했을 것도 같다. 오후 7시경에 그의 여자는 봉지를 꾸려 가게를 떠났다. 내가 생각하기에 그녀의 짐 꾸림과 모습이 오늘은 오지 않을 것으로 보였지만 나는 그녀의 떠남을 외면했었다. 왠지 내 직감에 묻지 않는 편이 옳다는 생각이 순간 들었다.

나는 지금 손목시계가 없다. 어제 베르가마에서 만난 술꾼 A의 반지와 바꾸었다. 오늘 하루를 시계 없이 지내보니 불편하다. 눈을 붙이고, 잠이 들긴 했나 보다. 자다 깨다 누운 채로 지냈고, 발가락과 발등이 몹시도 가려웠었는데 손등도 가려우니 모기떼의 습격을 받았나 보다. 마스크를 쓴 채 잤는데 얼굴도 여기저기 가렵다. 펴 둔 매트리스에 누워서 자는 그 남자는 약간의 기침 소리를 들은 것도 같으나 코를 좀 골지만 그런대로 견딜 만했다. 배낭을 다시 챙겼지만 어제 입었던 양말, 옷을 그대로 입은 채 잤으니 별로 짐을 꺼내고 넣지를 않아 간단하다. 무거운 배낭의 정체는 음식물이다. 어제 아크로폴리스 가서 먹겠다고 아침, 점심을 준비해서 배낭에 넣고 다른 짐은 숙소에 맡기고 나섰는데, 아침과 점심 모두 숙소와 입맛에 딱 맞았던 삼대가 종사하는 가족 경영 튀르키에 음식점에서 사 먹었으니 그 음식물들이 그냥 배낭에 들어 있었다. 펼쳐 놓고 보니 버릴 수가 없는 과일들과 요구르트, 또 견과류들, 흰 비닐봉지가 두 개였는데, 이 남자가 준 빵 봉지까지 세 개가 되어 결국 빵 봉지는 들고 다닐 도리밖에 없다.

이제 노숙자 형세가 되고 있다. 아니, 노숙자가 되었다. 눈곱이라도 떼고 나서야지 싶어 세면장에 들어가 거울을 보니 딱 튀르키에 사람의 얼굴이다. 이제 마스크도 벗었다. 햇살이 비쳐 들고, 담배 연기도 빠져나가 숨을 쉴 만하다. 딱 여길 빠져나갈 타이밍인데, 난 전혀 여기를 스스로 나갈 의사가 없는 듯하다. 이 남자의 매력에, 궁금한 내면의 상태를 알고 싶다. 그의 방에는 빈 맥주 캔이 있었으나 술을 마시지는 않았고 흔한 무슬림의 행동도 보질 못했다. 헤어지더라도 다시 그 가게로 가서 그 여자에게 작별 인사도 하고 또 손목시계

빵 가게 부부

도 가져와서 보여 주겠다는 그 동네 아저씨의 시계도 적당하면 구입을 해야 한다. 나는 오늘 별일이 없다면 파묵칼레를 찾아갈 것이지만 그 또한 꼭 오늘 가야 할 일도 아니다. 헤어질 타이밍이 오면 그때 떠나도 충분히 간다는 걸 배웠고, 다음 날 숙소를 꼭 전날 예약을 해 둘 필요도 없는 것 같다. 나그네가, 방랑객이 어디에서 머물 것인가? 가 봐야 알고 시간이 와 봐야 안다. 지금은 그렇다. 이 남자는 깊은 잠 속에 숨 쉬는 소리도 들리지 않는다. 지금 시간은 아침 7시.

셸축 가는 돌무쉬에 붙은 시간과 가격 50TL

　나는 지금 에페스로 가고 있다. 쿠사다시에서 셸축 가는 미니버스를
타고, 50리라에. 버스는 에페스 유적지를 들르지 않았다. 에페스 입구
에서 내려 주고 셸축으로 가 버렸다. 길은 한 길이니 가로수를 따라 걸
었다. 나처럼 걷는 사람은 없었다. 에페스 입구 삼거리에 내리는 사람은
두세 사람이 있었으나 그들은 에페스 유적지로 가지는 않았다. 걷는 게
내 일이니 하고 걷는다. 인터넷 정보에 의하면 여기서 히치하이킹은 하
지 말라고 하였다. 모르고 온 길이 아니니 택시를 부르거나 걸어가라는
것이다. 일리가 있다는 생각이었다. 이곳은 승용차와 관광버스가 줄을
지어 지나가는 곳이다. 경비 초소를 지나니 길가에도 유물과 유적이 보
이곤 했다. 에페스 주차장은 넓었고 수많은 사람들이 광장에 있었고 양
쪽으로 기념품과 음료, 음식을 파는 상점이 있었다. 에페스 유적지 입장
권을 사서 입장을 했고 배낭은 입구에서 보관해 주었다. 간단히 물 한 병
을 들고 입장을 하였다. 크고 넓고 수많은 대리석 기둥과 고대 유물이 산
더미처럼 산 아래를 온통 뒤덮고 있었다. 천천히 다 보자면 하루 종일 다
녀야 할 판이다. 그냥 길을 따라 걷는다. 사람들이 줄지어 지나가는 길
을 따라. 각국에서 온 단체 관광객들은 인솔자와 가이드를 따라 쉬지도
못하고 걷는다. 그리고 설명을 들으면서 간다. 한국 단체 관광객도 만나

고 개인으로 온 젊은이들도 만났다. 모두 두세 시간짜리 일정이다. 왜냐면 그들은 오늘 여기까지 버스나 승용차로 와서 이곳을 보고 숙소로 돌아가야 한다. 어디 구경할 곳이 여기뿐이겠냐? 셀축에도 여러 곳이 있다고 들었다. 여기 온 김에 다 보고 가야지 여행 본전을 뽑을 것이다. 사진 찍기도 바쁘고, 설명 듣기도 바쁘고, 뭐 듣는다고 그 어려운 서양 기원전후 역사가 얼마나 이해가 될까? 남는 건 또 무엇일까? 저 기다란 대리석 기둥들일까?

에페스 유적지 입구 송림 사이로 보이는 원형극장

멀리 보이는 곳이 원형극장이고 아래는 유물들

길가에 도열한 대리석 기둥들

조르바를 찾아서 발칸을 가다 나는 자유다

저것도 한둘이면 기억에 남겠지만 수십 개이고 유물은 수백 개인데. 저 언덕에 돌계단으로 된 원형극장은 나중에 돌아 나오면서 보기로 하고, 나는 유적지 뒷산 쪽 갈 수 있는 높은 곳까지 이동하였다.

오래된 뽕나무는 오디를 총총 달고 있었고 나무는 오백 년 된 우리 집 느티나무만큼 컸다. 한동안 나뭇가지를 끌어당겨 입술이 파래지도록 열매를 따 먹었다. 이런 나무가 한둘이 아니다. 산뽕나무의 열매보다 서너 배 큰 오디를 실컷 먹었다. 그리고 되돌아서 나오면서 돌로 벽이 쳐진 이 칸에도 들어가 보고 저 방에도 들어가 보았지만 대체 무엇을 한 곳인지 알 수가 없다. 여기는 튀르키예 에페스이다. 유적 설명은 유적 사진으로 이해하기 바란다. 규모도 내가 설명할 곳이 못 된다. 그리고 할 능력도 없다. 나도 입장해서 나올 때까지 걸린 시간은 고작 세 시간 정도일 것이다. 입구로 나와 배낭을 찾아서 다시 셀축으로 나와야 하는데 셀축 가는 버스를 어찌어찌 운 좋게 타고는 셀축으로 나왔다. 안내소에서는 주말이라 셀축 가는 버스가 없다고 했는데 막 떠나는 셀축행 버스를 운 좋게 만났다.

셀축 시장

나는 지금 파묵칼레로 가고 있다. 에페스에서 버스 타고 나와 셀축에서 점심 먹고, 데니즐리 가는 버스 안에 있다. 셀축에서 데니즐리 가는 버스는 세 시간 걸린다고 한다. 한국에서 버스 타고 세 시간이면 산청에서 서울까지 가는 시간인데 여기서는 세 시간이어도 시내버스를 길게 타고 간다는 생각이 든다. 왜일까? 3시쯤에 셀축을 출발했다.

데니즐리에서 파묵칼레는 가깝다. 버스로 30분이면 된다. 튀르키예의 버스 비용은 정말 싸다. 이렇게 좋은 버스로 세 시간을 타고 가는데도 350리라이다. 우리 돈으로 만 원 정도이다. 잘 먹는 식사 한 끼 가격이다. 데니즐리 가는 돌무쉬 버스 안이다.

셀축에서 데니즐리 가는 돌무쉬

6월 2일 파묵칼레

데니즐리는 상당히 큰 도시인가 보다. 버스는 데니즐리에 6시 반경 도착했다. 오토가르의 규모가 여간이 아니게 크다. 오토가르란 공영 시외

버스 터미널이다. 도시를 걸어 들어가 보지는 않았지만 파묵칼레 가는 미니버스에서 본 시가지 모습으로. 파묵칼레 가는 미니버스는 여기가 종착지가 아니다. 내려주고 떠났다. 예약한 숙소를 찾아갔다. 숙소는 정류소에서 한 200미터 떨어져 있었고 중심지를 지나 조금 외곽에 있다. 붉은 오디 열매가 곳곳에 보인다. 길이 사방으로 나 있어 눈여겨 주위를 기억하며 찾아간다. 쉽지는 않았지만 지난밤에 비하면 숙소 찾아가는 일이 그저 (공짜)이다. 이층 숙소는 모자가 경영하는 오래된 민박집을 호텔이란 이름을 달고 여러 가지 서비스를 제공한다. 아침은 미리 예약하면 10유로에 먹을 수 있다고 하니 예약을 해 두고는 저녁 식사는 버스에서 내렸던 곳을 찾아갔다. 마을 구경도 할 겸 해서. 다행히 정류소 옆 식당은 튀르키예 노부부가 경영하는 식당으로 가격이 저렴하고 내가 원하는 음식이 있었다.

한밤중에 일어나
불을 켜고
모기를 기다린다
호텔방에 오니
모기가 극성이다
계절을 탓해야지
주인을 탓하랴
파묵칼레에 무엇이 있는가?

내가 들고 온 튀르키예 안내서에 파묵칼레 편이 보이질 않는다. 내일이 기대된다. 아니, 오늘이군, 3시 40분. 너무 새벽이다. 자자니 모기가

무섭고, 지내자니 눈이 무겁다. 이 또한 지나가리다

파묵칼레 호텔 조식

　나는 지금 파묵칼레에서 데니즐리로 나오고 있다. 아침 8시에 파묵칼
레 자연공원에 입장하여 다섯 시간을 땡볕에서 걸으며 석회수가 바위
를 만드는 짓을 구경하고, 2,000년 전에 이곳 인간들은 어디에서 무슨 짓
을 하며 살았는지 생각도 해 보고, 증거물들도 만져 보았다. 그들도 한평
생 살면서 우스운 짓들을 저지르고, 다 뭐 백 년도 못 살고 죽었겠지. 산
위 요새를 만들 좋은 땅에 오직 적으로부터 보호하기 위한 성곽을 쌓고
는, 대리석으로 갖은 조각을 해서 호화 생활을 했겠지. 그렇게 견고하고
정교하게 다듬어 세운 석조물들이 무너져 결국은 떠나고 조형물은 묻혀
수천 년이 지나고 말았을까? 산 위에는 온천수가 철철 흐르고, 목욕탕을
만들고, 유곽지도 만들고, 히에라폴리스란 만 명도 더 앉을 원형극장도
만들고 살았지만, 인간 한평생 별것 아닌 거여! 늙어 꼬부라지면 끝잉
게. 숨 쉬고 다리 힘 있을 때, 하고 싶은 일들 하고 살어. 아옹다옹 폼 내
고 살아 봐도 다 헛일이구나 싶기도 하네만 이리 다 내놓고 집 나서서 지
금 내 한 몸 건사하며 자신감에 즐겁게 사는 건데. 그 즐겁게란 게 참 묘
한 거지.

　　　　　　　　　　　　　　조르바를 찾아서 발칸을 가다 나는 자유다

지금 3시 반이네. 버스 안이 더워. 버스가 도착했다고 다 내리네. 일단 따라 내려야지. 데니즐리에서 내려 쿠사다시 가는 버스표 사고 대기실 의자에 앉아 글쓰기를 계속한다. 무슨 말을 하다 그만두었는지 모르겠네. 네 시간 돌고 내려와 어제 저녁 먹은 식당에 들러 늦은 점심 먹으며 맥주 한 병 했는데, 알딸딸해졌나 본데, 이곳 사람들 왜 술을 안 마시는지 알 것 같구만. 더운 날씨에 알코올 마시면 숨 쉬기도 힘들 것 같네. 그들 체질에.

다시 개고생한 쿠사다시로 돌아가는데 오늘 저녁은 그제 잔 노숙자 집 같은 곳에서는 못 잘 것 같은데. 그 남자와 그 여자는 날 꼭 다시 오라고 하며 보냈는데 우짜지. 그날 그 조르바 같은 남자가 잠에서 깨자마자 나를 차에 태워 그 빵 가게로 다시 갔었지. 낮 10시쯤 되었을걸. 가게 문은 열려 있었고, 그 여자가 반겨 주었는데, 눈만 겨우 뜬 상태로 비몽사몽 차를 몰고 온 그 남자는 그 여자를 만나자마자 서양식 인사인 서서 서로 껴안고는 오른쪽 뺨 한번 붙이고 왼쪽 뺨 한번 붙이고 뭐라고 말을 건네는 인사인데, 그 장면을 본 나는 바로 그들 사이를 직감했지. 그 여자가 차와 빵을 내놓고는 아침으로 먹으라고 하는데 그녀가 마실 차도 내오고, 빵 접시에 포크를 세 개를 놓았네. 그 남자는 자리에 앉질 않고, 차를 들고 문 쪽에 섰고, 그 여자는 내 앞에 마주 앉는 거야. 대화를 하겠다는 의도 같네. 그래서 우리 둘은 구글 번역기를 각자 들고 말을 하면서 번역된 튀르키예 글을 보여 주면 그녀는 자기 폰에 튀르키예 말을 하여 한국 글이 보이면 나에게 보여 주고, 서로 말을 하고 보여 주고, 처음에는 좀 불편했는데 조금 지나니 익숙해지더군. 그러고는 가끔씩 내 말을 튀르키예 말로 그 남자에게 전하면서 그들끼리 애정 확인을 하는 폼이 천상

연인들 같았는데. 결국은 그 여자가 나에게 스스로 고백을 했었는데, 자기는 남편이 죽은 여자, 미망인이라고 하나. 영어로 번역된 것을 보여 주었지. 서로 만난 지 1년쯤 되었고, 자기는 엄마와 16살짜리 딸 하나와 살고 있다고 사진도 보여 주었지.

쿠사다시 가는 버스 시간이 한 시간 십 분이 남아서 이 짓을 하고 있는데. 여기에 잠처지면(넋 놓고 딴짓하며 시간 가는 줄 모르는 상황) 버스 놓칠 수도 있구마. 시계는 여전히 없고, 휴대폰 시간이라도 자주 챙겨 보아야 하지. 헌 시계를 그 남자가 가게에서 보여 주었는데, 동네 주민이 보여 주겠다고 한 시계는 새것은 4,500리라인데 2,000리라에 판다고 그 남자가 숫자를 적어 보여 주었지. 내 사정이 딱하니 살까 해서 손목에 차 보기도 했는데, 계산기로 2,000리라를 우리 돈으로 환산을 해 보니 7만 원이나 되는 돈이야. 내가 잃어버린 시계는 인터넷으로 이삼만 원에 산 것이 기억이 나는데. 이곳의 시세는 그럴지도 모르지. 이 사람들이 나에게 바가지를 씌울 것 같지는 않고. 나는 비싸게 사는 일이 되니. 거절하고 말았는데 지금 생각해도 거절하길 잘했네. 하여간에 버스가 올 것 같아 줄이고 준비를 해야겠어.

6월 3일

어제 일기를 쿠사다시 어느 낡은 호텔에서 아침에 일어나 쓴다. 시간은 6시 반이다. 어제 아침 8시에 파묵칼레 호텔 조식을 먹고, 배낭과 파

조르바를 찾아서 발칸을 가다 나는 자유다

묵칼레 관광에 들고 다닐 물건들을 따로 준비하여, 배낭은 호텔 프런트
에 맡기고 비닐 가방 하나만 들고 나섰다.

파묵칼레는 '목화의 성'이란 뜻이란다

파묵칼레 자연공원은 거대한 산 중턱 하나로 이루어져 있다. 한마디
로 도시국가이다. 역사와 예술적 측면은 여기나 저기나 같을 것이다. 다
만 지형이 다르고 예술가인 석공이 다르고 작품이 다를 것이다. 먼저 본
베르가마, 에페스와 여기 파묵칼레 세 곳에는 무너진 궁전의 잔해물, 남
아 존재하는 원형극장, 서 있는 대리석 기둥, 쓰러진 동상, 묻힌 채 뒹구
는 여러 생활 도구들이 있다. 목재는 없고 석물石物과 토기들이다. 초기
에 발굴한 것들은 도굴꾼들이 도굴해서 반출되었다. 국외로. 도굴꾼의
나라로. 그러나 워낙 광대하고 거대해서 보이는 것은 아주 일부일 것이
다. 그리고 발굴된 것보다 더 많이 미발굴되었을지도 모른다.

내가 문화사적 역사, 예술사적 변천, 제작 상황을 기술할 수도 없고,
조예도 없다. 나는 그냥 관중에 불과하다. 어제 돌아오는 버스에서 여기
사는 전문 관광 가이드가 옆 좌석에 앉아서 몇 시간을 이야기를 나누었
다. 그는 파묵칼레 관광 해설을 직업으로 하는 사람이었다.

파묵칼레 자연공원 지역

내 짧은 영어로 그의 전문지식을 잘 알아듣지도 못했지만 대강은 지금 내가 기술하는 데 참고가 되었을 것이다. 그의 말에 의하면 로마제국의 지배로, 그때는 같은 지역이었다. 이탈리아 남부, 그리스 남부, 여기 튀르키예 서남부, 지중해와 에게해 여러 섬들이. 그러다 오스만제국인 이슬람 술탄이 가톨릭 로마제국의 땅을 휩쓸고 지나가면서 그들의 제국을 만들었던 문화이고 역사이다. 그들이 남긴 자취이다. 지금도 그들의 후예가 그 문화를 계승하고 종교를 추종하고 사는 국가이다. 우리가 오랜 불교와 토속 종교인 미신과 유교와 기독교를 믿듯이.

파묵칼레 유적지

파묵칼레는 두 개의 지역으로 나누어진다. 하나는 자연공원이고 온천

조르바를 찾아서 발칸을 가다 나는 자유다

과 석회수가 남긴 흔적이다. 하얀 산들은 석회수 온천물이 지표를 덮으면서 다랑이논 같은 물 고인 수반을 만들었다. 물은 지표의 돌과 흙과 나무 위를 지나가면서 석순, 종유석을 만들듯이 온천수에 포함된 탄산칼슘이 흘러내리며 침전되어 바닥을 만들었고 넘치면서 논둑을 만들었다. 자세히 들여다보면 미세한 분자의 세계가 있고 거대한 우주가 있듯이 그 현상도 아주 미세하게 만들어지기도 한다. 다만 미세한 형상들이 종유석, 석순처럼 자라지는 않고, 미세한 다랑이논들은 그 크기로 묻히거나 사라질 것이다. 더 크게 만들어진 논 속에. 온천은 산 중턱 평원에서 쏟아진다. 허나 온천이니 물이 못을 만들었고, 온천수 온도가 적당한지 주위에는 이 온천수로 식수와 작물 재배도 한다.

클레오파트라 온천

여기서 클레오파트라 온천을 언급해야겠다. 파묵칼레의 온천수가 흐르는 계단식으로 된 비스듬한 언덕은 온통 눈 덮인 산허리 같았고 그 길을 따라 관광객들은 걷기도 하고 사진도 찍고 자연의 기이한 형상을 목격하며 감탄을 쏟아낸다. 모두들 맨발로 걷기 좋은 길을 따라 걸었다. 그러나 온통 하얀 논둑길이었다. 나는 유별나게 그 길을 벗어나서 언덕의 논둑길로 올라가서 내려다보며 걸었다. 저만치서 경비를 하는 경비

원이 지역을 벗어나거나 위험한 곳으로 가면 저지를 하기도 했다. 하여 간에 신천지를 걷는 기분으로 또 좀 더 기이한 모양의 흰 논둑길을 걸었 다. 누가 버렸는지 모르는 수건이 버려져 있어 수거하여 경비원에게 건 네주고는 스스로 대견해하면서 내가 지리산 관리공단 직원 같은 기분을 내며. 그 흰색의 바탕을 지나서 올라가면 나무도 있고 공원을 조성해 놓 았다. 온천수가 나와서 흰 바탕의 땅으로 흘러 내려가면서 이렇게 만들 어 놓았다. 그 언저리 평지에 수영장이 있다. 여기가 클레오파트라 수영 장이다. 온천수 수영장이고 이집트 여왕이 여기를 왜 왔는지는 모르겠 는데 여기서 어떤 녀석을 만나려고 목욕을 했는지는 모르겠다만 그녀가 여기서 수영을 했다는 역사적 사실은 있는 모양이다.

　나는 사람들이 수영을 즐기는 모습을 보고 나도 온천수에 수영을 할 생각이 있어 어디에다 옷을 벗고 저기에 들어가나 하고 다른 사람들 행 동을 유심히 관찰을 하니 어디서 옷을 대강 갈아입고는 그냥 들어가는 것이다. 그래서 나도 어디 빈 탁자를 잡아서 겉옷만 벗고 입은 속옷으로 들어가려고 남방을 벗고 나니 저쪽에서 사람들이 옷을 갈아입고 나오는 게 보였다. 아니, 탈의장이 있구나. 해서 잘되었네 하고 그길로 가서 살 피니 탈의실 열쇠를 찾아오란다. 알고 보니 입장할 때 수영장 이용을 안 할 사람은 그냥 들어가면 되고, 이용할 사람은 티켓을 다시 사서 탈의실 열쇠도 받아 오는 것이다. 그럼 다시 가서 사야 되고 잠시 맛이나 볼 내 처지는 수영을 즐길 만한 시간도 없는데 싫어 포기를 하고 말았다. 그렇 지만 사람들은 그 온천수를 가져온 병에 담아 마시기도 하고 뭐 그렇다 는 이야기이다.

일만 오천 석 히에라폴리스 원형극장, 보존이 양호하다

히에라폴리스의 플루토니온(명왕성의 문), 1965년 발견

또 하나는 유적지이다. 도시국가인 파묵칼레에는 일만 오천 석을 자랑하는 원형극장이 잘 보존되어 있다. 내가 본 것 중에는 최대이다. 도시국가에서 흔히 볼 수 있는 석재와 토기 유물들은 다 있다. 식민지 시대에 유럽인들은 거대한 오벨리스크도 운반해 갔는데 여기 보물들은 반출해 갔다. 특히 독일에는 아주 여기 도시 이름의 박물관들이 있다고 한다. 주인은 언제나 현재 소유자이다. 과거는 역사이고 소유는 현재이다. 돈과 재물과 사람도. 그 시대는 사람도 재물과 같은 존재였으니. 나는 이곳을 다섯 시간을 들여 걸어 다녔다. 물론 천천히 걷다, 쉬다, 놀다, 한 장으로 그려진 안내 지형도 한 장으로 찾아 다녔다. 여전히 유적지마다 붉은 양귀비는 피었고 나를 위로했다. 계절이 베푸는 행운의 꽃이다. 오뉴월 땡볕에서 피는. 올라간 곳으로 한 바퀴 돌아서 내려오니 2시였다.

파묵칼레 자연공원 목화의 성에서

파묵칼레 버스 정류장 근처 노부부의 식당에서 먹은 점심

　늦은 점심을 먹고, 배낭을 찾아 왔던 코스를 다시 밟아 여기 쿠사다시에 왔다. 숙소가 버스 터미널에서 20분 거리에 있다고 해서 자신 있게 걸었다. 저녁은 8시쯤에 거리 천막 식당에서 닭꼬치와 요구르트 샐러드 그리고 에페 맥주 한 병으로 600리라에 배불리 먹었다. 점심에도 맥주 한 병. 알딸딸해서 걸었는데. 구글 지도를 보고 걸었는데 공원 표시가 있었고 샛길로 안내되어 들어가려고 보니 어두컴컴한 숲속은 공원이긴 하나 묘지이다. 들어가 보니 길은 있으나 어두워 갈 자신이 없었다. 도로 길을 따라 가는데 숙소는 이 공동묘지 건너에 있어서 다음 샛길에서 들여다보니 중학생 정도로 보이는 남녀 셋이 벤치에 앉아 소곤거리고 있었다. 그들을 보니 용기가 생겨 들어섰다. 주위는 온통 깜깜하여 길만 겨우 보이고 좌우는 하얀 비석들이 즐비한 듯하여 돌아보지도 않고 앞만 보고 건넜다. 정말 머리끝이 섬뜩하였다. 혼이 빠진 듯, 길을 잃

　　　　　　조르바를 찾아서 발칸을 가다 나는 자유다

었다. 남은 시간을 보니 15분 걸린다는 길을 한 시간을 걸어도 7분이 남았다. 남은 7분을 또 30분이 걸려 묻고 물어도 늦은 밤 행인들도 내 숙소를 찾아 주지 못했다. 구글 지도 보기는 나로서는 참 어렵다. 10시나 되었을 것이다. 숙소는 오래된 호텔이었다. 낡고 관리도 잘 하지 않는 호텔을 근처에 두고 한참을 찾았다. 도착해서 씻고 잘 잤다. 오늘은 그리스로 간다. 여기 쿠사다시에서 배로 불과 한 시간도 안 되는 거리에 그리스 섬 사모스가 있다. 이차대전 후 에게해 섬들은 거의 그리스 영토가 되었다. 미제국이 정했다고 어제 만난 해설사의 설명이다.

쿠사다시 왼편, 대형 선박이 접안할 수 있다

크루즈 선박과 아름다운 쿠사다시 해안

나는 지금 쿠사다시항에 사모스 가는 배를 타려고 왔는데, 배는 아침 7시 30분에 떠나고 없었다. 다음 배는 내일 아침에 있다고 한다. 악연 같은 쿠사다시를 오늘도 못 떠나게 되었고, 삼 일을 자야 하는 도시가 될 것 같다. 항구 노천카페에서 커피 한 잔과 길거리 음식 하나를 사서 먹고 앉았다. 이찌겠는가? 뒤르키예가 하루 더 붙잡는데. 이제 만난 관광 가이드가 사모스에 가면 크레타나 아테네 가는 배가 있는지를 알아봐 주었는데, 정작 여기서 사모스 가는 배는 물어보지 않았다. 너무나 가까우니 하루에 여러 차례 배가 있는 줄 알았다. 국경을 넘는다는 걸 간과했다. 이 또한 여행이다. 나의 조르바에게 왓츠앱으로 메시지를 보냈다. 어제 보낸 메시지도 보지 않았으니 그냥 보내고 기다리면 여전히 보지 않을 쿠사다시 조르바. 오직 현재에 충실한 조르바이니 왓츠앱 전화를 거니 받네. 영어를 모르는 조르바에게 한국말과 영어로 메시지를 열어 보라고 전하고 커피와 치즈와 토마토가 든 햄버거 같은 빵을 먹고 시원한 길거리 의자에 앉아 하루를 설계한다. 모두들 굿 럭이다. 길 위에 인생을 만드는 폼만 조르바 행세를 하는 나그네가. 빵 속에 든 기다란 고추를 조금 먹었는데, 속이 화해졌다. 여기도 작은 고추가 더 맵다. 이렇게 글을 쓰고 앉으면 다니는 것보다 쉽고 편하다. 조르바는 어제도 내일도 없었다만 나는 아직 멀었다. 내가 크레타섬으로 가는 이유는 오직 하나 카잔차키스의 희랍인 조르바를 만나기 위해서이다.

쿠사다시 해수욕장은 해안 오른편에 있다

조르바를 찾아서 발칸을 가다 나는 자유다

나는 지금, 수프와 샐러드 메뉴를 시켜 아침 겸 점심을 차려서 먹고 있다. 튀르키예식 음식을 먹고 싶어서 찾아온 곳이다. 12시에 문을 연다고 해서 거리 탁자에 앉아 30분을 기다려 자리를 잡고 음식을 받았다. 근처 해수욕장도 알아 두었고, 저녁에 잘 집도 알아 두었다. 숙소는 근처 민박집이다. 튀르키예식 수프 집을 찾아 호텔 뒷길로 배회하다 만난 집이 음식집이 아니라 민박집이었다. 다시 그 노숙자 집인 튀르키예 조르바 집으로 갈까도 고민 중이었는데 여기서 자게 되면 내일 아침 이 항구에서 사모스로 가는 배를 타기 편리하고 편안하게 되었다. 하루 저녁 숙박비가 600리라. 오케이. 일단 무거운 배낭을 맡기고 알려 준 수프 식당에 와서 식사를 받아 놓고 이 글을 쓰고 있다. 휴대폰 충전도 하면서. 나는 이미 내일 아침에 출발할 사모스행 배표도 사 두었다. 세상은 요지경이네. 아침 길거리 카페에서 아메리카노 커피 한 잔을 250리라를 주고 마셨는데, 미리 가격을 알아보지 않았고, 가격표도 없었지만, 완전 바가지를 썼지. 헌데 점심은 여기 민박집 아주머니가 알려 준 식당인데, 내가 먹은 건 메뉴에서 가격을 다 확인한 후 짜이차 한 잔 20리라, 치킨 수프 80리라, 야채샐러드 큰 접시로 이것저것 내가 직접 담아서, 그리고 생수 한 병에 한 시간 이상 앉아서 휴대폰 충전하고 나올 때 한 500리라 나올 걸 예상하고 카드 결제를 해야 하나 망설였는데 결과는 170리라. 얼른 200리라를 주니 30리라를 내 준다. 뒤도 안 돌아보고 나왔다. 허허, 저녁에 또 와야겠네. 숙소에 와서 받은 계산서를 들여다보니, 수프 80리라, 샐러드 75리라, 생수 15리라. 합이 170리라였다. 빵도 프리. 이런 게 세상일인가 보다. 짜이는 가게 문 열기 전에 마셨다고 공짜였고 가게 안에 들어가 자리 잡고 시킨 음식은 딱 맞다. 가격이 저렴하다. 커피 한 잔에 250리라였는데, 식사 한 테이블에 170리라라니.

튀르키예식 홍합밥(미디예 돌마) 쿠사다시 해안 포장마차

170리라에 먹은 점심

쿠사다시 해안 낙조에 가족과 낚시하는 시민

나는 지금 쿠사다시 해수욕장에서 해수욕을 하고 있다. 땡볕이 눈이
부신다. 백사장과 에게해의 푸른 바다가 어울리는 이국의 바닷가에서
오랜만에 짠물에 몸을 풀었다. 지금 시간은 오후 4시 40분. 햇빛막이 우
산은 빌리는 데 100리라. 과일 한 봉지와 수건은 숙소에서 들고 왔다. 물
온도도 나에게는 적당하다. 오늘 배를 놓친 게, 행운인가?

6월 4일 다시 쿠사다시

오늘 하루를 되짚어 보며, 9시에 쿠사다시 에게포트를 그리스 섬 사모스로 가기 위해 찾아갔으나, 배는 이미 9시에 출항하였다. 하루 한 번 떠나는 배였던 것이다. 어떡할 것인가? 배표는 나중에 다시 와서 사면 되니, 아침 식사나 해야지 하며 길거리 카페에 앉아 멍하게 한 시간을 보내고 다시 매표소에 가서 내일 배표를 샀다. 배는 9시 출항이지만 늦어도 8시까지는 오라고 했다. 그래. 이것도 여행이다. 쿠사다시 항구에서 놀아 보자! 결국 해수욕도 하고, 이곳 터줏대감들과 어울려 백사장에서 술도 마시고 춤도 추고 쿠사다시의 조르바를 만나서 어울리고 말았다. 민박집도 찾아서 출항지 항구에서 잠도 자게 되었다. 어서 떠나고 싶었던 쿠사다시가 정이 든 고장이 되었다. 낮에 민박집 아주머니가 세탁물을 말려서 주었고, 해수욕장에서 해수욕을 하며 본토인들과 어울려 놀았다. 휴가 같은 하루를 보냈다. 배를 놓치길 잘했구나. 그래. 내일은 또 내일의 해가 뜬다. 〈바람과 함께 사라지다〉의 마지막 대사가 떠오른다.

해수욕장에서 입수 전에

쿠사다시 조르바의 한낮의 유흥에 맥주 한잔

조르바들은 하나둘 모여 양산 대여료를 받아 맥주 파티 중

튀르키예의 쿠사다시의 또 다른 조르바 이야기를 해야겠다. 민박집에서 해안이 가까우니 수영복을 미리 입고 민박집 타월을 챙겨 해수욕할 준비를 해서 바닷가 해수욕장으로 갔다. 숙소에서 가깝고 또 해수욕장에는 사람들이 많았다. 옷을 벗어 놓을 곳을 알아보니 화장실을 이용하고 샤워 시설은 무료이다. 파라솔을 하나 빌렸다. 가게가 아니라 모래사장 한편에서 아저씨 한 사람이 빌려주는 곳이라 흥정을 하여 빌려서, 입고 간 겉옷을 파라솔 아래에다 놓고 내 귀중품 폰과 지갑을 단단히 단속하여 겉옷 속에 안 보이게 넣고는 수영을 하였다. 사진도 찍고 몇몇 사람들과 대화도 하고 놀다 보니 내 파라솔 뒤편에서 술판이 벌어지고 있었다. 조금 전에 파라솔 장사를 하던 그 아저씨와 여자 한 사람 그리고 술이 잔뜩 취한 세 사람이 시원한 병맥주를 아이스박스에 여러 병 놓고는 안주와 함께 먹고 마시고 논다. 앉은 채로 몸을 흔들어 춤도 추고, 옷

조르바를 찾아서 발칸을 가다 나는 자유다

고 즐겁게 놀고 있었다. 나도 더운 날씨에 맥주를 보니 슬그머니 저 판에 끼어들고 싶었다. 어떻게 접근을 했는지 기억은 없다. 그러나 그들은 나에게 잔을 가져와서는 술을 권하였고 나는 모래사장에 비스듬히 누워서 그들과 금방 한 무리가 되었다. 술잔이 돌아가고 카세트 전축에 노래를 틀어서 합창을 하기도 하고 앉아서 몸을 흔들며 춤을 추었다. 어깨동무를 하기도 하고 상체를 흔들기도 하며 그들은 끝없는 이야기를 하였다. 이제 보니 파라솔 장사가 돈을 만들면 이들이 온다. 파라솔 장사가 끝이 나는 시간, 즉 햇살이 기울어 수영객 손님이 파라솔을 반납하고 떠나면 그들의 술 시간, 그들의 축제 시간이 오는 것이다. 이 여름날 매일매일 그렇게 그들은 사는 것 같았다. 나는 잠깐 어울려 놀아 주고는 자리에서 일어섰다. 그들은 모두 가득 취해 있었다. 젊은 여성은 누군지 모르겠으나 집시 같은 여자였다. 콰지모도의 연인 에스메랄다 같은 집시 여인은 춤과 노래를 잘하는 여인이었다. 어떤 일에도 제약과 구속이 없는 자유인, 일정한 범주 안에서 자기들의 삶을 즐길 줄 아는 자유인 조르바를 본 것 같았다.

이런, 천공이란 자가 나라를 주무르고 있으니, 내 멀리 나오길 참 잘했네. 방금 든 생각이다. 내가 지금 사모스 가는 배를 기다리는 에게항 터미널은 쿠사다시라는 항구도시에 있다. 사모스가 어떤 섬인지 아무것도 모른다. 다만 이곳 튀르키예 서부 해안 지역에서 가장 가까운 그리스 섬이기 때문에 사모스로 가는 것이다. 9시 출항하는 배를 오늘은 놓치지 않기 위해 7시 30분에 와서 기다리고 있다. 짜이차 한 잔 시키고, 배낭에는 먹을 것을 잔뜩 사서 넣었다. 저기 요트가 떠 있는 작은 섬은 성이라고 하네. 윤 군, 왕정시대에 태어나서 왕 노릇을 하면 누가 뭐라고 하겠어! 어제 만난 쿠사다시 조르바도 너보다는 착하더라. 술 좋아하는 건 같아도, 주어진 제 형편대로 즐겁게 살더라.

사모스 가는 배를 타고 그리스 입국

나는 지금 그리스 사모스섬 중심 도시인 사모스타운, 호텔이라고 간판을 붙인 항구의 여인숙 같은 곳에 와 있다. 9시에 쿠사다시를 출항한 조그마한 배에 실려 세 시간쯤 걸려 그리스령 사모스에 왔다. 조그만 배라고 한 이유는 항구에 떠 있는 큰 배 중의 하나가 사모스로 가는 줄 알았는데, 내 배는 너무 작고 초라했다. 피타고레이오pythagoreio항 와서 보니 크레타로 가는 배는 없었고, 내일 오후에 아테네 항구인 피레우스항으로 가는 배뿐이다. 내일 표를 사고, 나와 동갑인 스코틀랜드 사람과 함께 점심을 먹고는 이곳 사모스바티타운samos vathy town이라는 곳으로 버스를 30분 타고 왔다. 사모스섬에서는 사모스바티타운이 메인인가 보다. 내일 아테네 항구 피레우스항 가는 배는 오후 5시에 있다고 하네. 새벽 2시에 아테네 피레우스항에 배가 도착한다니 야간 운항 배이구나. 아테네로 가서 다시 배를 타고 크레타로 가는 거야. 돌아가고 갔다 오고 뭐 어떡하라고? 가는 일이 여행인데? 여길 오니 항구는 적막이다. 상점들은 오후 5시가 되어야 장사를 하는 것인가. 문들이 모두 닫혀 있다.

조르바를 찾아서 발칸을 가다 나는 자유다

그리스 사모스 피타고레이오pythagoreio항으로 입국

심카드를 사야 인터넷이 되는데 그도 6시에 문을 연다고 하니, 숙소를 찾아야지. 택시 정류장에 모여 있는 사람에게 물으니 근처 호텔이라고 붙인 곳을 소개해서 일단 들어와서 붙잡혔다. 80살 먹었다는 할머니가 호스트이다. 방 하나에 40유로를 부른다. 그리스는 통화가 유로이라 버스비도 유로를 현찰로 지불하였다.

당일로 쿠사다시에서 피타고레이오 관광을 온 영국인

싼 방을 달라고 하니 25유로짜리 단칸방을 소개한다. 깎고 말고 할 일도 없다. 콜하고는 인터넷이 먹통이라 와이파이 비번을 받아 이렇게 사용한다. 나는 모든 일기를 페이스북에다 매일 올리고 있다. 와이파이가 되어야 글을 쓸 수가 있다. 아님 심카드를 넣어서 인터넷이 가동되어야 쓴 글을 올릴 수 있다. 사모스는 해변이 좋은 모양인데 아직 휴가철이 아니라 관광객들이 별로 없고 원주민과 장사꾼들만 모여 있었다. 나랑은 무관하니 여기서 쉬다 저녁과 오전에 어슬렁거리다 떠나면 되는 일이고, 그 사이 무슨 일이 일어

날지는 너도 나도 모른다.

사모스타운 가는 버스를 기다리며 주막에 앉아 한잔

 여행은 떠나는 것이라고 하지만, 여행은 움직이는 것이다. 그래야 사
는 일이 되고, 체험하게 된다. 휴가는 머물지마는 여행은 자고는 떠나야
여행이고 집시이고 방랑자이고 나그네이다. 일본 하이쿠 시인은 방랑자
였기에 하이쿠가 나왔다.
 이제 그리스에서 나도 하이쿠를 써 볼까?

조르바를 찾아서 발칸을 가다 나는 자유다

2. 에게 바다에 핀 문화 크레타와 그리스를 찾아가다

크레타에서 바라본 지중해의 낙조

그리스 델포이 언덕에서 바라본 코린토스만

6월 5일 그리스 사모스

버스를 타고 섬을 가로질러 사모스타운으로 가다

사모스타운의 골목길 마켓에서 과일을 사다

나는 지금 그리스에 와 있다. 말도 사람도 돈도 나라도 그리스이다. 불과 배를 타고 두세 시간 남짓 왔는데, 간단하게 넘어왔다. 육로로 간다면 머나먼 땅이다. 다시 이스탄불을 지나 튀르키예에서 그리스로 넘어갈 수가 있다. 나는 지도를 보고 물어서 아주 간단히 가볍게 가는 법을 알아내고는 시도를 했다. 사모스라는 그리스 섬에서는 억울하게도 크레타로 바로 가는 배가 없었다. 해서 아테네의 피레우스항으로 가서 다시 크레타로 가려고 한다. 저녁을 먹으려고 식당에 왔다. 당연히 거리 레스토랑이다. 오후 7시 넘어가면 죽은 듯 조용하던 도시는 활기를 찾는다. 그리스 공산당원들은 정부에 항의하는 시위를 하고, EU는 물러가라고 항의 집회를 한다. 그들은 코미니티당이라고 하네. 우리나라도 공산당이

조르바를 찾아서 발칸을 가다 나는 자유다

있냐고 묻는다. 우리는 공산당은 없다만, 양키 물러가라고 시위는 한다. 조국의 통일을 위해서. 여기 와서 시계를 샀다. 8유로를 주고, 어린이용으로 샀다. 가볍고 작고 간단해서. 낮에 마셨던 '미토스'라는 그리스 말로 '신화'라는 맥주를 시켜 마신다. 시원하고 부드럽다. 같이 시킨 치즈와 토마토 고추탕 음식을 안주로. 좀 짜긴 해도 내 입맛에 맞다. 한 병 더 마셔야 할 것 같다. 나는 벌써 심카드도 그리스용으로 바꾸어서 사는 데는 아무 문제가 없다.

내 여행 철학은 두 가지가 제일 중요하다. 하나는 시간이고, 또 하나는 돈이다. 많은 사람이 여행이 어려운 이유는 돈은 많으나 시간이 없고, 시간은 많으나 돈이 없다. 물론 건강이 있어야 하는 건 당연하다. 환자는 돈, 시간, 다 필요 없는 게 환자이다. 나는 내 수준에 두 가지가 다 있다. 돈은 내 수준에 아낌없이 쓸 수 있는 돈이면 되고, 시간은 내 여행 수준에 허락될 수 있는 시간이 있으면 된다. 내 여행 철학이 그렇다는 것이지 맞고 틀리고는 사람마다 다르니……. 낮 시간은 더우니 웬만하면 쉬는 게 상책이다.

사모스타운의 해안에 핀 자귀나무 꽃

나는 지금 이번 여행에 대한 갈등을 아침에 일어나 잠깐 하고 있다. 여행을 계획할 때 생각은 단순했다. 그러나 방법은 좀 복잡했다. 내 나이에, 내 처지에, 어떤 방법이 적합한지였다. 그래서 일정은 넉넉하게, 갈 곳은 단순하게, 먹고 자는 건 편하게, 한마디로 힐링 여행을 생각했다. 도시 여행을 피하고, 시골 마을 찾아서, 자연 경관이 좋은 걷는 일정으로. 그런데 막상 여행지를 정하고 와 보니, 그럴 수가 없었다. 결정한 나라의 도시들이 여행지이니 차를 타고 이동해야 했고, 처음 간 곳이라 보이는 곳들이 모두 도회지 시내였고, 숙소는 예약할 수 있는 곳은 호텔이나 호스텔, 도시 민박집이다. 그리고 그곳에서도 하룻밤 자고 나면 지역을 옮겨야 했고. 그러니 방랑자라기보다는 방황자 신세였다. 유적들이 있는 곳도 수많은 관광객이 물결처럼 휩쓸리는 관광 유적지였다. 모르긴 해도 이미 다녀온 튀르키예는 그렇다. 그리스 방문지도 크로아티아도 그럴 것이다. 이미 내가 예정한 지역들이 그렇고, 그 일정에는 그런 여행을 할 수밖에 없는 상황을 만들어 놓고는 지금 어쩔 것인가? 각설하고, 상황은 어쩔 수가 없다. 일정의 3분의 1은 지나갔다. 남은 일정도 일정대로 소화를 해야 한다. 다만 여기서 관광 목적을 줄이고 힐링 목적으로 전환을 하자면 방문지를 줄이는 방법이 최선일 것이다. 나는 오늘 그리스의 크레타섬 조르바를 찾아간다. 여기 사모스섬에서 저녁 배를 타고 에게해 바다를 아홉 시간쯤 건너 내일 새벽 아테네 피레우스항으로 간다.

나는 지금 자고 일어난 아침 시간 사모스 주택가 동네 안 빵집 앞. 마을 사람들이 아침에 구운 빵을 사 가는 가게 앞 탁자에 앉아 그리스식으로 구운 빵과 카페라테 한 잔으로 아침을 먹고 있다. 따뜻하고 부드러운

조르바를 찾아서 발칸을 가다 나는 자유다

아침에 구운 빵 맛은 아주 고소하고 맛있다. '겉바속촉'이라고 하나. 문 지방이 닳는 소리가 들리는 듯 마을 아주머니, 할머니들이 쉴 새 없이 들 랑거린다. 오전을 이렇게 마을을 구경하며 보낸다. 정오 무렵 근처 해수 욕장에 가서 놀다 4시경에는 배를 타고 야간 항해를 해야 한다. 나는 요 즈음 에게해 비취빛 바다에 묻혀 산다.

골목길 빵집에서 커피와 아침을 먹다

점심은 주민들이 이용하는 그리스 음식을 골라 먹는 식당

사모스타운의 유명한 와이너리를 방문하여 방명록에

　　나는 지금 사모스섬의 와인박물관에 와 있다. 관람 후 와인 석 잔을 시

음하게 해 준다고 해서 사모스 바티항 좌측 기슭에 있다는 와인박물관을 찾아왔다. 와인 제작 과정이나 술통은 그냥 주마간산 격으로 보고 나갈 때 시음시켜 준다는 와인 석 잔에만 기대를 하고 있다. 술통 옆이 지하실이니 시원하다. 쉬었다 나가면서 시음 술이나 마시고 나가야겠다.

입장료 5유로에 와인 석 잔 서비스

나는 땡볕에 30분 해안도로를 산청 우리 집에 있을 때 앞산 월명산 산책 걷듯 걸어서 왔다. 땀을 뻘뻘 흘리며. 땡볕에 해안도로 길을 따라 한 30분을 열심히 걸었다. 비무장이니 뭐 대수냐? 입장료 5유로. 박물관 한 무리의 관광객들을 보낸 후에 입장한 카운터 앞에 대기를 하니 카운터 아가씨가 멋진 차림으로 술 세 병과 잔 세 개를 내 앞에 놓았다. 무슨 설명을 하긴 했는데, 석 잔을 다 마시고는 제일 입맛에 드는 술을 한 잔 더 청했다. 그녀는 기꺼이 한 잔을 넉넉하게 따라 주었다. 나는 잔을 들고 저쪽 카우치 의자에 가서 마셔도 되냐고 물으니 괜찮다고 해서 석 잔에 알딸딸해졌는데 한 잔을 천천히 음미하며 마저 마셨다. 5유로에 와인 넉 잔을 미녀와 함께. 여기 오기 전에 아침 식사로 빵집에서 커피와 바로 구운 빵을 먹은 후 사모스 바티 고대 박물관을 관람하였다. 높이 5미터의 쿠로스 대리석 남성 조각상을 위시한 여러 대리석 유물들을 보았다. 5미

조르바를 찾아서 발칸을 가다 나는 자유다

터 상은 대리석 작품으로 세계에서 제일 크다고 하네? 여러 항아리와 유물들은 여기 사모스섬에서 발굴된 유물이라고 한다.

사모스박물관 앞 공원, 그리스 관광객 가족

사모스박물관 입구에 선 대리석상

5시에 피레우스항으로 가는 배를 타기 위해 4시에 숙소를 나와 미리 봐 둔 항구 오른편의 대형 선박이 입항해 있는 사모스 바티 국제 여객선 터미널로 걸어서 갔다. 20분이 채 걸리지 않는 거리였다. 시간이 일러 어디가 터미널인가 기웃거리다가 마침 여객선 표를 파는 여행사가 보이기에 들러서 내 표를 보여 주며 어디에서 배를 타냐고 물었다. 그는 내가 탈 배는 여기에 오지 않는다고 한다. 그럼 어디냐고 황당해서 물으니 이 항구 반대편을 가리키며 바다 건너 저쪽이라고 한다. 그럼 내가 갔다가 온 와인박물관 근처냐고 하니 그렇다고 한다. 내가 그곳에는 항구가 없었다고 하자, 좀 더 가면 있다고 한다. 그러고는 택시를 불러 주겠다고 한다. 대강 거리를 아는 곳이니 불러 달라고 하였다. 택시를 타고 가니 말라가리항Malagary Port이라는 건물만 멋지고 편의 시설은 전무한 터미널이 있었다. 시간이 되니 거함이 물살을 차고 멋지게 입항을 했다.

사모스타운 말라가리항에서 아테네 피레우스항으로
가는 블루스타 여객선

사모스 말라가리항으로 입항하는 블루스타 페리

사모스 헤라이온 유적지에서
나온 5미터의 거대한 쿠로스

나는 지금 Blue Star Ferries 거함을 타고 있다. 아테네 피레우스항으로 가는. 배는 푸른 에게 바다를 밤을 쫓아 달릴 것이다. 그 무시무시했던 그리스 함대같이. 배가 사모스 말라가리항으로 입항하는 모습과, 그리스 정복을 입은 경찰들을 보니 위압감을 느낀다.

문득 오나시스가 생각이 났다. 세계적인 선박왕, 당대의 세계 최대 거부였던 오나시스. 그의 자서전에서 돈 버는 철학을 들었던 것 같다. 기억나는 건, 20대에 자력으로 얼마를 모으면 30대는 열 배, 40대는 백 배

조르바를 찾아서 발칸을 가다 나는 자유다

를 그리고 50대는 무한대라고! 해서 선박 내 카페테리아에 앉아서 5유로짜리 맥주 한 병을 시켜 놓고 흉내를 내고 있다. 낮에는 와인에 취해서 오후에는 맥주에 취해서. 내 배낭에는 육지에서 사 온 맥주가 또 들어 있다. 이런 바Bar가 있을 줄이야. 돈만 있으면 지금 여행은 다 해결된다. 산을 걷거나 인적 없는 마을 길을 걷거나 하면 배낭에 식품이 필요하지. 오늘 밤은 에게 바다를 통째로 가로질러 간다. 희랍시대에는 이 바다를 통해 그리스와 튀르키예의 서부 해안이 연결되어 하나의 나라였다. 모두 희랍이었고 로마였고 오스만제국이었다. 호메로스의 〈오디세이〉, 〈일리아드〉 대서사시도 여기서 탄생한다. 오전에 사모스박물관을 다녀왔다. 여기 사모스섬에서 발굴된 기원전 7, 8세기의 대리석, 토기, 목기, 청동기들이 진열되어 있었다. 높이가 5미터에 달하는 대리석상. 모두 지금부터 삼천 년 전 수공예품들이다. 대단한 유적을 갖고 있다. 고대를 바라볼 때는 튀르키예, 그리스 구분이 불가하다. 에게해를 지배하던 세력이라고 표현하고, 희랍 신들의 이야기가 존재하는 지역과 문화이다.

공물로 만든 구리 제품들, 사모스박물관 소장

6월 6일 아테네 피레우스항

대해大海로 나가면 데이터 기지국 연결이 안 되겠지. 크루즈선을 타고 항해를 하는 듯하다. 잘 수 있는 곳도 있고, 옥외에 배치된 먹고 쉴 의자도 있고, 내부에 바도 있고, 냉방이 되어 아주 쾌적하다. 내가 배정받은 객실 등급도 알 수가 없다. 나는 그들이 달라는 대로 돈을 주고 표를 샀다. 헌데 탑승객 수는 너무나 초라하다. 텅 비었다는 말이다. 어디에나 앉아 쉴 수 있고, 먹고 마실 수 있고, 잘 수 있다. 에게해는 너무도 잔잔하다. 풍랑을 상상할 수가 없는 바다이다. 지중해가 대륙 사이에 있고, 지중해에서 흑해로 이어지는 바다에 에게해가 있고 그중 하나가 사모스섬이니, 지중해는 큰 바다이지만 대서양, 인도양 바닷물이 들어올 해협은 너무도 협소하다. 지브롤터 좁은 해협이 대서양을 막았고, 수에즈 운하가 인도양으로 연결되지만 운하이고, 흑해 역시 마르마라해를 지나 이스탄불 보스포루스 해협으로 연결되어 있다. 아직도 배는 사모스로, 이 섬의 제일 큰 도시 카를로바시에 닿았다가 떠났다. 이제는 미코노스나 시로스섬에 가다 설지도 모르나 아무래도 서너 시간은 가야지 싶다.

에게해에서 바라본 사모스섬의 북쪽 면

조르바를 찾아서 발칸을 가다 나는 자유다

이 배는 내일 새벽 2시경에 피레우스항에 도착한다고 했다. 나는 선박 제일 위층 난간에 기대 사방이 수평선인 대해를 바라보며 물살을 헤치고 나아가는 선두에서, 혹은 그리스 국기가 펄럭이는 스크루의 흰 포말이 바다 위를 수놓는 뒷전에서 한동안 석양을 보며 내 젊은 날의 꿈이었던 항해의 꿈을 새겨 보았다. 그래. 그 시절에 보았던 영화 〈추바스코〉를 기억하며 동경하던 이십 대 시절, 파도와 싸우고 자연을 헤치고 강한 육체에 자신감을 만끽하던 스무 살 내 젊음의 시간들을.

저녁에 배는 사모스를 떠난 지 세 시간 만에 다음 섬인 이카리아섬에 들렀다. 타고 내리는 사람 수는 얼마 안 되고, 컨테이너를 싣고 내리고 한다. 나는 배의 제일 위층 난간에 자리를 잡았다. 저녁 바닷바람이 좀 거칠긴 해도 무척 시원하다. 지중해 바람이 묻어 있는지. 섬들은 온통 바위산이다. 작은 섬들은 없다. 남해 바다가 아니라 동해 바다이다. 옥빛 물결에 청녹빛 하늘이다. 감청색 물빛이 멀리 하늘과 맞닿아 있다. 섬 산 중턱 마을에 사는 사람들은 무얼 생계로 할까 궁금하다. 마을로 이어지는 산길이 멀리서도 보인다. 산길은 수평 등고선이고, 산은 수직 절벽 같다. 산꼭대기는 희끗한 서리가 내린 색인데 돌산이라 그렇다. 조르바가 광산을 만든다고 오르내리던 산처럼 보인다. 가 보면 알겠지만. 크레타나 여기 이카리아섬이나 그 산이 그 산일 것이다. 해는 석양을 만들다, 노을을 만들다, 그만두고 해 진 자리도 이제 수평선만 남았다. 이카리아섬 쪽으로 병풍을 쳐 놓고 삼방은 수평선이다. 배는 그 한가운데 떠 있다. 해가 진 자리 쪽으로 배가 나아가니 배는 지금 서쪽으로 가고 있다.

아테네 피레우스항에 내려서 E7 출구로 나오다

　나는 지금 그리스 아테네 피레우스항 어느 카페 간이 의자에 앉아 있다. 여기에 새벽 2시에 도착하여 근처 쉴 만한 곳을 찾아 왔다. 항구에 내려 가로등 불이 선착장의 입구를 비추는 길을 따라 사람들이 나아갔다. 나는 목적 없이 그냥 배낭을 메고 따라간다. 어디가 출구인지 어디가 항구의 터미널인지도 모르고 따라 걷는다. 철망으로 만든 열린 출입구를 나선다. 일부는 차량 주차장으로 사라지고 차량들이 출입구 문으로 나간다. 나는 몇 안 되는 걸어가는 사람들과 도시 쪽으로 나아갔다. 새벽 항구는 아직 깨어나지 않았다. 버스를 기다리는 사람들이 정류소에서 서성인다. 그들은 아테네 가는 사람들이다. 버스는 한 시간이나 더 기다려야 첫 버스가 온다고 한다. 나는 여기서 다시 크레타로 가야 하니 터미널을 찾아서 시간을 알아야 하고 첫 배를 타야 하는데 아는 사람이 없다. 새벽이고 터미널이 어딘지? 매표소가 어딘지? 한 십여 분을 버스를 기다리는 젊은 사람들과 사정 이야기를 나눈다. 그들도 여기 사람들이 아니고 놀러 온 관광객들이니, 도와는 주고 싶지만 방법을 모르는 처지이다. 갈 곳이 마땅찮은 나는 앉을 곳도 없는 여기서 그냥 버스가 오길 그들처럼 기다린다. 갈 곳이 없으니.

　　　　　　　　　조르바를 찾아서 발칸을 가다 나는 자유다

지금 시간은 4시 반이다. 크레타 하니아항 가는 배는 오후 9시에 있다고 한다. 동이 터야 사무실을 찾아서 표를 사고 배를 탈 것이다. 여기 길거리 간이 의자에 앉아 있는 사람들은 대부분 아침이 오면 다른 배를 타고 떠날 사람들이다. 나는 이 24시간 카페를 찾는 데 30분이 걸렸다. 지도를 보고 걸어가는데도 동서남북을 모르니……. 다행히 여기서 크레타 하니아항 가는 젊은이를 만나 그의 도움을 받아서 시간이 오기를 기다리고 있다. 크루아상 빵과 콜라로 아침을 때우고 말이다. 기다리고, 묻고, 시도하고, Try and Error. I'll be there. 이 항구의 수많은 배들은 조르바 시절의 모습과는 전혀 다르다. 이 항구는 그 시절에도 에게해 수많은 섬들을 연결하는 항구였을 것이다. 크레타가 가장 큰 섬이긴 하지만. 예전 부산항 남포동 뱃머리에서 제주도 가는 배처럼. 그러나 그때처럼 크레타 하니아항 가는 선창은 여기였을 거다. 누가 사평역의 톱밥 타는 난로 모습을 그리듯, 희랍인 조르바의 첫 장면을 회상할 뿐. 야간 배를 타면 상기될지도.

　나는 지금 크레타 가는 배 티켓을 사기 위해 오전 7시에 연다는 매표소 입구에서 매표원이 오길 기다리고 있다. 이 매표소 앞까지 날 데려다준, 《그리스인 조르바》에 대해 나보다 더 해박한 59세의 여행가를 만났다. 처음 쉬었던 카페 위치를 알려 준 두 아가씨와 헤어진 후 첫 번째 카페에서 두 시간을 보내고, 그곳에서 만난 젊은 총각이 알려 준 선박회사 앞 카페에서 만난 피레우스 조르바와 한 시간을 보냈는데 그는 친절히도 이 매표소 앞까지 데려다주었다. 뱃머리 뒷길 통로 길로 쉽게 들어와서. 참으로 행운이었다. 피레우스 조르바를 만난 일이. 그는 여기 피레우스에 사는 사람 같았다. 왜 그가 이라클리온 가는 아침 배가 떠나는 이 길거리 간이 탁자에 앉아서 차를 마시고 있었는지를 모르겠다. 지금 생각해 보니 굳이 찾자면 그는 전날 그의 차량을 뱃머리 선착장 주차장에 세워 두었는데 그 차량을 빼자면 아침에 입구 차량 출입문이 열려야 하니 문이 열리는 시간까지 기다린 것이 아닌가 한다. 그는 아테네 피레우스 항구의 예전 이야기를 알고 있었다. 백 년 전쯤, 그러니까 소설 속 조르바가 크레타 가는 배를 탄 장소가 어디일까? 내 물음에 그는 백 년 전쯤의 크레타 가는 배가 출항했던 위치를 알려 주기도 했다. 지금의 피레우스 항구 자리는 아닌 것이다. 더 서쪽으로 가면 옛 항구 지역이 나온다. 나중에 내가 크레타 가는 배에서 피레우스 항구가 바라다 보이는 곳을 보고 가늠해 보았다. 그리고 그가 알려 준 곳도 지도와 실제 모습을 보면서 상상을 하였다. 그는 희랍인 조르바에 대한 많은 이야기와 문학적 그리고 사실적 이야기를 해 주었다. 이만한 사람을 여기 아테네에서 만나다니 그는 내가 명명한 피레우스 조르바였다.

아테네 피레우스항 조르바를 만나다

나는 지금 배를 탔다. 저녁 9시에 출발한다는 크레타 하니아항 가는 배를 포기하고, 크레타 이라클리온항으로 가는 오전 9시 배를 탔다. 이유는 저녁 9시에 떠난다는 하니아항 배를 기다리는 게 무리다. 지난밤을 새워 왔는데, 대낮 종일을 거리에서 방황하느니 배를 타고 이라클리온항으로 가는 게 나로서는 합당한 판단이라고 생각했다. 하니아 가는

조르바를 찾아서 발칸을 가다 나는 자유다

배표를 파는 곳은 10시에 문을 연다고 한다. 이라클리온 가는 배는 지금 바로 갈 수가 있다는데, 망설임 없이 표를 샀다. 역시 순발력 좋았어!

E3에서 오전, 크레타 이라클리온 가는 ANEK LINES 페리

배표를 사는 방법은 내가 아는 법으로는 어림도 없었다. 일단 이 항구에서 출항하는 뱃머리가 E1부터 E9까지인지 잘 모르겠다. 내가 내린 것이 E7이었고 여기는 E4이다. E 하나가 비행장으로 치면 게이트 하나이고 대형 선박이 정박할 수 있는 접안 시설을 갖춘 곳이고 매표는 나처럼 예약도 안 하고 티켓도 없는 구시대 사람들이 출발 시간 전에 와서 현장에서 남은 좌석을 현찰 주고 사는 방식이니 터미널이나 매표소 건물이 따로 없고 컨테이너 막사에서 배 출발 몇 시간 전에 표를 팔고는 문 닫고 사라지는 곳이다. 이해가 되는지? 그래서

9시에 출항하는 배는 7시가 되어야 임시 매표소 문을 연다

시간이 되어야 표를 사고 표는 카드나 현금으로 구입이 가능하였다. 근처 화장실에서 세수도 하고, 음식점에서 아침밥도 먹었다. 카페테리아

같은 곳에서 진열된 그리스 음식이었다. 이 항구를 이용하는 많은 사람들이 나처럼 이빙인일 것이라는 생각은 잘못이다. 대부분 그리스 사람들이었다. 그들은 생업을 위해 매일 이 큰 배를 이용해서 컨테이너 화물도 운반하고 지중해에 있는 그 많은 섬들을 이용한다. 그러하니 요금도 싸고 배도 자주 있고 많은 화물 운반도 이루어진다.

매점에서 빵과 커피와 과일로 탁자에 앉아 아침을 먹다

그리스 국기를 단 페리를 타고 피레우스항을 떠난다

나는 이런 여행이 체질이다. 변비도 없어지고, 위장병(기능성 위장장애)도 사라졌다. 커피, 차, 술 다 마셔도 괜찮다. 허나 언제나 절제한다. 내일을, 또 내 나이를 걱정해야지. 배 안에 자기 좋은 자리를 미리 잡았다. 자리 옆에 충전용 콘센트가 있고, 카페테리아 구석 자리를. 낮 시간 내내 걸릴 것이다. 이동 거리는 사모스에서 여기 오는 것보다 크레타 이라클리온항이 지도로 대강 관측해도 멀다. 헌데 배 요금은 싼 것 같다.

조르바를 찾아서 발칸을 가다 나는 자유다

사모스에서는 59유로를 썼는데, 여기서는 37유로. 하여간에 이해가 안 되지만 사실이다. No matter, Why not? 인도식으로 노 프라블럼.

배는 바람 없는 한바다에 떠 있습니다

하늘과 바다가 맞닿아 있습니다

서 있는 듯 흘러갑니다

사방은 수평선이라지만 둥급니다

수반 위의 물처럼 잔잔합니다

흔들리지 않는 배처럼

내 마음 편안합니다

지금도 모르는데

어찌 내일을 알려고 하리오

주어지는 대로 따라가겠습니다

시간이 허락하는 한

조르바는 없을 것 같네요

내 속의 조르바를 먼저 만나면 되는 일

크레타 가는 배를 타고

배는 아홉 시간이 걸려 크레타 이라클리온항에 도착

6월 6일 크레타

　나는 지금 그냥 이라클리온에서 버스를 타고 동쪽 이 버스 종점 마을로 가고 있다. 두 시간쯤 걸린다고 했고, 버스 안에서 숙소 예약을 했다. 오후 6시에 이라클리온 항구에 내려 그냥 근처 버스 정류소를 찾아 걸어갔다. 항구에서 나와 육지 쪽으로 한 10분 큰길을 따라 올라가니 버스 터미널이 있었고, 나는 오늘 여기에서 자고 싶지 않아서 그냥 어떤 버스이든지 동쪽 끝으로 가서 자야겠다는 생각을 하고 버스표를 샀다. 동쪽 끝 마을로 가는 버스를 찾는 일도 간단하지 않았다.

　사실은 종점 마을 직전 마을이다. 종점 마을 이에라페트라Ierapetra 가는 표를 사고 그 마을에 있는 숙소를 예약하니 방이 없다고 거절한다. 해서 예약이 가능한 앞마을 이스트로Istro에서 내려야 한다. 버스에는 차장이 있다. 운전사는 운전만 하고 내리고 타고 차비를 받고는 차장이 다 한다. 우리도 옛날에는 그랬다. 나는 동쪽 끝에서 서쪽 끝까지 천천히 이동하면서 크레타를 섭렵하고자 한다. 며칠이나 걸릴지? 그만 보고, 떠나고 싶을 때 떠날 것이다. 크레타섬은 남북으로는 좁고 동서로 기다란 모양이다. 이 크레타는 역사가 수천 년이나 되는 고대 왕국이다. 문화와 세력이 대단했는데, 3,500년 전에 큰 화산이 폭발했고 그때 만들어진 섬이 산토리니섬이다. 그때 화산 폭발로 쓰나미가 크레타를 다 밀어 버렸다. 모든 유적지는 그때 다 무너지고 묻히고 파괴되었다. 왕조는 망했다. 이라클리온이 대강 섬의 좌우 중간에 있다고 보고, 동으로 버스 타고 두세 시간, 서쪽으로 두세 시간일 것이다. 도시 간 시외버스이지만 사람 사는 곳마다 정차한다.

주) 내가 처음 가고자 한 마을 이에라페트라Ierapetra.

숙소로 정한 마을 니콜라스 이스트로Istro.

근처 해수욕장 Voulisma beach.

근처 명승지 Archaeological site of Gournia, Istron Bay.

크레타 첫날 숙소인 이스트로, 저녁 9시에 저녁 식사

버스를 타고 가면서 숙소 예약을 했고 지도 위치에 내렸다

이라클리온에서 숙소를 예약하고 잤으면 편했는데도, 도회지에서 자고 쉬는 게 싫었다. 배에서 내린 시간이 오후 6시인데 숙소를 구해야지. 숙소 구하는 일을 배에서 인터넷이 자꾸 끊긴다는 이유로 미루고는 이라클리온 버스 터미널을 물어서 걸어갔다. 크레타에 대한 여행 안내서는 배낭에 들어 있었는데도 그 많은 시간들을 빈둥거리며 찾을 생각을 아니 하고, 내리면 관광안내소 가든지 물을 생각만 했다. 동쪽으로 가서 숙소를 구하고 자고 시작하자는 게 속마음이었다.

해서 지도를 보고, 지금 시간에 버스로 갈 수 있는 가장 먼 곳을 정해 지도를 매표소에 내밀고는 손가락으로 알려 버스표를 샀다. 12유로이면 버스 시간이 제법 될 것인데, 물으니 두 시간에서 두 시간 반 걸린다고 한다. 이런! 내리면 몇 시냐? 출발 시간은 6시 45분으로 적혀 있다. 숙소 예약은 버스를 기다리면서 했다. 결과는 방이 없다는 것. 사정을 해도 안 된다고 하니 포기하고. 버스를 타고는 종점 마을 가기 전에 버스가 설 만한 마을을 지도에서 찾아 예약을 먼저 하고, 이 마을로 이 버스가 지나 가는지 차장에게 물었다. 그리스 글을 못 읽으니 그냥 보여 주는 수밖에 는. 그래도 운전사는 나 혼자라도 내가 원하는 위치에 내려 주었고 나는 버스 이동 중 구글 지도가 행적을 표시해 주는 곳이 맞는지를 확인하면 서 두 시간 걸려 갔다. 숙소 호스트에게 나의 행적을 인터넷으로 알려 주 었다. 저녁 9시경에 내려 근처 식당에서 저녁을 먹고, 반주로 크레타 적 포도주를, 유리 용기에 한가득 나오는 것을 혼자 비우고는 9시 반이나 되어서 이제 숙소로 간다고 알렸다.

첫날 숙소, 그림을 그리는 여주인의 취향

식당 이름이 간판에 적혀 있는데도 문자만 그대로 옮겨 메시지로 보 냈는데, 구글을 켜고 식당을 나오니 웬 젊은이가 뒤에서 쫓아와서는 내

조르바를 찾아서 발칸을 가다 나는 자유다

얼굴 사진을 보여 주면서 당신이냐고 물었다. 시골 밤길이라 깜깜하고 어두워지기 전에 확인한 샛길로 가면 될 것이라 생각을 했는데 젊은이가 인도한 길은 그 길 전에 약간 언덕 진 길이었다. 조금 오르자마자 이층 양옥집으로 들어가 일층 독채 방을 인계받았다. 돈을 좀 더 주니 깨끗하고 시설이 완벽하다. 늦은 시간 마중 나와 준 호스트 젊은이가 고마웠다. 사모스에서 여기 크레타 이곳까지 아홉 시간짜리 배를 두 번 타고, 배에서 사 먹은 빵 쪼가리와 생수가 내 체력을 지탱해 주었는데 오늘 저녁은 이름 모를 어촌 마을에서 식당 음식을 두 개나 시켜 술 한 병에 보충이 되길 바라면서 먹었다. 잠을 자고 일어나니 6시다.

6월 7일

나는 지금 어제 잔 그 펜션에서 퇴실도 않고 졸음을 깨우고 있다. 눈까풀이 붙었다 떨어졌다 무겁다. 어찌 된 연유이고 하니, 짐을 다 싸서 방문 옆에 남겨 두고, 숙소 주인아주머니를 만나 빨랫거리를 부탁하고 '나중에 들를 터이니 염려 말고 뜰에다 널어 주세요.' 부탁을 하니 받아 갔다. 나는 아침을 다니면서 사 먹을까 해서 나왔는데 햇살이 여간 센 게 아니다. 근처 해변을 가면 볼거리가 있겠지 싶어 구글을 켜고 걷는데 마켓이 보인다. 아무래도 내 방식대로 과일샐러드를 만들어 먹는 편이 속이 편하고 좋을 것도 같아서, 나는 과일 몇 종류와 달콤한 요플레 그리고 우유라고 샀는데 요구르트, 양상추는 안 보여서 패스하고 다시 펜션 숙소로 돌아왔다.

가운데 그리스 고유 음식 무사카는 주인집에서 만듦

부엌에서 이것저것 용기와 칼과 수저를 찾아내어, 순식간에 볼(우리 말로 대접)에 담고 있는데, 노크 소리가 나고 아주머니 목소리가 들려 열려 있었던 현관문으로 나가니 그녀 손에는 내 빨래를 해서 담은 주머 니와 다른 손에는 접시에 음식을 담아 왔다. 자기가 만든 그리스 밥이 란다. 이름은 무사카. 사진을 보시길. 감사하다고 인사를 하고는 부엌 에 걸린 그림 이야기를 꺼냈다. 그림을 별로 알지도 좋아하지도 않는 나 이지만 바닷가에 파라솔 두 개를 펼친 그림이 눈에 들어 사진을 찍어 두 었다. "이 그림 참 좋은데 누가 그렸어요?" 하니 자기가 그렸다고 하면 서 방에 요가 하는 사람을 그린 그림도 걸려 있다고 손짓을 한다. 그 인 체 그림은 사진 같았고 백사장에 바다와 산과 하늘이 다 담긴 그림이 좋 았지만 둘 다 좋다고 맞장구를 쳐 주고 자연물 그림이 더 좋다고 하면서 아래 사인을 가리키며 당신 이름이냐고 하니 그렇다고 했다. 글을 못 읽 으니 이름이 무어냐고 하니, 마리안너라고 했는지 알렉시아라고 했는지 잊었다.

나는 그녀에게 나는 글 쓰는 사람이라고 척을 하면서 《그리스인 조르 바》의 작가 카잔차키스를 찾아서 여기 크레타를 왔다며 그녀가 반은 알아듣고 반은 못 알아듣든지 말든지 내 하고 싶은 말들을 다 하고는 마지막에 혹 커피 한잔을 부탁해도 되는지 물었다. 그러자 그녀는 기다렸다는 듯이 튀르키예식 커피냐고 하기에 전에 이스탄불 공동묘지 위 프랑스 작가 누군가(피에르 로티)가 즐겨 찾았다고 한 노천카페에서 마신 튀르키예 커피가 상기되어 독할 것 같았지만 예스를 하니 설탕을 한 스푼이냐고 했으면 금방 알아들었을 건데, 스푼이란 단어를 안 쓰고 한 샵으로 들리는 단어로 말하기에, 설마 샵은 아닐 거고 여기 단위는 스푼을 샵이라고 하는가 보다 하고 빠르게 이해를 하고 '예스, 예스'를 했다. 그녀는 식사를 하라고 하며 사라졌다.

　나의 주식인 샐러드와 그리스 밥 무사카와 요구르트, 다른 건 먹어 보니 튀르키예 음료인 아이란이다. 음식을 다 먹기도 전에 커피가 왔다. 이런 홍복이 아침에 굴러 들어왔다니, 해수욕장이고 저기 유적지고 다 갈 일이 없다. 이 땡볕에 무슨 재주로 다닌다는 말이고. 12시까지 덜 마른 세탁물이나 야외 건조대에 널어 더 말리고 방에서 쉬다가 동쪽 끝 마을로 가는 거다.

　지금 나는 숙소 침대에 누워 검지를 번개처럼 움직이며 쉬고 있다. 시간은 11시 20분이다.

첫 밤을 지낸 크레타 동부 지역 이스트로 마을 큰길

나는 지금 어느 해수욕장에 있다. 동쪽 끝을 찾아가려고 버스 정류장
와서 시간을 보니 2시 반에 버스가 있다. 지금 12시인데, 어디서 빈둥거
리나 싶어 지도를 보니 근처 마을 해수욕장이 나온다. 뭐 동네 해수욕장
인가 보다. 바닷바람이라도 쐬고 가자 하고 어슬렁거리며 걸어갔다. 배
낭은 정류소 앞 식당에 맡기고.

상반신을 벗고 오수를 즐기는 크레타 여인

처음에 정한 해수욕장은 17분 거리라, 대신 다른 작은 해수욕장이 있
어 샛길로 가니 7분 만에 나왔다. 사람도 별로 없고. 백사장 첫째 나무
그늘 아래 두 사람(여인)이 웃옷을 다 벗고 일광욕 중이다. 얼른 얼굴을
돌렸다. 멀리서 사진이라도 한 장 찍어야지. 두 사람은 내가 지나가도
그냥 자는 척한다. 눈을 씻든지 나중에 하기로 하고, 다음 나무 그늘에
자리를 잡고 나도 옷을 벗었다. 나는 겉옷만 벗었다. 그러고는 그냥 물
속을 향해, 준비 없이 와서 준비 없이 수영을 했다. 지나가는 행인 A에게
한 번, 행인 B에게 한 번 사진을 부탁했다. B는 자진해서 동영상까지 찍
어 주고 갔다. 한판 놀고 그늘에 와서 입었던 속옷을 벗어 자갈밭에 말리
고 나는 또 손가락 운동을 열심히 해 댄다.

나는 아무것도 바랄 게 없다.

조르바를 찾아서 발칸을 가다 나는 자유다

나는 자유다!

크레타, 흑자갈 해수욕장에서 혼자 수영을 즐기다

나는 지금 더 이상 갈 곳이 없는 곳에 와 있다. 여기는 시티아sitia라는
도시다. 어제 잔 Calo Istro에서 시티아 가는 버스를 한 시간을 기다려도
오지 않았다. 내가 해수욕을 하고 다시 버스 시간보다 30분 일찍 정류소
에서 버스를 기다렸는데, 시간표에 적힌 2시 30분, 2시 45분 버스도 오
지 않았고 기다리다 지쳐서 다음 버스는 행선지가 어디라도 가야지 하
고 다음 버스가 오길 기다려 마침내 버스를 탔다. 3시 20분이 되어서. 차
장이 문을 열고는 어디 가느냐고 묻는 것 같았지만 나는 이 버스 마지막
정류소까지라고 하며 짐칸이 열리길 기다렸다. 짐칸 문은 안 열리고 사
람이 오르는 중간 지점 문이 열려서 나는 재빨리 배낭을 멘 채로 올랐다.
차장이 매표기를 챙겨 와서는 어디 가느냐고 하기에, 라스트 스테이션
이 어디냐고 하니, 시티아라고 한다. 더 멀리 가면 좋은데 결국 시티아
냐? 그렇다고 하면서 하는 말이, 이 차로 시티아 가면 오늘 돌아오지 못
한다고 한다. 참 걱정도 많이 해 주는구나. 나 오늘 저녁 시티아에서 자
고 안 돌아올 거라고 했다.

크레타 동쪽 산악지

그러냐고 하며 이곳 니콜라스에서 시티아까지 6.8유로를 현찰로 달라고 한다. 어제 잔 곳 지명이 니콜라스인지 버스표를 보고 알았다. 10유로 주고 거스름돈 받고 한 시간은 더 가야지 짐작한다. 가는 길에 주위가 경이로워서 입을 다물지 못했다. 탄성이 저절로 터져 나왔다. 절벽 아래

버스를 기다리며 아침에 싸 온 무사카로 점심을 먹다

마다 해수욕장이다. 우리나라 동해안 절벽 아래 해수욕장처럼. 사람들은 아직 오지 않았는지 별로 보이지 않았다. 해안 지역을 지나자 차로 깎아 세운 바위 산길을 타고 올라간다. 이런 바위산의 절경은 마치 히말라야 설경 속 베이스캠프에서 보았던 바위 비경이었다. 이젠 히말라야 트레킹 안 가도 되겠다 싶네. 동영상을 찍고 있자 어느덧 시티아에 순식간에 온 것 같다. 헌데 와서 다른 지역으로 가는 버스는 더 이상 오늘은 없다고 한다. 그래. 오늘은 여기서 자자. 여기서 더 동쪽으로 가는 버스는 주말에는 없고 월요일이 되어야 있다고 한다. 내일 니콜라스인가 동남부 해안으로 가

조르바를 찾아서 발칸을 가다 나는 자유다

는 시간표를 받아 들고는 아직 시티아 버스 터미널을 떠나지 못하고 있다. 니콜라스는 그곳도 저곳도 니콜라스? 하룻밤 자 보았으니 약간의 저항력이 생겼는지 잘 곳을 정하지 않았다. 햇빛이 기세를 좀 죽이면 구경도 하고 잘 곳도 찾아지겠지. 나는 더 이상 아무것도 요구하지 않는다.

그래야 자유가 온다.

크레타 동쪽 마을 시티아 어촌 풍경

6월 8일

나는 지금 20유로를 절약하여 그 돈으로 저녁과 술을 마시고 있다. 시티아 버스 터미널에서 충전기를 꽂아 두고 페북 글을 쓰다 터미널 문 닫는 시간 10분 전이라는 카페 아가씨의 알림을 받고 쓰던 글을 겨우 마무리를 하고 쫓겨나듯(시간은 5시나 되었을까?) 터미널을 나와 미리 찾아 둔 호텔을 찾아갔다. 바닷가 근처 위치 좋은 곳이라 비용이나 알아볼 겸 한 군데 들러 물어보니 싱글베드 하루에 55유로를 거침없이 부른다. ANB에 미리 찾아봤는데 최저가 숙소가 78,000원(52유로)이었다. 오늘

은 예약을 안 하고, 발품으로 찾아보리다. 못 구하지 않을걸. 그리하여
부둣가에서 비탈진 상가 뒷골목을 이리저리 소화도 시킬 겸 갔던 길 옆
길로 들어가서 나오고, 물어볼 만한 지역민 그리고 말이 통할 만한 사람
에게 물으면 이구동성으로 내가 다녀온 먼저 물어봤던 그 호텔을 알려
주었다. 이미 가 봤다고 거긴 비싸서 좀 싼 호텔을 찾는다고 하면 모른다
고 들었던 말을 한다. 그러다 젊은 아줌마 한 분이 내 이야기를 한참 다
듣고는 여기서 좀 먼데 하면서 큰길을 따라 쭉 가다 보면 무엇이 나오고
하는데, 찾아갈 자신 없어 구글 지도를 내밀었다. 그녀는 바로 '놀아 호
텔'을 지정해 주었다. 가격까지 알려 준다. 50유로 정도일 거라고.

시티아 놀아호텔 이층 문 열린 방문 앞이 바다

이제 구글 지도로 찾는 건 쉽다. 바닷가를 중심으로 길게 마을이 펼쳐
져 있는 지형이라 바다를 기준으로 보면 된다. 이름도 '놀아'이니 외우기
도 좋고. 평지 바닷가는 길을 따라 식당이 줄지어 있었고 그다음 바다를
따라 약간 오르니 간판이 보였다. 할머니와 아주머니 세 분이 일층 로비
에서 담소 중인데 "방 하나 주시오." 하니 부*닷컴이냐고 묻는다.
아니라고 나는 버스를 타고 터미널에서 내려 여기 싼 호텔을 소개하기
에 걸어서 찾아왔다고 하자, 주인이지 싶은 할머니가 일어서서 프런트

조르바를 찾아서 발칸을 가다 나는 자유다

데스크에 들어가더니 종이에다 35라고 멋지게 아라비아 숫자를 써서 내민다. 할머니, 오케이입니다. 방 안내도 직접 해 주고, 와이파이 번호를 적은 종이를 내민다. 머리가 은발인 할머니가 내 준 방은 트윈 침대에 내 예상보다는 아주 훌륭하다. 화이트 드라이 와인 한 병 6유로, 어제 저녁 포트 병보다 큰데, 오늘은 저걸 다 마시고 죽겠네? 좋아서. 파스타를 난생처음 시켜 보았다. 가격은 8유로. 그럼 14유로 남았는데.

나는 이렇게 산다. 자유인은 아껴서 자유가 아니라 내가 하고 싶은 대로 자유로이 하는 자유. 나는 자유다. 역시 크레타 와인 맛이 좋다. 목 넘김이 최고! 500밀리 한 병 6유로!

바다를 보며 전망 좋은 식당에서 와인으로 식사

장어국 끓이는 냄새가
저녁 공기를 타고 흘러왔다
몸이 그 냄새에 반응을 한다
여름 저녁에 먹었던,
어머니가 떠오른다
냄새를 따라 저절로 발걸음을 옮긴다
부엌으로, 골목길로, 파도 소리 따라 바닷가로

없다
파도 소리에 묻힌
어둠에 묻힌
어머니

6월 9일

나는 지금 놀아 호텔 침대에 기대 창밖으로 펼쳐진 바다 풍경을 보며 이 글을 쓰고 있다.

상상해 보시라. 크레타의 동쪽 끝자리에서 동해를 바라보는 풍광을. 6시에 나는 침대를 박차고 일어나 동쪽으로 난 길을 걷기 시작했다. 아침 산책 하듯 동으로 해안으로 난 길을 따라 걸었다. 붉은 바위산들이 떠오르는 햇살에 부시고, 바다에 비치는 햇빛은 찬란한 눈부심이다. 지중해와 에게해가 만나는 바다에서 떠오르는 해를 본다는 것은. 바싹 마른 땅, 돌 틈에는 보라색 작은 꽃이 피고, 거대한 용설란이 군락으로 피는 해안길. 동으로 난 끝 길은 휘어져 더 나갈 수가 없다. 나는 왔던 길을 되돌아왔다. 바닷물 속에서 수영하는 여인네들이 보인다. 해녀들인가 했는데, 그들도 관광객들이었다. 이야기 나누는 소리가 들린다. 웃음소리도 들린다. 도로 근처 바위에다 벗어 놓은 옷가지들과 신발도 보인다. 샌들 같았다. 저 사람들이 자연이다. 감청색 잉크 물 같은 바다에 흰 몸을 띄운 백조들. 놀아 호텔은 간밤에는 파도가 육지에 밀려오며 쏴아 싸르르르 밤새워 울었다. 그 소리가 새벽에도 들렸다. 테라스 문을 열어 둔 채로 잔 덕분이다.

크레타 동쪽 아침 해가 오른다

시티아에서 더 동쪽은 언덕이 아름답다

용설란이 사는 바닷가 마을, 크레타 시티아

오늘은 어제 왔던 길로 다시 나간다. 버스는 동쪽으로 어느 곳도 아니
간다. 주말이라 어쩔 수가 없다. 오직 이라클리온 쪽으로 가는 버스뿐이
다. 나는 어제, 버스를 타고 산을 올라가면 만날 수 있는 한 산간 마을을
찾아냈다. 마을 이름은 리치티스 고르지Richtis Gorge. 이 이름 두 단어를
메모지에 적었다. 11시 30분 출발하는 Ag. Nikolaos행 버스를 타고 리치

티스 고르지로.

아침으로 먹을 야채와 과일을 파는 가게

나는 지금 어제 왔던 시티아 버스 터미널에 와 있다. 어제 앉았던, 충전기를 꽂을 수 있는 구석 자리에. 산꼭대기 마을로 가기 위해서 나는 놀아 호텔을 나와서 샐러드를 사 먹을 수 있는 음식점을 찾아 무려 한 시간을 소비하였다. 어제 저녁 식사부터 야채 음식이 먹고 싶었는데 무려 이틀을 먹지 못했던 것 같다. 허나 아침 식사를 파는 집도 없거니와 더구나 샐러드는 언감생심이다. 모닝커피를 일상으로 마시는 모양인지 음식점들은 모두 커피집들이었다. 과일 가게에 들러 과일을 사고 요구르트 가게에서 그리스식 요구르트를 사서 이젠 어디서 먹나 생각하고, 펼쳐 놓고 마음껏 먹을 공원이나 탁자가 있는 공공장소를 찾아서 도시를 돌았다. 헌데 마땅한 자리가 없다. 간이 벤치야 도로 옆에 들어서 있지만 형편이 아니다. 과일 하나 들고 먹을 것이면 걸으면서도 먹지마는. 생각해 낸 것이 커피집에 가서 커피 한잔 시켜 놓고 자리에서 먹어야겠다고. 영감들이 여럿 앉은 허름한 커피집에서 영감들에게 통역기를 보여 주며 대답을 구하니, 그들은 내가 과일을 사는 가게를 묻는 줄 알고 이리저리 방향을 알려 준다. 그들이 놓고 먹는 커피는 어디에서 사 왔는지 파는 곳도

조르바를 찾아서 발칸을 가다 나는 자유다

보이지 않았다. 호텔 찾아 돌았던 그 거리를 다섯 번째쯤 도는 것 같다.

아침으로 카페에서 과일과 카페라테

마을 주민들이 아침에 카페에서 커피를 마시는 풍경

　용기를 내어 용감하게 통역기에 한국말을 녹음했다. 나는 "이 커피집에서 내가 들고 온 과일을 좀 먹어도 될까요. 커피 한 잔을 시켜 마시겠습니다." 이렇게 말한 내용이 번역된 그리스 말을 보여 주었다. 찻집 아가씨가 내 말을 이해한 듯 매장 안에 있는 주인에게 나를 보여 주며 내 말뜻을 전하자, 그 주인아줌마는 '과일을 씻어야 하느냐? 접시와 나이프가 필요하지 않느냐? 영어를 할 줄 아느냐?' 친절하게 미소를 날리면서 묻는다. 오, 감사. 나는 과일은 미리 씻어 왔기에 "어디에 앉을까요?" 하니 "당신 좋은 자리에." 그래서 매장 실내 자리를 권하는 듯했으나, 나는 밖에 내놓은 거리 자리에 앉겠다고 하고는 밖에 두 사람 앉는 자리를 골라 앉았다. 아가씨는 금세 미소를 가득 띠고 과일 칼과 접시 그리고 물을 담은 유리컵을 들고 와서는 주문을 기다린다. 카페라테라고 여유롭게 주문했다. 글을 쓰다 버스를 놓칠 수도 있어서, 잠시 멈추었다가 다시 이어서 쓰고 있다. 버스를 놓치면 네 시간 후에 있다. 정리하자면 내 자리 옆자리는 이 골목 중늙은이 네 명이 주말 아침이면 일어나 커피를 마시는 장소 같다. 뱃사람 같기도 하고, 서로 인사를 나누는 모습이 우리들 동네 오래된 친구들 같다. 아침에 만나서 소담들을 나누고 헤어지고 빈 자리에 다른 이가 와서 앉는다. 하여간에 나는 지금 버스가 산꼭대기 마을 모야이아나moyaiana에 내려서 그리스 음식 무사카와 샐러드, 커피를 받아 놓았다. 음식이 나를 기다려 일단 줄인다. 계절 샐러드라고 시켰는데 고춧가루 확 뿌리고, 식초와 간장으로 간을 해서 깨소금 확 쳐서 먹으면 딱인데. 올리브기름에 간은 밍밍하다. 그래도 먹어야지. 이틀 만에 채소를 먹는데. 과일과 채소는 다른 음식 같네.

모야이아나에서 점심으로 먹은 계절 샐러드와 무사카

조르바를 찾아서 발칸을 가다 나는 자유다

6월 9일

나는 지금 그제 잤던, 니콜라스 이스트로 크레타에서 첫날 왔던 그 펜션에 다시 와 있다. 그림을 그린다는 주인아줌마 집.

어제 일을 다시 복기하면 시티아에서 산꼭대기 마을 모야이아나에 가서 점심을 먹고 폭포와 다리를 명승으로 지정해 놓은 산길 트레킹을 한다고 걸어 내려갔다. 내려가는 코스가 두 개 있는데 차를 운전해서 온 등산객은, 여기서는 하산객이지만, 공용주차장에서 바로 내려가는 길과, 나처럼 버스를 타고 온 사람은 마을을 지나 내려가는 길이 있다. 나는 점심을 사 먹은 식당 주인에게 길에 대한 정보를 대강 듣고는 후자를 택했다. 한참을 콘크리트 포장이 된 소로를 따라 갔다. 차가 올라오기도 했다. 찻길과 헤어져 흙길로 이어졌고, 한 시간이 걸린 후에, 입장료를 내는 곳에 3유로를 내고 돌다리 아치를 지나 내려갔다. 물이 지나가야 하는 돌다리 아치를 사람이 내려간다. 물이 없는 계곡 길로 한 시간쯤 더 내려가니 유네스코에 등재되었다는 리치티스 폭포가 나왔다. 폭포는 수량이 적었으나 직벽도 아니고 기다란 호박돌같이 생긴 이끼 낀 바위에 물길이 한 길 묘하게 홈이 파져 그 길로 물이 폭포수가 되어 흘렀다. 마치 조경을 한 것 같은 자연물이다. 애당초 폭포에 대한 기대보다 산꼭대기의 마을과 산길을 트레킹해서 돌아보고 마지막에 해안 해수욕장과 절경을 구경하고 싶었다. 해안에는 숙소가 있다고 들었다. 폭포에는 아이를 데리고 온 사람도 있었고, 위에서 내려온 사람, 아래 해안에서 올라온 사람이 와서는 대개 사진 찍고는 떠났다. 들고 간 수박 한 조각을 먹고는 내려가는 길을 찾을 수가 없었다. 여긴 인터넷 통신이 끊긴 지역이었다. 매표소에서부터 끊어진 것 같았다. 다들 매표소로 다시 올라간다고 했고, 할머니 한 분과 프랑스 부부 그리고 나 이렇게 넷이서 구글이 불통인 곳에서 내려가는 길을 겨우 찾아서 한 시간이나 또 걸려 바다가 보이는 자갈 해수욕장, 파라리아 리치티Paralia Richti 해변에 닿았다.

해변으로 내려가는 길엔 오래된 올리브나무가 즐비하다

리치티스 협곡 폭포에서

파라리아 리치티 해변, 바위 경치가 좋으나 파도가 거칠었다

시간은 다섯 시가 되었다. 파도와 바람이 거칠게 자갈과 해안 바위를 덮치곤 했다. 어디에 사람이 살지? 여긴 차가 오긴 해도 차를 몰고 온 사람은 두 무리뿐이다.

조르바를 찾아서 발칸을 가다 나는 자유다

이렇건 저렇건 이미 각오는 하고 왔다. 이라클리온 가는 페리가 있을지도, 물론 호텔도 있고, 음식도 먹을 수 있을 거라고 왔지만. 파도치는 해변에 앉아 사진 몇 장을 찍고 있는데, 저기 혼자 온 할머니는 간다고 손을 흔든다. 지팡이를 짚고 아주 천천히 걸었던 할머니. 그런가 하고는, 나는 어떡하지 한편으로 염려가 아니 되는 건 아니지만. 내려오다 봐 둔 동굴도 있고. 배낭에는 아침에 먹고 남은 과일 봉지도 두 개나 있다. 비상 라이터도 있고, 짐 배낭도 메고 왔는데. 한 십 분이나 지나갔을까. 프랑스 커플 중 남자가 여기서 만난 다른 남자를 데리고 와서는, 돌아가야 하는데 이 사람이 운전하는 차를 타고 가겠냐고 묻는 것 같았다. 모두 영어가 좀 서툴렀다. 어쨌거나 나는 여기서 만난 남자는 호출택시 기사일 거라고 지레짐작을 했고, 나갈 길이 있으면 나가는 편이 낫다고 생각했다. 사례금은 달라면 주면 되고. 그래서 '예, 위, 위' 하며 그러겠다고 했다. 차를 타 보니 기사도 커플이고 프랑스 관광객이다. 나는 뒷좌석 하나에 끼어 타고 가는데, 자기들끼리 말을 하는데 아주 신이 났다. 내가 누구인지 기사에게 알려 주는 것도 같았고, 좁은 낭떠러지 도로를 빙글빙글 돌아 올라가는데 곡예 운전이다. 그러니 이곳에 오는 탐방객 대부분은 꼭대기 공용주차장에 차를 세우고는 폭포 경치를 보고 다시 걸어 올라가는 것 같다. 간혹은 다리가 있는 매표소까지 차를 몰고 오기도 하고, 가장 아래인 해안에도 차로 오는데 길이 험하고 외길이라 차로 내려오는 사람은 적었다.

하여간에 나는 미아가 되거나, 노숙을 하는 기회는 면했고. 그 친절한 프랑스 중년 부부는 공용주차장에 둔 자기들 차에 나를 다시 태워 어디로 가느냐고 물었다. 내가 대답하기 제일 힘든 질문을. 그래서 나는 서쪽으로 간다고 하고, 당신들은 어디로 가느냐고 물었다. 프랑스 말과 한국말이 오가는 대화 속 정보는 다 서로 알아낸다. 이것이 소통이다.

태워 준 프랑스 젊은 부부가 차량의 흠을 보고 있다

해안 절경에 이름 모를 성당, 그녀가 종을 치고 있다

나를 태워 준 프랑스 젊은 부부는 운전석 반대편에 흠이 난 차를 타고 동쪽인 시티아로 갔다. 렌트카일 건데 보험은 들었겠지?

나는 같이 걸어 내려온 중년 부부에게 '서쪽으로 가다가 당신이 내려주고 싶은 데 어디라도 세워 주면 된다. 당신이 아니었다면 나는 그 동굴에서 잤을 것이다.' 하며 호기를 부리고는 껄껄거렸다. 그는 서툰 영어로, 내리고 싶은 곳이 보이면 말을 하라고 했고, 나는 그러겠다고는 했지만, 이 저녁에 갈 곳은 없었다. 차 속에서 머리를 숙여 손가락을 뚜드리니 허리가 아파 좀 쉬다 써야겠다.

조르바를 찾아서 발칸을 가다 나는 자유다

그날 나는 결국 프랑스 부부가 머무는 호텔까지 그들의 차를 타고 갔다. 남자가 제안하기를 오늘 저녁 숙소를 정해야 한다면 그냥 자기들 자는 호텔로 가서 방이 있는지 알아보자는 것이었다. 만약 방이 없으면 자기들 자는 방에 밤중에 들어가서 자자는 것이다. 뭐 재미있고 즐거운 제안이긴 하나 설마 그럴 일이야 일어나겠냐는 심정으로 숙소 구하는 일은 잊어버리고 갔는데 결국 그 호텔에는 방이 없었다. 그래서 포기를 하고는 단호하게 헤어졌다. 혹시 끝까지 내가 방을 못 구하면 다시 연락을 할 테니 여기 호텔 앞으로 나와 달라는 말과 함께. 그러고는 또 방 잡기 방랑을 하였다. 한 삼십 분을 있을 만한 곳을 다녀도 모두 가족용 방이 두세 개쯤 되는 펜션이었다. 가격을 물어보니 70유로를 달라고 한다. 할 수 없다. 그제 잔 그 아주머니와 아들의 집이 생각이 났다. 여기서 그리 멀지 않을지도 모른다는 생각에 메시지를 넣었다. 잠시 후에 연락이 왔다. 방은 있고 내가 있는 곳을 알려 주면 찾아갈 수도 있다는 친절한 답신이 왔다. 다만 자기가 지금은 갈 수가 없고 한 시간 후에는 일을 마치니 연락을 주면 된다고.

프랑스 부부와 저녁을 먹은 말리아Malia 해변

나는 그 사이에 저녁을 먹으면 되겠네 하고는 근처 호텔에 머무는 프

프랑스 리옹에서 슈퍼마켓을
경영한다는 프랑스 부부

랑스 부부에게 메시지를 넣었다. 왓츠앱이란 편리한 통신을 이미 개통해 둔 터라 연락을 하고 호텔 앞에서 만나 함께 식사를 하였고 식사비를 내가 낼 작정으로 청해서 먹었는데 결국에는 거절을 당했다. 부부의 말은 좋은 방법이 아니라는 것이다. 만나서 식사를 하면 당연히 각자 부담이 원칙이라는 서양 풍습에 어쩔 수가 없었다. 오늘 그 오지에서 홀로 자게 버려질 뻔한 나를 구해 준 은혜를 갚을 기회를 놓친 셈이었다. 그들과는 지금도 통신을 하고 있다. 프랑스 어느 도시에서 작은 마트를 둘이서 경영한다는 부부. 잊을 수 없는 사람들이다. 좀 늦은 10시쯤 되어서 숙소의 젊은이는 여자 친구를 차에 태워서 날 데리러 왔다. 나는 차비로 20유로를 더해서 숙박비 포함 60유로를 주기로 하였다. 다음 날 젊은이의 어머니는 떠나는 나에게 자기 집 구경을 시켜 주었고, 어제 먹은 그리스 커피를 끓여 주었다. 같은 종류의 커피를. 그리스에서는 그리스 커피라고 하고 튀르키예에서는 튀르키예식 커피라고 부르나 원조는 튀르키예라고 한다.

나는 숙박비를 지불하기 위해 올라갔다. 위층은 부부가 사는 방이고 정갈하였다. 그림 그리기가 취미인지 방에는 여러 편의 회화가 걸려 있었고 여기 중상류 가정으로 보였다. 아침 식사로 그날도 그리스 밥 무사카를 보내 주었다.

조르바를 찾아서 발칸을 가다 나는 자유다

회화 작품이 걸린 이스트로 숙소, 그리스식 커피를 마시다

6월 9일 크레타 이라클리온

나는 지금 이라클리온 버스 터미널에 있다. 오후 3시에. 산토리니섬을 가 볼까 해서 안내소에 들러 물어본 결과 왕복 배 요금은 180유로. 이 경우는 가서 놀고 자고 언제 나올지는 본인 결정. 다만 가고 오고 하는 고속 페리 왕복 요금이다. 또 하나는 원데이(하루 여행) 티켓이 있는데 여행사에서 당일 코스로 사람을 모아 아침에 데리고 가서 버스에 태워 가이드해 주고 당일 저녁 7시경에 이라클리온으로 되돌아온다. 160 유로. 쉽게 이해할 수 있을 것 같지? 이걸 영어로 말을 하는 아가씨가 내용을 카피한 프로그램 종이에 낙서를 해 가며 얼마나 열심히 몇 번을 설명해 주는지, 내가 다 미안하다. 이해를 못 하는 내가. 이유는 왕복 뱃삯만 180유로인데 가서 섬을 일주하는 버스를 태워 주고 가이드 붙여 주고 160유로라는데, 영어로 설명하는데 알아들을 줄 아니? 한국말로 설명해도 이해 안 되는 논리를. 그래서 내가 이해를 다 하고는 되물었다.

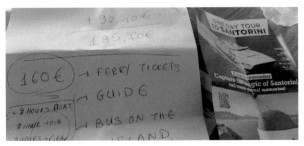
산토리니섬 관광 비용을 설명한 메모지

왜 금액이 싸냐고? 그러니 아가씨 하는 말이 단칼에 그룹이고 여행사가 하는 프로그램이라고. 이제 이해되지! 한국서 해외여행 가면 혼자 가는 것보다 단체로 관광회사에서 모집하여 가는 게 비행기 요금도 싸잖아. 그러니 당연히 160유로이지. 나 같은 경우는. 하루 전에 예약을 해야 한다고 한다.

내일 가는 걸로 예약을 하려다가 이럴 때 한 포인트 쉬고 결정해야 된다 싶어 화장실에 들렀다가 160유로가 우리 돈으로 얼마인가 싶어 검색을 한다. 여기 그리스에 들어와서는 유로를 통화로 사용하면서도 환산 없이 유로로 생수 한 병이 얼마, 숙박료가 얼마, 오늘 먹은 점심값이 몇 유로니 상품 가격으로 비교하며 적당한가, 비싼가를 감으로 사용했다. 그러니 환율을 모르고 있다. 검색을 하니 1,500원이네. 1유로가. 그럼 160유로는 240,000원. 단방에 마음이 변하네. 내 스타일 여행도 아니고, 여행사에 붙들려 관광지 사진 찍고 혼이 다 빠지는 여행은 노노. 더 이상 산토리니섬 여행은 잊기로 했다.

조르바를 찾아서 발칸을 가다 나는 자유다

6월 10일 이라클리온 카잔차키스 묘지

　니코스 카잔차키스의 묘지를 찾아서 다시 이라클리온으로 돌아와서 처음으로 방문할 곳이 꼭 참배를 하고 싶었던 그의 묘지이다. 나는 이라클리온으로 온 첫날에도 그의 묘지를 방문하는 일은 뒤로 미루었다. 먼저 크레타라는 곳의 지형이나 주변을 살피고 마음을 정하여 가고자 하였다. 동으로 반을 돌고 왔으니 서로 가기 전에 그의 묘지를 가 보는 일이 먼저 같았다. 그리고 마음의 여유도 생겼다. 나는 이라클리온 지도를 익힌 후 걸어서 찾아갈 것이다. 위치는 대강 섬의 북쪽이 해안이라 나는 도시의 남으로 가야 한다. 몇 번을 묻고 걸어서 큰길을 따라 약간 경사진 길을 올라갔다. 저기 성곽 같기도 한 곳이 보이고 큰 나무들이 빼곡한 입구로 들어섰다. 언덕을 약간 비껴 넘어가자 아래로 내려가는 형상으로 된 곳에 언덕의 성곽과 성문이 있었다. 그곳인가 하여 내려가니 입구는 폐쇄되었고, 나는 길 반대편 상점 쪽으로 가서 근처 사람들에게 물어볼 수밖에는. 내 발음이 영어식이고 부정확하니 여러 번 카잔차키스를 반복해서 말을 해도 잘 알아듣지 못하곤 했다. 다시 길을 건너 성 입구로 오르는 경사진 도로를 타고 올라가니 묘지는 상단 평지에 있었다. 먼저 온 몇 사람이 서성이고 나는 그들이 먼저 묘지를 둘러보고 물러선 후 작은 나무 십자가를 세운 자리와 묘비석도 보고 사방을 둘러보았다. 봉분이 있는 묘도 아니고, 육면체 돌 네 개로 정방형 자리를 만들고는 그 위의 화강암 비석에 세 줄짜리 묘비명이 있다. 그리스어로 새긴 명대사가 그의 유언에 따라 적혀 있다.

이라클리온 북쪽 언덕에 자리한 카잔차키스의 묘지 성벽

나는 아무것도 바라지 않는다.

나는 아무것도 두렵지 않다.

나는 자유다.

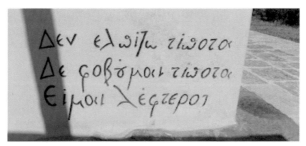
그리스어로 비석에 새긴 명언 세 구절

새길수록 명언이다. 자유이기 위해 누구에게 아무것도 바라지 않아야 한다. 그리고 아무것도 두렵지 않아야 진정한 자유인이 된다. 과연 나는 누구에게도 바라지를 않았는가? 그리고 정말 이 세상 어떤 것에도 무엇에도 두려운 것이 없었는가? 죽음마저도. 자문해 본다. 참으로 어려운 일이다. 진정 자유인이 되기 위해서는. 몇몇 사람들이 다녀갔다. 남자 두 사람이 왔다. 한 사람은 여기 사람이고 한 사람은 방문객이다. 그

　　　　　　　　　조르바를 찾아서 발칸을 가다 나는 자유다

들과 잠깐 이야기를 나누고 그들이 얼마나 《그리스인 조르바》를 사랑하는지 또 카잔차키스를 알고 있는지 대화를 나누었다. 그리고 나는 그의 무덤 앞에 엎드려 절을 두 번 올렸다. 비록 술을 따르진 못해도 경건하고 숙연하고 정갈한 마음으로 예를 다했다. 그들이 사진을 찍어 주었다.

카잔차키스의 묘에 절을 올리고

그들이 떠나고 한국인 관광객 한 20여 명이 왔다. 한국인 가이드를 데리고 왔다. 나를 보자 모두들 놀라워했다. 혼자 왔다는 사실에 그리고 언제 돌아갈지 모른다는 말에.

그들도 떠나고 하염없이 성곽에서 멀리 시내를 굽어보았다. 그의 사업장이 여기서 얼마나 떨어졌는지 아는 이가 나타나면 가 보고픈 마음이었다. 사람들은 조르바가 실존 인물이라는 사실에는 의심이 없으나 어디에서 광산업을 했는지는 아무도 궁금하지 않은 모양이다. 아무래도 나는 작가적 의식이 부족한 현실인인가 싶다. 작중 인물을 사실화를 하고 싶어 하는 현실 인간. 한 시간이나 머물다 내려왔다. 그러고는 길거리의 유랑인들의 술판에서 춤과 노래와 조르바를 그리워하는 추모 행사를 하고 만 것이다. 그리고 다시 크레타 교통의 중심지 이라클리온으로 갔다.

6월 10일 크레타 조르바를 만나다

카잔차키스의 묘지가 보이는 도로에서 크레타 춤을 추다

낮술을 즐기는 크레타인, 희랍인 조르바를 닮았다

　나는 지금 한잔하고, 한판 놀고 숙소를 찾아왔다. 미련이 남아서 다시 가야 하나 한다. 나는 그들에게 짐을 두고 오겠다고 호언장담하고 왔다. 카잔차키스 묘지 앞에서 술판을 벌이고 있는 그리스 이 고장 사람들을 만나 어울리고 말았다. 그들이 크레타 이라클리온의 현지 조르바스였다. 조르바 작가 묘지 앞 길거리에서 시원한 병맥주를 얼음 통에 채워 놓고는 고기 안주에 둘러앉아 술판을 벌이고 있는 이들을 보고 그냥 지나칠 수가 없었다. 내가 몇 마디 말을 걸자 그들은 내 자리를 만들어 앉히고는 맥주잔을 내놓았다. 그리고 얼음 속에 넣어 둔 병을 꺼내서 한 잔 가득 부었다. 이 무더운 대낮에 나는 걸어서 여기저기를 다니다, 배낭을 벗어 놓고 한 잔을 받으니 천하를 얻은 듯하다. 잔이 비자 또 부어 주었다. 그들도 나의 합류에 신이 나서 노래를 틀어 놓고 손뼉을 치고 몇은 일어서서 춤을 추었다. 그리스 장단의 그리스 춤 같았다. 나는 조르바 춤인가 싶었다. 나도 모르게 일어서서 손을 서로 잡고 발을 게걸음으로 놓고는 신이 났다. 내 춤에 가겟집 아주머니가 합류를 했고 술이 동이 날 즈음에 나는 한 명을 데리고 가게로 가서 맥주 한 박스를 사서 그에게 인계하였다.

내 술 선물에 그들의 판은 커지고 있었다. 나는 아직 저녁 숙소를 찾지도 못한 상태다. 내가 예약한 집 위치를 보여 주자 골목길 한 곳을 알려 주며 바닷가까지 직진을 하라고 한다. 좌우를 무시하고 곧장 한참 내려가면 된다고 그래서 나는 자리를 박차고 일어나서 숙소를 찾아왔다. 그리고 아름다운 항구 이라클리온의 아치형 방파제와 등대를 그리고 일몰을 보고 요트들이 줄지어 들어오고 길거리 악사들이 노래를 부르고 수많은 관광객들이 술을 마시고 식사를 하는 그리고 오래된 건물들이 여전히 건재한 이라클리온이란 도시의 진면목을 보고 말았다. 설명은 이 정도로 하고 나처럼 나의 시간에 나의 장소에 나의 감정으로 다른 이가 간다는 것은 불가능한 일이니 다만 오래된 성곽의 항구 요새는 어떤 모습이며, 지금의 우리는 어떻게 그 환경을 이용해 시간을 보내는지 내가 느낀 감정의 서술들일 뿐. 나는 충분히 만족하고 넉넉히 나의 일정을 즐겼다. 혼자이기에 더욱 내 마음대로 내 발걸음 따라. 혼자 여행 온 것에 대단히 감사를 한다. 자유로운 여정과 파티 행사를 위한 일들에게.
나는 또 가리다. 오늘이 행복하면 내일도 어제도 묻지 마라.

구름이 없으면
노을도 없다
괴로움이 없으면
즐거움이 있으랴?
나는
이라클리온 해안 요새 방파제 끝자리에 앉아 있다

바다에는 파도가 넘실거리고
하늘에는 비행기가 뜬다
나는 방파제 제방 위에 반듯이 누워
하늘을 가로질러 가는 비행기를 본다
일어나 앉아
해가 기우는 바다 끝을 본다
노을이 물드는 바다를
저 노을은 흰 구름 바탕에 노을을 그린다
어두워지면
노을은 더 찬란해지리라
그러나 사라지리라

구름이 없으면
노을도 없다

이라클리온 항구 이름은 베네치아항이다. 이탈리아식 이름인 베네치아의 다른 이름은 베니스이다. 이 항구의 성곽과 등대, 방파제 건설은

조르바를 찾아서 발칸을 가다 나는 자유다

모두 이탈리아식이다. 언제 지었나? 내가 알 수는 없다. 기록에는 있겠지만.

이라클리온 베네치아항에서 바라본 지중해

　노을이 지는 시간 긴 방파제 성곽 위를 걸어서 등대 쪽으로 나아간다. 사람들은 방파제 아래쪽 도로 길을 따라 걷기도 한다. 나는 끝 지점에 와서 난간 끝에 반듯이 누웠다. 하늘이 펼쳐지고 석양이 지더니 주홍빛으로 물든다. 그림이 탄다. 그림은 감홍색이다. 용광로의 쇳물 같은 빛이다. 황홀하다. 그러고는 사라진다. 어둠속으로 등대 빛이 유난하다. 술집의 등불이 물에 비친다. 잔물결이 불빛에 아롱댄다. 그리스 샐러드와 흰 포도주와 우조 술이 가슴을 적신다. 자유를, 나의 자유를, 영혼의 자유를 찾아서 여기 있노라. 나는 아무것도 바라지 않는다. 나는 아무것도 두렵지 않다. 나는 자유다. 나는 보다 나은 상태의 자유를 느낀다. 느낀다면 충분하다. 자유도 사람의 상태에 따라 자유의 정도가 다르다. 수준이 다르다. 내가 자유롭다고 생각하고 행동하고 느끼면 된 거다. 남이 평가할 수준은 없다. 오직 개인의 수준에 자유면 된다. 그래서 나는 매 순간 자유롭다고 생각하고 느끼면 만족이다. 행복처럼 자유처럼.

베네치아 항구에서 벌어지는 결혼식 차량 퍼레이드

나는 어제 잔 아파트 숙소에서 일찍 나왔다. 좋은 시설에서 술도 마시고 하면서 혼자 잘 잤는데, 일어나니 인터넷이 먹통이다. 이런. 데이터도 통신도 와이파이도 안 된다. 그래도 9시까지 빈둥거리다 나와야 했다. 이런 도시에서 통신이 안 되면 아무것도 할 수가 없다. 길도 안 보이지 건물에 막혀 어디로 갈 수도 없다. 그제 낮 시간에 산이나 바다에서 통신이 두절되었을 때는 그리 힘들지 않았는데, 일단 근처에 삼성서비스센터를 찾아갔다. 구글 지도는 통신이 안 되어도 위치는 나온다. 길찾기가 아니라 지도 찾기로 찾아가서 휴대폰 불통을 호소했다. 그는 한 30분 걸려 재부팅도 하고 해결을 해 주었다. 나는 내가 산 심카드 그리스 데이터가 다 소진된 줄 알고 심카드를 다시 사서 끼울 작정이었다. 보름짜리를 사 끼웠는데 일주일도 안 되어 소진되었을지도?

아직 괜찮다고. 그리하여 인터넷 통신이 복구되어 이라클리온 고고박물관에 와 있다. 12유로를 주고 왔는데, 나는 크노소스 궁전 입장권과 묶어서 20유로에 판다고 알고 있어서 물었더니 각각으로 바뀌었다고 한다.

조르바를 찾아서 발칸을 가다 나는 자유다

크레타의 술, 우조를 받아 놓고

들어온 지가 한 시간도 더 지났지 싶다. 박물관 유물들은 저 크노소스 궁전에서 발굴된 것들을 옮겨 왔고, 또 크레타 다른 지역 유물도 있었다. 토기, 석기, 철기, 불에 안 타고 썩지 않는 것만 남았다. 기원전 수만 년 전이라는 구석기 시대 물건들도 있다고 하는데 믿거나 말거나. 크노소스 궁전에서 발견된 기원전 2000년, 지금부터 4,000년 전 유물들은 글자도 있고 석기, 토기들은 믿을 만했다. 로마시대 유물로는 대리석 조각상들이 대부분이다. 아테네나 이탈리아 로마에 있는 것과 비슷한 조각상이다. 호메로스가 〈일리아드〉를 썼고, 트로이가 어떻고 에게해를 중심으로 튀르키예의 서부 해안과 에게해 섬인 크레타 그리고 아테네, 그 문명은 공통점이 많고 한 집단이었다고 보면 된다. 그리스 문명의 본토는 크레타라는 이야기가 본질이고, 그리스 신화가 탄생한 것도 크레타라는 이야기를 하고 싶은 것이다. 그리스와 크레타와 크노소스 궁전의 이야기들이니. 아테네의 파르테논 신전은 BC 400~500년대 건축물이고, 크레타 크노소스에서는 4,000년 전 이야기를 하고 있다. 기원전 1500년쯤에 산토리니섬에 대화산 폭발이 있었는데 이는 지난 수천 년 동안 인류 역사상 가장 큰 화산 분화로 알려져 있다. 이 화산이 분화할 때 거기서 백십 킬로 떨어져 있는 크레타에는 무시무시한 쓰나미가 와서 미노아 문명과 크노소스 궁전을 싹쓸이했다. 그 결과 크레타의 미노아 문명이 그리스의 미케네로 옮겨 가는 계기가 되었다고 한다.

도자기에 새긴 그림들, 이라클리온 박물관

크노소스 궁전에서 옮겨 온 유물, 토기에 새긴 그림

오래된 글자가 새겨진 토기, 듣기로는 수만 년 전
유물이라고 한다

이라클리온 고고박물관에는 한국말 해설은 어디에도 없다. 그래도 영어 해설자가 보이면 좀 주워들었는데, 사람들이 밀려오니 육성은 안 들리고, 마이크, 이어폰 통신으로 자기들끼리만 듣는다. 나는 유물 하나하

나는 전혀 관심이 없다. 언제 국가의 흥망성쇠가 있었고, 어떻게 망했느냐, 그곳이 어디냐가 나의 관심사이니 다음은 크노소스 궁전으로 갈 것 같다.

나는 지금 박물관 내 늙은이들이 잠깐 쉬는 등받이 없는 의자에서 벽에 기대앉아 앞에 앉은 할머니들처럼 쉬고 있고, 벽 콘센트에 충전을 하면서 일석이조를 해낸다. 이제 수단이 고수가 되었다. 낮 시간 시원한 실내, 충전도 하고, 휴식도 하고. 다만 졸 수는 없네. 버스를 타고 이동 중일 때는 졸 수도 있는데 말이다.

우조 술 마시는 법을 알려 준 크레타 이라클리온 사람들

나는 지금 크레타 레티몬rethymnon에 와 있다. 이라클리온에서 하니아 가는 버스가 중간인 레티몬에 막 도착을 했다. 여기까지 오는 길은 지중해를 따라 서쪽으로 배처럼 바닷가를 달렸다. 차 속에서 잠깐 잠이 들었다. 이라클리온 식당에서 점심을 먹고 일어서던 차 옆 사람들과 이야기가 통해 식사 끝에 주는 그리스 우조 술을 나누었다. 원샷으로 마셔야 한다는 그 술을 마시며, 우리 셋은 기분 좋은 대화를 나누다 헤어졌다. 우조 술은 식사가 끝날 때 후식을 안주로 마무리하는 술이란다. 튀르키예는 무슬림 국가라 술을 식당에서는 팔지 않는다. 상점도 술만 파는 술 가

게가 따로 있다. 그리스 오니 완전 한국 같다. 술 문화가. 밥을 먹고 나면 줄까 말까도 안 물어보고 술이 나온다. 어제는 대낮부터 취했는데. 오늘도 낮술에 졸았다.

6월 11일 크레타 하니아

하니아항 게스트 하우스

나는 지금 하니아항 어느 게스트 하우스에 왔다. 이층 침대가 둘이니 네 명이 함께 쓰는 방이다. 나는 마지막 남은 이층을 배정받았다. 남녀가 어울리는 공동 거실에는 조금 전까지 수영장에서 놀던 아가씨들이 합류하여 각양각색의 이야기를 섞는다. 틈만 나면 충전을 해야 하니 나는 긴 카우치 소파에 앉아 충전 콘센트를 꽂아 놓고는 한 귀로는 영어 리스닝 공부를 하고 한 손으로는 글쓰기를 하고 있다. 게스트 하우스의 이점은 시가지 중심지에 있다는 것이고, 둘째는 방 가격이 저렴하다는 것이다. 어제 이라클리온 독방은 75,000원이었는데, 오늘 합숙방은 45,000원이다. 젊은이들이 점점 더 몰렸다. 헌팅 중인데, 누가 누굴 헌팅하는

지 모르겠다. 남녀비가 대충 봐도 비슷하다. 나 같은 노털은 자리를 피해 주는 게 마땅하다. 상황을 이해하고 배우자면 좀 더 지켜봐야 하기에 그냥 구경을 하고 있다.

하니아 베네치아항 모습

나는 지금 알딸딸해져 게스트 하우스에 돌아왔다. 하니아 베네치아항은 이라클리온 베네치아항보다 더욱 낭만적이었다. 사람들도 적었고 항구의 모습은 더욱 로맨틱하였다. 달이 기울고 있었다. 초저녁달이 반달이 되어 빈 바다 위에 떠 있다. 혼자 다니는 사람은 별로 없다. 그래서 더욱 행복하다. 나를 위로하지 말라. 나를 보호하지 말라. 나를 기억하지 말라. 제발 나를 내버려 두어라. 그럼 된다. 고맙다. 모두들. 부두를 한 바퀴 돌고 거리의 악사가 치는 기타 소리에 나그네 시름을 달랬다. 악사는 영화 〈대부〉의 주제 음악을 치고 있었다. 말론 브란도의 지중해 시칠리아 출신들의 의리를 그린 영화. 〈로망스〉 한 곡을 부탁하니 기꺼이 연주를 해 주었다. 거리의 악사는 홀로 기타 연주를 한다. 나의 청에 〈로망스〉를 아르페지오 손놀림으로 길게 연주해 준다. 아득하고 감미롭다. 하염없이 앉았다. 둘이 셋이 되고 넷이 되곤 한다. 저녁 식사에 크레타 와인을 시켜 마셨었는데, 이 식당에서도 그리스 전통주 우조 한 병이 디저트로 나왔다. 낮에 배운 대로 한 번에 원샷을 두 번만 해야 한다는데, 남은 병을 끝내 비워 석 잔을 털어 다 마시고는 숙소로 비틀거리며 왔다. 오늘 숙소는 4인실이다. 저녁 먹기 전에 내 옆 이층에 누가 자고 있기에 그런가 하고 샤워하려고 준비를 하는데 누군가 부스럭거리며 일어나 내려오는 걸 보고 깜놀했다. 여자잖아. 이런, 한방에 여자도 같이 자네. 모르겠다. 샤워를 하고 들어오니 나가고 없다. 이런 밤에 안 취하면 잘 수가 없으니, 취했다. 나 잘 취했지!

식사 후에 틀림없이 나오는 우조 술과 디저트

나는 지금 호스텔(게스트 하우스)에서 퇴실을 하려고 테이블에 앉아 있다. 일찍 서쪽으로 버스를 타고 갈 것인데 천천히 움직일 요량이다.

여긴 11시 체크아웃이라 충전도 할 겸 퇴실하는 호스텔 이용자의 모습을 바라본다. 아가씨 서너 명이 쪼르르 여행 가방과 배낭도 메고 카운터에 섰다. 일행 같은데 짐들이 많다. 밀고, 들고, 메고 멀리는 못 갈 것 같은데 알 수 없는 여정이다. 간밤에 우조 술을 다 비우고 11시가 넘어오니 우리 방에 여자가 둘이다. 방바닥에 섰는데 분명 여자다. 몸집이 좀 되는 아주머니가 내 침상 1층에 주소를 둔 사람이다. 이층 옆 침대는 낮에 본 동양인 아가씨가 있고, 눈인사만 하고 얼른 방을 나왔다.

조르바를 찾아서 발칸을 가다 나는 자유다

나는 좀 황당해서 일단 화장실로 가서 물을 좀 마셨다. 여긴 수돗물은 마셔도 된다고 했다. 그 사람이 자기 침대로 돌아가길 기다려 주어야겠다고 생각했다. 그런데 방 열쇠를 안 들고 나왔다. 난감, 방에서 사람이 나오길 기다리든지 내가 방문을 두드려야 할 참이 되었다.

하여간에 다시 들어가긴 갔다. 무조건 이층 내 자리로 올라갔다. 술도 약간 되었지. 수직 계단을 조심조심 손에 힘을 꽉 주어 올라가서는 침구에 몸을 묻었다. 우조 술의 덕분으로 바로 곯아떨어졌다.

하니아 그리고 이라클리온(헤라클리온)

하니아에서 동쪽으로 연결된 해수욕장 버스 정류소 위치

아침 9시나 되어 근처 슈퍼마켓을 찾아가서 한국에서 먹었던 야채셀러드를 요구르트와 먹었고 3유로를 주고 빌린 타월 한 세트는 반납했다. 처음으로 경험한 호스텔 경험담을 적었다. 혼자 여행을 한다면 호스텔

은 선택이 아니라 필수 같다. 왜냐면, 호텔이나 다른 모든 숙박시설 예약
은 싱글 숙소를 찾기 어렵다. 특히 2인이 기본이고 혼자 잔다고 해도 2
인실이다. 2인이나 1인이나 가격은 같다는 말이다.

크레타 동쪽 끝 키사모스 여학생들

나는 지금 키사모스kissamos 옛 마을 어느 주막에 왔다. 서쪽으로 가는
버스는 여기가 종점이었다. 이 버스 뒷좌석에 앉은 여자 학생들 서넛이
어디에서 타고는 내 뒤에서 재잘거린다. 버스에서 아무도 차비를 내지
않는다. 그래서 나는 학생은 공으로 버스를 탈 수 있나 싶었다. 학생들
에게 물었다. 그러니 모두들 학생증을 보여 주며 패스권을 갖고 있다고
한다. 검표를 하는 차장이 여기는 없다. 운전사가 관리를 하지만 학생들
이니 모두 패스권이 있다고 생각하는 모양이다. 친구들끼리 놀러 갔다
집으로 돌아가는 모양이다. 먼저 내리는 학생, 다음번 정류소에서 내리
는 학생. 나는 남은 승객 몇이 내리는 곳에서 여기가 종착지인지를 확인
하고 내렸다. 그러니 나는 어디에 왔는지를 모른다는 말이다. 내려서 어
디로 가냐고? 그냥 내리면 할 일이 생긴다.

파란색 원이 키사모스 모로스 비치

바닷가에서 내려 해변의 휴가객들이 노는 모습을 잠깐 보고 오늘은 이 비치molos beach에서 저들처럼 늘어지게 쉴까 보다. 그러면 숙소를 먼저 정해 놓고 놀아야지. 헌데 해안에는 숙소가 없다. 조금 내륙으로 들어와서 호텔이 있어 물어보니 식사 없이 55유로이고, 아침 포함 65유로란다. 괜찮은 가격이다. 헌데 오늘은 세탁물도 모였고, 호텔보다 아파트 숙소가 필요하다. 그래서 시내로 들어가서 동네 식당인 주점에 들어와서 번역을 돌려 이렇게 물었다. "오늘 저녁 잘 수 있는 조그마한 방을 하나 구하고 있습니다. 소개 좀 해 주세요." 식당 아가씨는 남자 한 분을 데리고 와서는 흥정을 붙인다. 얼마냐고 묻자, 55유로를 부른다. 나는 40유로를 불렀다. 그는 마지막 제안 가격이라며 45유로를 불렀다.

좀 머뭇거리는데 식사가 나온다. 나는 40유로로 하고 싶다 하고는 밥을 먹고 있으니 10분 후에 오겠다고 하고 갔다. 오든지 말든지 55유로짜리 봐 두었는데, 한 10분 지났나. 와서 보고는 10분 후 다시 오겠다고 한다. 내 식사 습관으로 20분 있다 오라고 하니 알았다고 하고 갔다. 나 이제 그리스 사람 다 되었다. 짜파게티를 시켰는데 스파게티가 나왔다. 고기 든 스파게티가. 헌데 메뉴를 자세히 보니 이탈리안식은 1유로 싸고 내가 원하는 식이지 싶다.

케첩을 달라 해서 다 넣고, 소금, 후추 넣으니 간이 좀 된다. 여긴 우조 술을 식후에 줄까, 안 줄까? 궁금하네. 기대되네.

6월 12일

크레타 서쪽 키사모스 모르스 비치 해수욕장

상반신 벗고 해수욕, 키사모스 해수욕장

나는 방금, 근처 바닷가에서 해수욕을 하고 저녁을 먹고 호텔로 들어왔다. 바닷물은 속이 훤히 보일 정도로 맑고 깨끗했다. 바닷속은 모래와 매끈한 조약돌이 드문드문 늘어져 있어, 바닥이 걷기 편안했다. 사방으

조르바를 찾아서 발칸을 가다 나는 자유다

로 수영하는 사람은 별로 없었다. 아주 멀리 한둘 보일 뿐. 지중해라서 그런지 바닷물은 해가 넘어가고 30분쯤 되었는데도 수온이 나에게 적당했다. 하니아에서 여기까지는 전체가 수영장이라고 해야 하나! 굽이굽이 해안선이다.

하니아에서 여기까지 버스로 두 시간 걸려 왔다. 그리고 백사장이거나 자갈밭이다. 아마도 이곳은 유럽인들의 여름 피서지이리라. 겨울에 오면 해수욕장 뒤편 남녘은 높은 바위산이라 흰 눈처럼 보일 것이고, 바다 근처는 춥지 않다는 설명이다. 시간이 어느덧 8시가 넘어 바다에 붙은 레스토랑에는 손님을 맞을 식탁 등이 켜지고, 사람들이 모여 식사를 하고 술도 마신다. 바다 쪽 빈자리에 혼자 앉았다. 어딜 봐도 혼자는 나뿐이다. 여기에서는. 대부분 휴가를 온 노부부와 나이 든 사람끼리 며칠씩 머무는 사람들. 나처럼 혼자 여행 온 사람은 보이지 않는다. 생활비가 제주살이 한 달에 드는 비용의 반만 있어도 되는 곳이지 싶다. 일 년에 여름 한 달만 쉬다 가는 곳. 기후 좋고, 물 좋고, 해산물 나고, 와인 싸고, 올리브 먹고, 낚시하고, 비 안 오고, 모기 없고, 낮 두세 시간은 시에스타로 정오 지나면 상점 문도 닫고 자거나 쉰다. 친구들과 튀르키예식 커피나 우조 술 마시고 그리 살면 좋겠다 싶다.

나는 혼자 다녀도 그리 외롭고 쓸쓸하지는 않다. 연습되었는지 천성인지 모르지만 다만 식사를 할 때는 좀 쓸쓸할 때도 있다. 음식을 고르는 일도 혼자이니 어렵고, 상대방이 없으니 나눌 수도 없다. 식당이 아닌 곳에서는 혼자 먹어도 외롭지 않은데 사람들이 모여 먹는 곳에서는 말이다. 그렇다고 아직 돌아가고 싶다는 생각은 안 든다. 돌아갈 시간도 아직 아니지만, 이제 반쯤 지났나 모르겠네. 나는 계속 크레타에 살라 해도 실 깃 같다. 우조 술은 포도 부신물을 증류해서 만든 40도 증류주라고 한다. 식사 후에 한 잔이나 많아도 두 잔만 단숨에 마시는 걸로.

지중해, 와인을 곁들인 그리스 샐러드 식사

나는 지금 하니아 수다항에 와 있다. 배는 저녁 9시에 피레우스항으로 출항한다고 한다. 조금 전 나는 칼라미kalami에서 왔는데 구경은 못 했다. 3시 40분 버스는 4시가 되어서야 왔는데, 3시 45분이 지나자 약간 조급함이 일었다.

칼라미 언덕 해안도로 버스 정류소

사실 큰길에 차가 막 지나가고 아스팔트 열기에 도로에서 버스를 기

조르바를 찾아서 발칸을 가다 나는 자유다

다린다는 게 고역이었다. 그래서 배낭을 메고 오른손을 뻔쩍 들고는 흔들었다. 지나가는 승용차들은 본 척도 아니하고 쌩쌩 지나간다. 한 10분을 흔들다 풀이 좀 죽었는데 버스가 오고 있었다. 정기 버스는 아닌가 보다. 기사가 손을 흔든다. 버스라고 다 정기 버스는 아니지. 그러다가 멀리서 날 먼저 보고 깜빡이 신호를 한 버스가 다가와 섰다. 문이 열리자마자 재빨리 탔다. 배낭을 멘 채, 터미널에서 타면 당연히 배낭은 아래 짐칸에 넣어야 했다. 일단 탔으니 이 버스가 수다항으로 가거나 혹은 하니아로 가거나 혹은 내가 알지 못하는 곳으로 가거나, 그건 다음 문제다.

이 오지 고도에서 먼저 벗어나야 되는 일이다. 배낭을 빈 좌석에 벗어 던지고 동향을 살피니 올 때도 이 구간에서는 차장이 없었는데 역시 내 눈치가 백단이다. 운전사 바로 뒷좌석으로 몸만 가서는 기회를 봐서 말을 걸었다. 그는 내 의도를 벌써 알고 하니아라고 묻는다. 나는 노, 수다 포트라고 했는데 바로 못 알아들었고 나는 천천히 수, 쉬고 다, 했다. 그가 고개를 까딱해서 돈을 지금 내야 하느냐고 물었더니 손을 내젓는다. 나는 어디 버스가 설 때 받으려나 했는데 잠깐 정차를 해도 손을 내밀지 않아, 수다항에 가면 차장이 올라와서 검표를 하고 돈을 받나 보다 했다. 구글을 보니 수다항에 다 와 가는 것 같다. 지나왔던 길이라고 눈에 익었다.

버스가 서고 누군가 내려 나는 차 안에서 '여기가 수다항?' 하니 주위 사람들이 듣고는 막 그렇다고 한다. 나는 차가 떠나든지 말든지 운전자에게 가면서 또 묻는다. 수다항이 맞느냐? 나는 오늘 저녁 피레우스로 가는데! 그러자 거울에 비친 버스 기사의 모습이 얼른 내리라고 그냥 내리라고 한다. 차비는 안 받고? 나는 내려서 차량 백미러를 보고는 손을 흔들었다. 차비를 안 받아서 고맙다고. 내 이럴 줄 알았다. 차가 신호등에 섰다. 그 찬스를 놓치지 않고 사진 한 장을 찍었다. 이 버스는 정기 노선 버스가 아니었다. 사진을 확인하니 내부에 승객들도 관광객 몇 사람이 전부이고, MINOAN LINES라는 회사 버스였다. 크레타의 대형 여행사였다. 그래서 버스 요금을 못 받은 거였다.

보려고 했던 칼라미의 고성古城은 갈 수가 없었다. 고성은 버스에서 내려 왕복 네 시간을 가야 하는 경사 급한 산 위에 있었다. 도로 옆에 사는 주민에게 가는 길과 거리를 물었다. 나이 든 아저씨는 친절하게도 근처 해안 경비소 건물을 개방했는지도 알아봐 주었다. 수다항을 지킨 장군의 동상도 서 있었다. 아마도 그리스와 튀르키예군이 싸운 시기인가 싶다. 수다항은 하니아항과는 다른 규모의 항구이다. 일단 피레우스로 가는 카페리용 대형 선박이 하니아에는 접안이 불가하니 여기 항구를 이용하는 것이다. 수심도 그렇고 항구로서 적합하기 때문일 것이다. 그리고 이 항구를 지키는 요새 역할을 한 곳이 여기 칼라미의 절벽일 것이다. 그래서 더 높은 곳에는 고성이 바다를 지키는 역할을 하지 않았나 싶었는데 하루 일정으로 방문하기에는 어렵다는 것이다.

칼라미, 고성 가는 길을 알려 준 주민

조르바를 찾아서 발칸을 가다 나는 자유다

뭐 여행이란 게 꼭 찾아가서 봐야 하는 건가? 가다가 다 못 가면, 가 본 것만큼 본 것이고, 간 것이다. 여행도 과정이니, 결과는 과정이 결과다. 피레우스 가는 9시 배는 ANEK LINES. 배는 벌써 와서 정박을 하고 있었다. 여기서 출발하는 배이다. 크기는 어느 배이고 비슷하다, 내 눈에는. 그리하여 여기 수다항 티켓 매표소에서 45유로인가 주고 티켓을 샀는데, 아가씬지 아주머니인지 "침대칸?" 하고 묻는다. 베드 이런 단어가 들려 "노."를 외치니, 알았다고 한다. 그래서 무조건 예스하면 돈 더 써야 한다. 침대 아니라도 텅텅 빈 좌석 엄청 많고 식당에 넓고 누울 좌석 먼저 잡아서 진을 치면 호화 여객선 다 전세로 가는데. 카드를 내니 카드기에 내 사인을 하는 화면이 나와 손가락 지문으로 일필휘지로 내 이름 두 자를 휘갈겨 주었더니, 아가씨가 옆자리 동료에게 보여 주며 코리아 글씨라고 멋지고 예쁘다고 감탄을 한다. 그래요? 고맙소. 내가 글씨 휘갈기는 데 한가닥 하지. 어험! 커피만 안 마시면 된다. 배 안에서. 우조 술 반 병만 마시면 곯아떨어진다. 여기 들어올 때는 이라클리온으로 밤배 타고 오고 나갈 때는 하니아에서 피레우스로 나가니. 나에게 딱 맞는 여행인 셈이다. 내일 아침이면 나는 아테네 어느 주점에 있을 것이다. 크레타에 들어온 지 일주일째다.

피레우스 가는 배를 타는 수다항 입구 매표소

6월 13일 다시 아테네 피레우스

나는 지금 호화 유람선 타이타닉 같은 큰 배에 타 있다. 그 시절에 최고의 배였지만 지금 이 배보다 나았을까? 너무 멋지고 지난번에 타고 왔던 배보다 더 호화롭다. 분명 타이타닉호와 비교해서. 45유로를 주고 밤배 아홉 시간을 탄다면, 저기 육지에서 하루 숙박비와 똑같은데 여기서 자고 왔다 갔다 하면 어떨까? 아테네 내려 낮에 구경 다니다, 저녁 9시 되면 이 배 타고 자고 크레타 가서 놀고, 저녁 9시 되면 숙박비 여기 내고 또 아테네 가서 놀고, 호화 유람선 크루즈선을 타고……. 하여간에 나는 하니아 수다항에서 페리를 탔는데, 배를 기다리다 저녁 식사를 할 술집을 찾다가 대박을 만났다.

저녁으로 요리를 마련해 준 크레타 수다항 식당

우조 술과 디저트

조르바를 찾아서 발칸을 가다 나는 자유다

생맥주 500밀리 한 잔을 시켰는데 생수와 맥주가 나왔다. 목이 말라 '카아' 하고 한 잔을 들이켜니 속이 다 시원하다. 식사를 시켜야지 해서 야채튀김을 시켰는데, 바로 구운 빵과 소스가 나왔다.

따끈하게 화덕에서 구운 뜨거운 빵은 고소하고 부드럽고 너무 맛있었다. 같이 나온 소스 둘과 먹으니 맛이 환상이라 엄지 척을 해 주고 생맥주를 벌컥 마신다. 좀 있다 야채, 즉 버섯과 가지 그리고 하나는 모르겠다. 어쨌거나 그 셋을 화덕에서 구운 것이 나왔다. 따끈따끈한 야채즙이 나오는데! 환상적인 맛이었다. 야채구이 그리고 빵, 맥주를 다 못 먹고 남겼다. 12유로. 이런! 너무 잘 먹었다. 그리스 식사 방식은 떠날 때 우조 술이 나온다. 다 먹었다고 계산을 하고 기다리면 음식을 다 치운다. 기다리면 디저트와 우조 술이 나온다. 나는 돈도 계산했고 식기도 종업원이 다 들고 갔다. 그냥 모른 채 앉아 있었다. 드디어 우조가 오고 디저트가 함께 왔다. 한 병에 혹 100밀리는 아닌지요? 밀리쯤 되는 병에 시원하게 냉장된 술이. 이 술을 같이 나온 술잔에 가득 따라, 단숨에 마신다. 이미 음식은 다 먹었기에 안주는 따라 온 디저트로. 주법은 한 잔이 원칙이다. 두 잔은 괜찮다. 그런데도 나는 석 잔을 스트레이트로 마신다. 처음에는 겁을 먹고 물을 타서 마셨다. 40도 되는 술인 줄 알고. 다음에 듣고 보니 소주랑 같은 도수다. 18도, 포도주 증류주란다. 이렇게 좋은 술을 만나다니. 헌데 뒤에 다시 알고 보니 처음 알았던 40도 술인 걸 모르고 겁 없이 마신 것이다. 어찌 되었건 나는 맛있게 마셨고 뒤탈도 없다. 2유로를 팁으로 테이블 위에 두고, 나오면서 굿바이 크레타를 외친다. 그래. 굿바이 크레타. 기회가 오면 다시 오리다. 크레타 살기 일주일을 하고 떠난다. 나는 요 며칠 사이에 우조 술 애주가가 되었다.

그리하여 나는 이미 취해서 배에 올랐다.

배는 피레우스항에 도착했다. 저녁 9시에 수다항을 출항, 다음 날 오전 6시에 피레우스항에 도착했다. 배는 거리 330km, 무려 아홉 시간이 걸려, 밤을 도와, 한 점 흔들림 없이, 거울 같은 바다를 조각달처럼 흘러왔다. 거대한 배는 한 점 섬처럼 떠서 왔을 것이다. 크레타섬은 그리스의 이방인이지 않을까? 지금은. 그러나 예전에는 그리스 문화의 발상과 중심은 크레타임을 보고 왔다. 아테네에서 시작되는 그리스 문명의 산물을 보고, 그들의 생활을 접하면, 또 다른 그리스의 얼굴을 볼지도 모른다는 설렘으로 오늘을 시작한다. 배에서 내리면 숙소를 정하고, 일단 찾아가는 행동을 할 것이다. 그래야 길도 익히고, 여기 사람들과 대화도 하고, 나를 그들 속에 흡수시키는 일이다. 아테네 구도심으로 가 보자!

피레우스 가는 페리 휴게실

새벽 피레우스항

조르바를 찾아서 발칸을 가다 나는 자유다

나는 지금 아테네 오모니아 어느 호스텔에 와 있다. 밤새 건너온 페리에서 내려 여기까지 온 장황한 글은 새 친구를 만나 인사하고 이야기하다 다 버리고 다시 쓴다. 사라진 글, 지나간 연인이 더 그립다는 것처럼 죽은 자식 불알 만지기지 어쩔 수가 없구나. 나는 이 도시에 아침 8시도 전에 왔는데, 호스텔 입실이 2시라 무거운 배낭을 메고 한낮에 도시를 방황했다. 그건 어찌 되었건 나의 문제이고 독자나 타인은 방관자이니 돈 워리 어바웃 잇! 2시에 체크인하여 이층 침대에 짐을 풀고, 햇발이 좀 죽으면 오전에 다녀온 파르테논 신전 아크로폴리스 언덕을 다시 오를 것이다. 오전에 시간이 넉넉하여 공격을 감행했으나, 보급품을 많이 짊어지고 있었고 기온이 너무 높아 포기하고 돌아왔다. 아테네 공부를 좀 해 보니 내 관심 지역은 세 곳 정도이다. 아크로폴리스 언덕, 필로파포스 언덕, 리카비토스 언덕이다. 박물관은 모두 아웃이다. 나는 터진 공간에 자연과 어울리는 공원을 보고 싶지 박물관에 보관된 유물은 내 취향이 아니었다. 이전 박물관 몇 곳을 본 결론이다. 오후 4시에 나가서 세 곳을 다 못 보면 내일 오전에 보고, 내일 오후에는 그리스 신화의 신탁의 땅 델피(델포이)로 간다.

6월 14일 아테네

나는 지금 그리스 뒷골목에서 숙소로 돌아오다 잡혀서 콘서트장에 있다. 누군지도 모르고, 무슨 콘서트장인 줄도 모르는데 사람들이 입장하려고 줄을 섰다. 나는 사진사가 내 사진을 한 장 찍어도 되냐고 묻기에 그러라고 했다. 약간 취기가 있던 차에 낚였다. 그는 내 모습 사진 두어 장을 찍어 챙기고는 사라졌다. 나는 궁금증에 주위를 살펴 드디어 15유로를 주고 입장권을 샀다. 대부분 미리 산 인터넷 티켓을 보여 주고 입장을 하기에 믿고 들어와서 아직도 안 나가고 맥주 한 잔을 들고 자리에 앉아 노래를 들으며 마냥 쉬고 있다. 취해 편한 의자에 묻혀 음악 소리, 노랫소리에 한량없이 쉬고 있다. 사람들은 점점 불어난다. 참 턱없는 곳에 참가한다고 앉아서 시름도 잊고 빠진다. 나르시시즘narcissism에. 남녀가 절로 어울리는 곳에 동양의 철학가 폼인 노인네에게 말 한마디 묻는 사람도 없으니, 대답할 말도 없는 경지에 도달한 노인, 소크라테스 형님을 모시는 철학자가 왔는데, 이넘들은 모른 체하고 있다. 이넘들아, 내가 너거 형님 잡혀 간힌 감옥소 가서 참배하고 온 사람이여…. 나도 이제 가야것다. 젊은이들 따라 놀 체력이 안 되야.

아테네 오모니아역 근처 분수 로터리

콘서트장에 모인 관중들

조르바를 찾아서 발칸을 가다 나는 자유다

아테네 지하철

필로파포스 언덕, 아크로폴리스 언덕, 리카비토스 언덕 표시

　어제 오후 4시쯤 아테네 세 언덕을 간다고 떠난 이야기를 좀 써 두어야겠다. 호스텔 이층에서 지난 낮에 얼마나 더위를 먹었던지 정신없이 잤다. 맥주, 와인 덕분이다. 다행히 독한 우조는 어느 식당에서도 주지 않았다. 선크림을 얼굴에 바르고, 이번에는 저 아크로폴리스 고지를 오르겠다는 작전을 짰다. 저 황무지에 기둥과 바위만 솟은 곳은 뜨거운 시간을 피해 저녁 6시쯤 가고 나머지 두 곳은 나무도 살고, 또 입장료도 없는 곳일 것 같고, 사람들도 붐비지 않을 것이다. 숙소에서 30분 정도 걸으면 갈 수 있었다, 물론 구글은 17분이라고 꼬신다. 절대 믿으면 안 된다. 초행이고 덥고, 나이 먹은 사람은 두 배로 알아들어야지. 정말 덥다. 그러나 비무장이다. 숙소에서 받은 구도심 맵에다 여기도 동그라미, 지금 다녀올 세 곳도 동그라미를 그리고 아래에 표시된 트램 노선도 익혔다. 먼저 필로파포스 언덕을 찾았다. 구글맵으로, 아크로폴리스 가는 길

을 따라 가다 프랑스 여행객을 만나 작은 전망대에서 사진도 찍고, 그들은 아크로폴리스로 갔고, 나는 생수를 한 병 샀다. 제일 작은 생수를 2.5유로에. 조금 큰 건 5유로쯤 하겠지. 두 번 마시니 동이 났다. 버스 한 대에 한국인 관광객이 한 차 내렸다. 모두 오르막을 걷는다. 죽을 맛들이다. 오후 5시, 36도, 바람 없음, 자외선 강함. 나는 그런가 한다. 헌데 아테네는 자동차 열기, 빌딩과 아스팔트 열기. 체감은 더하기 5도는 해야하겠지. 저 관광객들 후회막심일 거다. 아니 따라갈 수도 없고. 버스에서 내려 저 아크로폴리스 꼭대기까지 걷자면 30분간 쉴 곳도 없어서 쉬지 않고 올라야 할 것인데.

소크라테스 감옥

지금 나도 햇살을 피해서 소크라테스 감옥을 찾아가는데, 소크라테스 감옥은 이정표도 안 보인다. 거리의 버스 기사들에게 물어도 모른다. 어찌어찌 물어서 갔는데 동산 여러 갈래 길 중 하나에 있었다. 아무도 없다. 옥문과 쇠창살은 자물쇠로 잠겨 있다. 물만 있으면 감옥치고는 시원한 바위 동굴이다. 넓기도 하고, 사진 몇 장 찍고는 또 비탈길을 찾아 오른다. 평지 길도 있지만 빠른 길은 비탈길이니. 역시 아무도 없다. 탑만 하나 솟아 있다. 쉴 그늘도 없다. 나무라곤 내 키보다 낮고 잎사귀

　　　　　　　　조르바를 찾아서 발칸을 가다 나는 자유다

없는 침엽수나 잎이 작은 나무들이니. 땅바닥도 바싹 말랐지만 흙먼지도 안 날린다. 그저 덥다. 푹푹 찌는 더위는 아니니, 숨이 턱턱 막히지는 않는다.

아레이오스 파고스 언덕에서 바라본 아크로폴리스

나는 지금 다인 호스텔 이층 침대 위에서 이 글을 쓰고 있다. 지금 아침 9시인데 한 명이 일어나서 화장실로 갔다. 이층에서 내려다보니 내 머리 쪽에서 잔 사람이다. 컴컴한데 공용화장실 문이 열리니 모습이 보였다. 이런, 뒷모습이 여자다. 여섯이 잤는데, 일층은 모두 남자 같다. 그러나 확실하지는 않다. 음양이 섞이면 우주는 어울려지니 작은 공간이라도 시공을 공유하는 일은 섭리이리다. 다시 이어서, 소크라테스 감옥 찾아가는 길에서 휴대폰 사진 기능이 되질 않는다. 더워서 작동을 안 하니 좀 식혀서 쓰라고 경고를 보낸다. 만져 보니 뜨겁네. 인터넷 기능은 되는데 사진 찍기만 안 된다. 아무리 기다려도 계속 기온은 36도. 커버를 벗겨 놓고 맨땅에 둔다. 마침 프랑스 젊은이가 대리석 바닥에 앉았다. 가서 말을 걸고, 내 사정을 이야기를 한다. 그의 옆자리에 앉았는데 엉덩이가 뜨거워 나는 땅에 무릎을 반 주저앉아서 묻는다. 왓츠앱 하느냐고. 친구를 맺었다. 물론 나는 친구 맺는 방법을 모른다. 내 왓츠앱 번호를 모른다. 그가 내 전화기를 들고 한국 글을 익혀 가며 메시지로 개통을 하여 그 폰에 찍어 둔 사진 몇 장을 보여 주며 이걸 줄까 하며 묻는다. 멋지게 찍었네. 나보다도. 그래도 내가 든 증명사진은 한 장만 부탁해요. 저기 건너 언덕 위에 아크로폴리스 신전이 정면으로 잘 보인다. 저곳에 막상 가면 이런 정경이 보이지 않을 것이다.

그 자리에서 사진 서너 장으로 답사를 마치고 하산했다. 심한 갈증과 허기가 와서 간이매점에서 젊은이들 마시는 에너지 음료, 푸른색 한 병을 사서 계속 마셨다. 어제처럼 다 날아가기 전에 저장. 이어서 그 젊은이 말에 의하면, 자기는 내일 아크로폴리스에 일찍 간다고 한다. 오늘 낮에 더위로 아크로폴리스는 휴장을 했다고 방송을 들었다고. 지금은 개장을 했지 싶지만, 나는 급 마음이 변했다.

리카비토스 언덕에서 바라본 아크로폴리스

리카비토스 언덕으로 가야 하는데 오늘은 아크로폴리스를 갈 수가 없다. 7시 반이 입장 마감이니 일단은 리카비토스 언덕으로 가자. 트램을 타고 최대한 가까이 가서 걷자. 관광버스들이 다니는 길을 따라 내려왔다. 트램역이 있다고 했다. 내려와 물으니 기차역을 알려 준다. 우리나

조르바를 찾아서 발칸을 가다 나는 자유다

라 지하철 같은 철길이 있는. 이 역은 기차역이니 트램역은 어디 있냐고 물었더니 철길 따라 가라고 하네.

　내 아래층 다른 한 녀석이 일어나서 화장실 갔다. 윗도리 벗은 몸으로. 그 사이에 아가씨가 나타났다. 껌껌한 좁은 방에서 각자 할 일을 하고 있다. 나는 오늘 오전은 여기서 쉰다. 아침도 여기서 사 먹고. 침실에서 샤워하고 짐 챙겨 플레이 그라운드 같은 휴게실에 가서 쉬면 된다. 나가면 지옥이다. 나는 지금 샤워도 했고, 아침도 먹었고, 체크아웃도 했다. 여기 규칙은 휴게실에 오늘 저녁까지는 있어도 되고, 짐을 맡겨도 된다고 하네. 어제는 그렇게 사정을 해도 안 맡아 주었고, 체크인도 안 받아 주더니. 그들 사정이 있겠다 싶네. 시스템이 잘되어 있다. 어제 아테네시 세금이라고 얼마 내라고 해서 카드 결제를 했는데 조식이 포함되어 있었다네. 난 그걸 모르고 아침 먹고 돈을 어떻게 지불하냐고 서빙하는 웨이트리스에게 물었더니 그는 내가 보여 준 종이를 가져가고는 다 해결되었으니 먹으라고 하네.

남녀 혼숙 게스트 하우스

야채, 과일, 요구르트 넣어서 셀프로 먹은 접시 둘을 비우고 고기와 과일음료는 패스, 소금 간 한 우유와 커피, 빵 한 조각을 먹었고 사과가 먹음직하니 상표기 붙어 있어 어떻게 먹느냐고 물으니 친절하게도 안쪽에 주방이 있고 칼도 쓰고 물도 쓰고 하면 된다고. 씻어서 갖고 가서 먹어도 되냐고 물으니 된다고 하네. 그래서 사과 하나 씻어 챙기고, 먹은 빈 그릇을 들고 어떻게 하냐고 물으니 그녀는 내가 초보인 줄 알고 또 안내를 한다. 내가 앉았던 식탁 건너에 쓴 그릇 두는 곳이 있고, 그 아래 쓰레기 버리는 통이 있고 그 위 벽에 써 붙여 놓았다. '빈 그릇은 여기에 두세요.' 라고 그리스 글은 없고 영어로. 한글로 쓰여 있어도 읽었을까? 난 한국에서도 잘 찾지 못한다. 어떻게 하는지를. 습관이 변하지 않으니. 글이 길어져서 다음 장에.

호스텔 주방 음식 진열대

나는 지금 아테네 호스텔 휴게소에 다시 나와 있다. 여기 시설이 좋고, 저녁까지 사용 가능하다고 하니, 저 많은 음식들은 배가 불러 더 못 먹고, 손가락 운동을 마저 하다 커피 한 잔 들고 오면 되겠다 싶어 조금 전에 일어나서 보니 다 치웠다. 이런, 미리 가져다 놓은 사람도 있었네. 이제 커피는 2유로 주고 사 마셔야 한단다. 음료 무료라고 쓴 쪽지를 받은 것이 기억나서 그걸 관리 아가씨에게 보여 주니 그건 루프탑에 있는 살

조르바를 찾아서 발칸을 가다 나는 자유다

델포이 가는 아테네 KTEL 버스 터미널

델포이, 버스가 지나가는 도로

롱이란다. 술도 팔고 음식도 파는 거긴 저녁에 문을 연다고 하네. 흥, 찌찌뽕이다. 화장실은 어디냐고 물었더니 "저쪽 코너를 돌아가면 있어요". 그냥 땡큐다. 여담 하나 할게. 한국에서 변비가 있어 가끔씩 고생을 한다. 사실 혼자 살 때는, 직장 다닐 때는 전혀 없던 현상인데. 어쩔 수 없이 그러려니 하였다. 죽을병도 아니고, 고칠 방법도 모르고, 아프지도 않았으니. 그런데 여기 와서 하루 한 번 식전에 양호하다. 힘도 별로 안 들고, 상태도 황금색으로 돌아갔다. 옛날에 나는 그랬다. 이 얼마나 쾌거냐! 돌아가면 환원될 걸 확신하면서 그래도 병은 아니었구나! 커피는 놀다 보면 2시쯤 나온다. 어제 다 보았다. 새로 들어내서 진열하는 걸. 12시에 치우는 걸 못 봤지. 어떻게 델피를 가는지도 안다. 프런트데스크에서 글로 써 달라고 해서 버스 터미널 가는 방법을 받았다. 델피라고 말한다. 크레타는 크레티, 카잔차키스는 카잔스잔스다.

델피(델포이)까지 세 시간 걸리니 가서 잘 곳 찾든지 어떻게 될 것이다. 땡큐 갓!

6월 15일 델포이(델피)

나는 지금 델피 숙소에 있다. 어제 아테네에서 여기로 온 이야기를 적어 두어야 한다. 아테네 호스텔을 2시나 되어 나와서 트램을 두 코스 타고 델피 가는 버스 터미널을 찾아왔다.

몇 번 묻고는 구글이 시키는 대로 편하게 왔다. 델피 가는 버스는 3시에 있었고, 나는 터미널 대기소에서 충전을 하고, 나에게 충전 코드를 빌려 달라는 아프가니스탄 청년에게 30분 정도 그의 청을 들어주었고 델포이로 가는 버스를 탔다. 델포이가 델피이고 델피가 델포이다.

코린토스만이 바라다 보이는 산중 마을 델포이

두 시간이 걸릴 것으로 예상했으나 세 시간이 걸렸다. 난 델포이란 도시가 해안에서 이어진 산 쪽 언저리에 있다고 생각했었다. 그러나 단순한 구글 지도를 참고한 결과, 델포이는 높은 산 7부 능선에 있었고, 버스가 높은 재를 넘어 올라가고 내려가는 길은 아주 장관이었다. 예상을 벗어난 결과이었다.

도착하니 오후 5시를 넘겼고, 버스 속에서 예약한 숙소는 예상대로 버스가 정차한 곳에서 10분 걸어서 있었다. 내 위치를 미리 알렸던 숙소 호스트는 내가 그 호텔 앞을 지나가자 달려와서 붙잡아 주었다. 방을 보니 더블베드 하나에 싱글 하나인 아주 넓고 좋은 위치의 방이었다. 테라스 쪽으로 건너편 산과 계곡이 굽어보이고, 그 아래로 끝없이 펼쳐진 올리브 농장과 해안의 푸른 바다 기슭이 보이는 곳이다. 세탁기 지원이 안 되는 시설이기에 난 모아둔 옷을 간단하게 손빨래해서 테라스에 널어 두고, 근처에 있을 아폴로 신전과 아테나 프로나이아(톨로스)를 찾았다. 시계를 보니 7시쯤이라, 입장을 해서 관람을 하는 박물관과 아폴로 신전은 내일 보기로 하고 무료 입장이 되는 아테나 프로나이아를 찾아갔다.

아테나 프로나이아 톨로스

올리브나무가 심겨진 산비탈에 유적들이 있는 좁은 흙길을 걸었다.

가끔은 길을 버리고 나무 사이 길로, 마른 풀 사이를 헤치고 미끄러져 내려갔다.

톨로스란 곳은 멋진 원통 건물이 있었으나 지금은 기둥 세 개만 남아 있는데 모두 기원전 500년경에 생긴 유적이다. 당연히 예수가 태어나기 전이니 그리스 신화에 의한 그리스 신전으로 신탁을 하던 곳이다. 델피라고 부르는 이곳 델포이에는 세 곳의 유적지가 있는데 대개 아폴로 신전과 아폴로 신전의 중요 유물들을 모아서 관리하는 델포이 박물관 그리고 톨로스 건축물이 자리한 아테나 프로나이아 신전(오라클)이다.

프로나이아 신전 관리인

오후에 델포이에 도착하여 세 곳 다 볼 수는 없고 가장 규모가 작은 프로나이아 신전으로 갔다. 숙소에서 가장 멀었지만 도로 아래에 있고 박물관과 신전을 가는 입구를 지나서 찾아갔다. 오후 7시를 지난 시간이니 아직 햇살은 살아 있었지만 그리 뜨겁지는 않은 시간이었다. 아무도 걷지 않는 시간대에 톨로스의 세 개의 기둥은 석양에 비치어 아름다움의 극치를 이루고 있었다. 원형 건축물의 바깥 기둥은 20개, 안쪽 기둥은 10개로 기둥 받침돌은 살아 있었지만 서 있는 기둥은 세 개뿐이었다. 이곳저곳 얼마 되지 않은 지역의 안쪽까지 넘나들면서 구경하고 쉬고 저

조르바를 찾아서 발칸을 가다 나는 자유다

기 코린트만의 해안과 협곡으로 이루어진 산세를 마음껏 감상하고 있으니 관리인이 나타났다. 그는 문을 닫아야 한다고 하네. 사진을 몇 장 부탁하고 그와 둘이서 걸어서 입구 쪽으로 나갔다. 나는 이 건축물에 대한 질문은 하나도 하지 않고, 비탈진 야산에 오래된 올리브나무의 수령이 궁금해서 물었다. 내 짐작에 한 오백 년이나 될 것이라고 생각했는데 그는 백 년이 안 되는 나무들이라고 한다. 사실 나는 이 나무들의 수령이 더 궁금한 사람이지 이 건축물의 역사나 신화가 궁금하지는 않았나 보다. 사진을 보니 오후 8시 정각에 문을 닫는 모양이다. 그때 한 젊은이가 길에서 내려온다. 그는 이곳을 이 시간에 방문할 모양이다. 길가에 차를 세워 둔 채로. 관리인은 그냥 철봉으로 길을 막은 간이 문이지만 정문을 닫고 샛길로 그 젊은이를 안내하여 데리고 내려갔다. 지름길인. 어찌 되었거나 입장료가 없고 더없이 아름다운 노천의 유적들을 본 이 오라클이라고 부르는 곳을 보고 다음 날 8시에 개장을 한다는 박물관과 아폴로 신전을 보았다만 그곳의 원형극장과 세계의 중심이라고 하는 옴파로스와 신탁의 장소 등 기원전 4세기의 유적들을 내 지식으로 설명하기는 어렵다. 다만 나는 지나가는 길에 혹은 여행사를 동행한 시간이 아니라 하루를 이곳에서 머물면서 24시간 동안 같은 장소를 걸어 다니면서 보고 살폈다. 내가 보고 싶고 아는 수준으로 놀았다.

이곳을 방문하기 전에 아침 6시에 일어나서 먼저 비탈진 곳에 형성된 마을 뒷산으로 산책을 갔다. 물론 식전이다. 나는 집 앞산을 오르듯이 그냥 신발을 신고 물병 하나 들고는 길을 찾아 비탈진 마을 길을 따라 올랐다. 한 30분 걸어가니 마른 풀과 바위들이 산기슭을 이룬 곳에 다다랐고 그 언덕에서 아래로 내려다보니 오늘 가 볼 아폴로 신전의 위편 원형극장이 보였다. 신전은 그 아래쪽이라 나무들과 시야가 맞지 않아 볼 수는 없었다. 허나 그곳에서 신전 자리가 내려다보이는 곳까지 올라서 계곡 건너 험준한 산줄기와 그 아래 바닷가 도시와 코린트만의 해안선을 보고 산속에 만든 오래된 기도처와 돌조각을 보고 내려오니 한 시간이나 흘렀지만 유적을 본 것만큼 만족스러웠다. 이 장소와 자연 지형이 기원전 그리스 신화를 형성할 만큼 특별한 곳이라는 사실은 틀림이 없다.

델포이 신전 수도원 입구

델포이 마을 뒷동산의 잡풀들

오전에는 박물관과 신전 두 곳을 여유 있게 보았는데 많은 관광객들로 붐볐다. 해서 오후에 나는 다음 장소를 찾아서 떠났다. 나는 올림포스 산으로 갈 계획이었다. 허나 오늘은 주말이라 여기서 나가는 버스는 정기적으로 다니지 않았다. 어디든지 나갈 수가 없었다. 오직 하나 오후 4시에 아테네로 돌아가는 버스뿐이다. 이런, 난감하기 그지없네. 산골이라 그들은 이런 일이 일상이라 하루를 더 머물 것을 추천한다. 나는 일단

조르바를 찾아서 발칸을 가다 나는 자유다

나가야 한다. 교통이 원활한 곳으로 기차가 다니면 좋고. 나는 아테네로 가는 버스를 타고 나가서 아테네까지는 가지 않고 북쪽으로 올라갈 도시에서 내려 볼 참이다. 버스 정류소에는 3시부터 기다린다. 4시 버스를 타기 위해 사람들이 한둘씩 모이더니 무려 십여 명이 되었고 모두들 아테네로 간다는 관광객들이 혼자 혹은 둘, 셋. 그늘에서 기다린다. 잡담을 하고 모두들 여유롭다.

델포이 마을, 마을 뒷산에서 찍음, 코린토만이 보임

아폴로 신전 옛 모습 사진

아폴로 신전 박물관, 스핑크스

버스가 도착하자 운전사가 내려 짐은 버스 짐칸에 올리고 나는 버스 표를 사야 하니 돈을 내겠다고 하니 난감한 표정이다. 모두들 종이로 프린트된 인터넷 예약 종이를 들고 섰다. 기다리란다. 예약한 손님들을 모두 태우고는 그는 수동 매표기를 들고 와서는 돈을 받고 표를 준다. 그는 당연히 내가 아테네로 갈 줄 알고 묻는다. 나는 아니라고 하고는 지도의 한 곳을 보여 주고는 여기서 내린다고 하니 그는 또 난감해한다. 그러고는 이 버스는 내가 정한 도시로 들어가지 않고 도시 외곽에서 내려야 한다고 한다. 내려서 도심으로 한 이삼십 분 걸어야 하는데, 괜찮은지 묻는다. 당연 괜찮지. 걷는 게 대수냐? 그렇게 하여 나는 생전 이름도 모르는 어느 도시에 내렸다. 운전사는 나를 내려 주면서 내가 내린 사거리에서 어느 방향의 도로를 따라 걸어가라는 안내까지 친절히 알려 주었다. 버스에 탄 승객들은 모두 나를 바라보고는 불안한 기색들을 보인다. 그들은 이미 차를 기다리면서 내가 어디로 가는지 어떤 사람인지를 대강 알았기 때문이다. 낯선 동양인 늙은이가 커다란 배낭을 메고는 올림포스 산을 찾아간다고 지금 머나먼 남쪽 시골 마을 간이 정류장에 내린 처량한 신세를 염려하는 마음일 것이다.

델포이 아폴로 신전

조르바를 찾아서 발칸을 가다 나는 자유다

하여간에 나는 티바Thiva라는 도시에 오후 7시경에 내려서 마을을 찾아서 걸어갔다. 그리스 남쪽 7시는 아직 한낮 시간이었다. 마을 도로를 따라 30분을 걸어 버스 터미널을 찾아간다. 올림포스산이 북쪽으로 얼마나 떨어진 곳인지 모르지만 올라가는 버스가 있을 것이니. 무척 덥다. 삼거리 휴게소 같은 곳에서 길도 물어보고 음료수도 마셨다. 영어를 하는 여자 종업원이 있어 숙소를 물어보니 친절하게 호텔을 알려 준다. 내가 원하는 호스텔이나 인터넷 예약 숙소 사이트에는 등록된 숙소가 없는 곳이다. 여행객이 오지 않는 곳이라 자려면 오직 비싼 고급 호텔 말고는 방법이 없는 곳이다. 여기에 내가 내리게 된 이유는 이곳이 델포이에서 동서로 난 도로가 남으로 내려가는 지점이고 남북으로 난 아테네 쪽으로 내려가는 도로와 처음으로 만나는 지점이기 때문이다. 여기서 한 시간만 남으로 내려가면 아테네가 나오고 아테네에서 데살로니카라는 북쪽 큰 도시로 가면 쉽게 올림포스산으로 갈 수가 있는데 나는 다시 그 아테네로 가기는 싫었던 것이 이유이다.

티바역, 저녁 막차로 레이아노클라디역으로

알려 준 호텔 방을 알아보니 가격도 비싸고 또 근처에 있는 것도 아니고 택시를 타야 한다는 것이다. 혹 기차와 역이 있냐고 하니 역이 이 근처에 있다고 하고 위쪽으로 가는 기차가 곧 온다고 하는데 그 시간에 서둘러 걸어갈 자신도 없고 역으로 가는 방법을 알아내어 찾아갔다. 이 모든 정보는 영어를 하는 아가씨의 친절 덕분이다. 나는 알다시피 전화 한 통 할 수 없는 사람이다. 역에 가니 영어라고는 열차 시간표도 행선지도 역무원의 영어도 전무한 실정이다. 나는 번역기도 못 쓴다. 왜냐고? 그리스인데도 심카드가 안 되고 와이파이로 정보를 알아내야 하는 것이 현실이다. 하여간에 나는 이 역에서 가장 마지막으로 북쪽으로 가는 20시 7분 출발, 마지막 역에 21시 31분에 도착하는 기차표를 샀다. 도착역 이름이 레이아노클라디Leianokladi라는 곳이다. 6월 15일 토요일 티바역 출발 2호차 75번 석, 6.3유로. 사진으로 남긴 열차표를 보니 그렇다. 한 시간 반이나 편안하게 좌석에 앉아서 간다. 승객은 거의 없다. 조그마한 종착역으로 가는 늦은 밤의 막차에는. 여기는 티바라는 도시이다.

6월 16일 레이아노클라디

레이아노클라디역, 시골 역사

조르바를 찾아서 발칸을 가다 나는 자유다

열차시간표, 티바 출발 20:07
레이아노클라디 21:31 도착

나는 지금 기차를 탔다. 아테네로 돌아가는 버스를 델포이에서 3시 반에 탔는데, 중간에 한번 내려 준다는 곳이 티바였다. 버스는 티바 도시로 들어가지 않고 그냥 내리는 승객이 있으면 도시 입구에 내려 주었다. 티바에 내려 시내로 걸어 들어와서 알아보니 데살로니카 thessalonica 쪽으로 가는 기차가 내일 아침에 있는데, 이 도시에서는 잘 곳이 없다. 호텔이라는 데가 두 곳 있는데 알아보니 95유로라고 한다.

휴게소 아가씨가 전화를 걸어서 알아본 가격이다. 그래서 나는 기차역을 찾아갔다. 밤 열차가 있으면 타고 북쪽으로 가기 위해서. 오후 8시 5분발 레이아노클라디가 종착역이라고 하는데 무조건 표를 샀다. 1시간 30분이 걸려 21시 30분에 도착한다. 오늘 아테네로 안 갔듯이 나는 여기 티바에서도 잘 수 없는 신세 같다. 가는 그곳은 어떨지 모른다. 노숙을 해야 할지, 멋진 잠자리가 기다리고 있을지는 모른다. 오직 신만이 알기에 신탁을 했다. 델포이에서 신탁神託의 힘을 받았기에!

나는 지금 여기가 어딘지를 모른다. 시간은 자정을 넘어 1시 반이다. 좋은 침대에 누워 좋은 술에 취해서, 좋은 친구를 만나서 즐거운 저녁 식사를 했다. 우리가 만나 술을 마시고, 맛있는 음식을 나누고, 유쾌한 이야기를 나눈다는 게 그리 쉬운 일인가? 다 신탁을 해서 이렇게 되었다. 어디로 가는지도 모르고, 어떻게 될지도 모르고, 세상이 나를 인도하는 대로 왔는데, 나는 이보다 더 나은, 나에게 맞는 곳은 이 세상에 없다는 확신이 서는 곳에 지금 왔다. 그 상황들은 아래 사진을 보고. 나는 내일 아무래도 올림포스산을 안 갈 것 같다. 내일 하루는 여기서 더 쉬고, 다음 날 떠나도 되는 일인데, 여기 하루를 더 머물고 갈까 한다.

시골역 막차의 손님을 태워 주는 버스

아닉스 호텔, 투숙객을 위한 파티

내 여정에 한곳에 이틀을 머문 것은 처음 이스탄불에 와서 내리 삼 일을 한곳에서 머문 게 다이다. 그 후론 한곳에서 이틀을 내리 머문 곳은 없다. 주인 아들 내외가 나를 위해 늦은 식사 장소로 안내를 했고, 주인 내외가 파티를 열었는데, 나도 같이할 것을 제안했고, 그들은 모두 하나같이 나를 배려해 주었다. 초면이고 이방인인 나를. 주인 내외와 그들 친구 내외와 아들 부부, 딸 부부, 그리고 동네 친구 한 분이 합석해 생선과

　　　　　조르바를 찾아서 발칸을 가다 나는 자유다

감자 고추 요리를 먹었다. 담소하는 모든 것이 꿈인가 생시인가 한다.

아닉스 호텔 근처 야외 레스토랑

주인 남자가 연신 붉은 와인을 내어다 주었다. 우리들은 그가 따라 주는 가정식 와인에 취했다. 나는 지난 일들은 어느새 다 잊고는 이 분위기에 기분이 고조되어 스스로 제안을 했다. 노래를 하나 불러도 되냐고. 아니, 부르겠다고 말하고는 그들의 분위기를 살폈다. 모두들 박수를 치고는 기대를 하는 분위기다. 휴대폰 영상 준비를 하기도 한다. 나는 일어서서 외국에 나가면 어디서나 즐겨 부르는 노래를 먼저 간단히 소개를 하고 불렀다. 〈아리랑〉을 모르는 한국 사람은 없다. 부를 수는 없어도 모르는 사람은 없다. 만약 그가 모른다고 하면 그는 한국인이 아닐 것이다. 그러고는 이 노래는 오래된 한국의 민요이고 이별을 노래한 곡이라고 설명을 하고는.

아리랑 아리랑 아라리요.
아리랑 고개를 넘어간다.
나를 버리고 가시는 님은
십 리도 못 가서 발병 난다.

그들은 이 노래 가사의 의미를 모르지만 곡조와 멜로디는 느낀다. 천천히 한 번 부르고 좀 더 빠르게 다시 한 번 더 부른다. 〈아리랑〉은 천천히 부르면 슬픔이지만 빠르게 부르면 경쾌하기도 하다. 주인집 아들 여자친구는 미국인이어서 영어로 내 말을 가끔씩 그들에게 통역을 해 주기도 했는데 그녀가 촬영을 해서 보내 주어 현장 무비를 갖고 있다.

어제 나는 종착역인 레이아노클라디에서 내렸다. 마침 자리 건너 젊은이가 있어, 내리면 숙소를 구할 수가 있겠냐고 물어 그가 검색해 준 지역 호텔을 하나 찾았다. 가격 좋은 호스텔이고 부*닷컴이다. 해서 그 정보를 받으니 지역이 레이아노클라디가 아니고 라미아lamia이었다. 나는 그동안 숙소 예약을 ANB에서 했다. 버스가 있냐고 하니 택시뿐이란다. 아마 20유로쯤 할 거라고 했다. 그래서 그 젊은이랑 역 구내도 못 빠져나갔는데 역무원인지 경찰인지 정복 차림의 사나이가 와서는 젊은이에게 이야기를 한다. 내 이야기지 싶은데 그는 젊은이에게 말을 했다. 결론은 저기 앞에 서 있는 버스를 타면 라미아로 간다는 것이다. 버스에 오르니 깜깜한 실내에는 사람들이 조용히 앉아 있었다. 버스 기사는 입구에 서 있었다. 요금을 받지 않아 내릴 때 받나 했다. 이 버스는 이 외딴 역에서 막차로 온 손님을 근처 큰 도시까지 이동시켜 주는 역에서 준비한 버스였다. 버스를 타고 가면서 영어로 된 부*닷컴을 한국말로 다시 바꾸고 예약을 일단 급히 했다. 버스 내는 와이파이가 되었다. 예약 승인이 나야 주소가 확인되고 찾아갈 수가 있으니. 조명이 어두운 버스가 서고 사람들이 내리고, 내가 라미아냐고 묻자, 누군가 라미아라고 대답을 했다. 급히 배낭을 메고 내렸다. 차비를 달라고 하지 않았고 또 차가 떠날까 조바심에서 그냥 내렸다. 기사는 손을 흔들어 주었다. 고맙네.

조르바를 찾아서 발칸을 가다 나는 자유다

내가 어리둥절해하니 돈도 안 받나 보다 했지.

하여간에 나는 또 미아가 되었다. 숙소 주소가 떴다. 여기서 얼마나 되나 하고 길 안내를 보니 20분이네. 먼데. 걸어서인가 했는데 택시로. 그럼 걸어서는 두 시간. 이런 야단이네. 급히 취소한다고 주인에게 메시지를 보내고 또 걷는다. 앞만 보고, 신탁만 믿고. 저 앞에 젊은이 대여섯이 걸어간다. 지도를 보여 주며 여기로 가는 버스가 없냐고 물었다. 이 지역 학생들 같다. 택시를 타라고 한다. 어디에 택시가 있냐고 묻자 따라오란다. 자기들 가는 길로. 졸졸 따라갔다. 저기 보이는 택시가 빈 택시이니 가 보란다. 한 녀석이 같이 가 봐 주겠다고 하니 모두 우르르 따라온다. 운전사가 없다. 이제 우리가 되어 같이 걷는다. 길이 어두워 서로 말이 없다. 조금 밝은 곳으로 나와 불이 켜진 택시를 발견하고 한 녀석이 호텔 이름을 보더니 기사에게 묻는다. 내가 끼어들었다. 미터기 나오는 대로 받는다고 한다. 그 미터기가 얼마쯤 나오겠냐고? 킬로수를 확인하더니 25유로라네. 오케이다. 이젠 더 재면 진짜 복을 찰 수도 있다는 생각이 확 들었다.

학생들에게 고맙다고 말하고 손을 흔들었고 그들도 웃음소리가 들렸다. 길은 여전히 희미한 밤거리다. 숙소 주인에게 메시지로 택시를 타고 찾아가고 있다고 알리고. 주위는 깜깜한 시가지다. 택시 기사도 조용. 나도 할 말이 없다. 나이 든 사람은 영어를 하는 사람이 없다. 역무원도 그렇고, 열차 행선지 안내판도 그렇고. 나는 아주 무뚝뚝한 늙은이가 되어 있었다.
쏜살같이 달리는데 이 친구가 제대로 가는지가 궁금하다. 나는 호텔 이름도 모르고 주소도 모른다. 모두 그리스 글이다. 그냥 운전사에게 맡기고, 구글 길 안내를 켰다. 소리를 크게 해서. 다 왔는지 큰길에서 벗어나 주택가로 들어섰고 미터기가 24유로를 넘어가고, 그가 길 안내 소리를 듣고는 서로 설정한 위치가 같구나 하며 말을 걸었다. 여기라고 그가 알려서 신용카드 결제가 되냐고 하니, 난색을 한다. 그래. 알았어. 이럴 경우에 사용해야지 싶어 낮에 길 묻는다고 앉아 쉬었던 카페에서 바꿨던 200유로가 있지. 내가 24유로 괜찮냐고 하니 예스. 50유로를 주니 헤아려 나머지를 받았다. 여행의 기술은 두 가지가 있어야 한다. 돈과 시간. 이 둘이 있으면 다 해결된다는 이치를 나는 이미 안다. 그리고 건강이 있으면. 노숙할 수 있고, 밤새워 걸을 수도 있고, 하룻밤을 새울 수 있는 건강과 자신감이 있다면 완벽하다.

아닉스 여주인이 내어준 과일

그리하여 지금 어제 놀았던 자리에 앉아 간판을 보니 아닉스anixis(로우트라 이파티스loutra ypatis)이다. 어젯밤 파티를 해 준 이 호텔에서 하루 더 머문다고 아침 식사를 하면서 알렸더니, 내일 아침에 자기 남편이 라미아에 갈 일이 있어 기차역에 태워 주겠다고 하네. 나는 신탁을 받은 사람이여! 지금 생각하니 나를 태워 준 버스는 셔틀버스 같다. 역에서 밤

조르바를 찾아서 발칸을 가다 나는 자유다

늦게 내리는 막차 손님, 도심까지 태워 주는 무료 서틀버스. 그리스 열차 시스템 괜찮다. 열차 냉방도 좌석도 버스보다 좋다.

아닉스 호텔, 파티 다음 날 아침에 커피를 마시는 숙소 손님들

6월 17일 Anixis(로우트라 이파티스loutra ypatis) 호텔

나는 지금 시골 아닉스 호텔 거리 식탁에 혼자 앉았다. 점심 먹으러 잠깐 나왔을 뿐, 종일 침대에서 자다 휴대폰 보다 시간을 보냈다. 창밖을 보니 해는 이미 기운 것 같고 가로수 나뭇잎이 흔들리고 있었다. 외출 준비를 하고 나와서 마켓이라도 가 봐야겠다고 위치를 물으니 미니마켓의 위치를 알려 준다. 동네 주위를 천천히 탐색을 하고는 결국 여기로 돌아와 앉았다. 저녁은 조금 있다가 먹어야지. 시간도 보낼 겸 일기를 쓴다. 내일은 올림포스 산행을 위해 떠날 것인데, 이 더위에 산행을 하는 것이 옳을까 하는 회의가 들었다. 낮 시간에 배낭을 메고 버스 터미널을 찾아가는 고행을 하는 것이 순례자일까? 방랑자일까? 이 또한 즐거움일까? 시간이 많고, 걷지를 않으니 잡념만 종일 오락가락. 끝내 내일이라도 돌아

갈까? 비행기 좌석은 새로 사면 되는 일. 앞으로 사용될 돈보다는 쌀 것이니 그것 또한 간단하다. 여기서 가까운 비행장으로 연결하면 서울 가는 비행기는 한두 번 갈아타면 24시간 이내에 집에 돌아갈 수 있다. 그러다 하루를 다 보내고 다시 힘이 나는 저녁 밤 시간이 왔다. 여기에 포도주 한잔이면 내일 여정이 기대되고, 생활이 풍요로워질 것인데. 기대와 변화와 적응으로. 주여, 뜻대로 하소서! 남자 주인이 밭에서 살구를 들고 왔다. 아들이 농장에서 기른 것이라며 여주인 마리아 씨가 씻어서 쟁반에 담아 왔다. 사과 몇 알과 함께. 참 넉넉한 부부의 모습이 보인다. 그래서 지내기 편하니, 이틀을 묵었다. 달이 많이 자랐다. 반달이 지났네.

호텔 남자 주인이 근처 역으로 태워 주었다

나는 지금 레이아노클라디라는 시골 역사에 와 있다. 6시에 일어나서 호텔 조식을 먹고 8시에 출발하자는 주인의 뜻에 따라 10시에 출발할 기차를 기다리고 있다. 내가 어제 혼자 인터넷 정보로 짠 스케줄은 허사였다. 라미아역으로 한 30분 걸려 가서 기차로 데살로니카에 간 뒤 다시 버스를 갈아타고 리토호로까지 간다는 여정은 주인아저씨의 묵묵한 실행에 허사가 되고 말았다. 그는 8시가 넘자 나를 자기 차에 태우고는 한 10분 만에 이름도 생소한 역인 레이아노클라디역에서 역무원에게 이 사

조르바를 찾아서 발칸을 가다 나는 자유다

람이 리토호로역 간다고 그러고는 나를 역무원과 대화를 시킨다. 그 역무원은 영어로 티켓을 두 장 주면서 친절하고 천천히 티켓의 시간을 알려 주었다. 여기서 출발 10시, 라리사역 도착 11시 20분. 역에서 대기 1시간 20분. 라리사 출발 12시 45분, 리토호로역 도착 13시 27분. 승차 홈은 2번.

라리사로 가는 열차, 옆자리 두 남자?

그는 나를 역에다 남겨 놓고, 바람같이 사라졌다. 나는 그의 차를 타고 이 역에 내릴 때까지 까맣게 몰랐다. 그는 나를 저 먼 곳 라미아역에다 내려 줄 줄 알았다. 그 주인아저씨는 영어를 못 했기에. 표정으로 몸짓으로 다 알아야 하는데, 그는 과묵한 사람이고 내면은 정이 가득한 사람이고, 신뢰할 만한 사람이었다. 그의 차에서 내가 창을 통해 산을 향해 사진을 찍었는데 그는 사진 찍기 좋은 자리에 차를 세우고는 창문을 열어 주었다. 나는 순간 나를 여기다 내려 주고 갈 것인가 했다. 어쨌거나 그리하여 나는 이 조용하고 깨끗하고 환한 역사 의자에서 한 시간 이상의 편안한 시간을 갖고 멋진 아침을 맞았다. 충전할 전기 콘센트가 곁에 붙어 있는, 덥지 않은 아침 9시의 역사 안에. 집에 와서 복기를 하면서 레이아노클라디라는 역이 어딘고 하니 티바에서 막차를 타고 종점이라고 내린 그제 밤 왔던 그 역인 것이다. 그러면 셔틀버스를 타고 더 멀리 라미아로 가서 택시를 타고 온 것이다. 숙소 주인 차로 10분 만에 왔으니 말이다. 구글맵으로 아닉스 호텔, 라미아역, 레이아노클라디역을 검색해 보니 모든 게 확실해졌다. 그래서 여행이다.

라리사역 플랫폼

2번 플랫폼으로 가서 기차 들어오는 사진이라도 찍자고 폰을 찾으니 폰이 없다. 이런! 배낭은 멘 채, 허리에 찬 여권 주머니는 있는데. 아차, 대합실 콘센트에 두고 왔나? 기억이 없다. 충전을 시킨다고 올려놓은 것은 확실하다. 기차가 오기 전에 가 봐야지. 온 길인 지하 통로를 바라본다. 철길을 건너는 길은 지하 통로뿐. 올라오는 에스컬레이터뿐이네. 어디로 건너가나? 철길을 무단 횡단해 버려? 높이가 만만찮다. 시간을 보니 10분이나 남았네. 찾아야지. 다음 지하 통로로 뛰어가니, 거긴 걸어 내려가는 통로다. 단숨에 뛰어서 역사 쪽 통로를 찾아 올라갔다. 다행히 그 자리에서 폰은 계속 충전 중. 혼자 웃으면서 되돌아오면서는 길 다 익혔다. 메인 출입 지하 통로는 역사 밖에 있고, 거긴 세 개의 통행로가 있다. 두 개는 오르내리는 통행로이고 하나는 계단이다. 에스컬레이터는 사람이 접근하면 움직인다. 나는 계단으로 올라갔었다. 올라가는 에스

조르바를 찾아서 발칸을 가다 나는 자유다

컬레이터는 움직이지 않았으니, 운행을 정지했다고 생각했으나, 가까이 갔다면 그걸 타고 올라갈 수가 있었다. 그냥 그렇다는 소리다. 기차가 20분 늦는다고 인사를 나눈 사람이 나에게 알려 준다. 내가 어떤 사람인지 그들은 이제 묻지 않아도 스스로 알려 준다. 서서 기다리다 저쪽 빈 의자가 있는 곳으로 옮겨서 남은 시간에 다리 운동 대신 손가락질 중이다.

라리사역. 열차 머리를 돌려 객차 꽁무니에 붙이고 있다

나는 지금 라리사larissa에서 리토호로역 가는 기차를 탔다. 라리사역에 내려 역무원이 리토호로행 열차 타는 플랫폼을 설명했는데, 나는 2번과 6번은 들었고, 손짓으로 알리는 지하도를 내려가서 오른쪽으로 올라가라는 지시만 익혀 갔다. 6번 계단 출구를 올라가니 2번 홈이 보였다. 기차 출발 시간을 보니 한 삼사십 분이 남아서 걸어온 길을 다시 가서 카페라테 한 잔과 말랑한 빵을 시켜서 자리에 앉아 마신다. 그리고 되돌아가 기차가 들어올 2번 홈에 외로이 앉아 계시는 할아버지 옆 빈자리에 앉아 말을 건다. 그는 차림이 노숙자인지 행려자인지 나랑 비슷한 처지인 것 같아 동병상련의 심정으로 양해를 구하고 사진도 찍었다. 그리고는 여기가 맞는지 역무원이 오면 물어봐야 하는데, 여학생 둘이 저기 앉아 있다. 티켓을 보여 주니, 여기가 맞다고 하네. 이젠 기차가 들어오면 타면

된다. 헌데 지하 통로 반대편의 선로로 기차가 들어왔고 기차에서 내린 사람들이 내가 있는 쪽으로 긴너왔다. 그리고 내가 있는 플랫폼 쪽 사람들이 철로를 건너가는 것이다.

올림포스산 근처 리토호로역

　이런, 상황이 좀 수상한데? 이렇게 폼 잡고 여유 부릴 일이 아닌데. 나는 벌떡 일어섰다. 배낭을 메고, 사람들이 다 몰려간 곳으로 철길을 건넜다. 역무원을 찾았다. 그러고는 티켓을 보여 주고는 이 기차가 내가 탈 기차가 맞냐고 물었다. 맞단다. 그럼 됐어. 탑승을 하려고 승차할 자세를 취하자, 그는 "웨이트wait."를 외친다. 그래서 돌아보니, 객차와 객차 사이 연결 부위를 조작하고 무전기로 통신을 하는데, 사람들은 아무도 승차를 하지 않는다. 이제 보니 기관차를 객차와 분리를 하였다. 기차 머리가 떨어져서 앞으로 나가더니 선로를 바꾸어 객차 뒤쪽으로 가는 것이다. 나는 이해가 되었다. 내가 누구냐면 마산역 역무원의 아들이지 않은가! 내 생각처럼 기관차를 객차 꽁지에 붙이고는 진행 방향을 반대로 만들었다.

　그러고는 이 대장 역무원이 무전으로 앞과 중간 모두를 최종 확인하여 오케이 사인을 보내자 승차구가 자동으로 열렸다. 기차는 떠났다. 굿바이 라리사를 외치고, 기적 없는 기차는.

　나는 지금 리토호로 호스텔 침대에 비스듬히 기대 있다. 열린 베란다에서는 빗소리가 들린다.

리토호로 마을 정경

　조금 전 저 비를 맞고 숙소를 찾아왔다. 긴 시간도 아니다. 7분 걸린다는 오르막길에서 방향 찾는다고 한 15분 걸려서 걷다 건물 난간 아래서 비를 피했다. 호텔에 들어가니 호스트가 방에서 나와서 기다리고 있었던 듯 말한다. 내가 "당신은 나를 기다리고 있었소?"라고 묻고 나니 약간 이상하다, 물음이. 그녀는 그냥 예스라고 한다. 나는 얼른 말을 주워 담았다. 아니, 당신 말고 이 베드 보고 한 말이라고! 둘이서 웃고 말았다. 이 방은 전 손님이 체크아웃하고 막 청소를 끝낸 모양이다. 내가 리토호로역에 내리니 역은 약간 높은 자리, 벌판에 홀로 있었다. 사방을 아무리 보아도 역사와 철길뿐이다. 역사 밖 도로에는 승용차 서넛이 있었을 뿐. 십여 명 내린 승객들은 하나둘씩 마중 나온 사람을 따라가거나 파킹해 둔 승용차를 타고 가 버린다. 급히 아무에게 묻는다. 나는 지금 리토호로로 가야 하는데 어떻게 가느냐고. 대답은 택시뿐. 이런, 버스는 아니

다니냐고 물었더니 없단다. 잠깐 사이에 이 사람들 사라지면 나 혼자 남
는데. 빈 택시도 보이지 않는다. 내가 물어본 사람들은 마중 나온 사람
을 만나 저희들끼리 껴안고 인사를 하고는 차를 타고 사라진다. 이제 마
지막 3인조 남녀 손님이 내 곁을 지나가서 도로에 있는 자기들 차에 올
랐다.

리토호로 숙소에서 일출을 보다

　저 사람들 떠나면 나는 또 미아迷兒로다. 그래도 차를 태워 달라고 사
정을 할 용기는 없었다. 그래서 순발력을 발휘해서 했던 질문을 또 해 본
다. 저들은 내가 알면서 묻는다고 생각하지 않을 터이니. 리토호로에 어
떻게 갈 수 있나요? 배낭을 멘 동양인 늙은이 한 사람이 혼자 남아서 뻔
한 질문을 하는데. 그들이 출발하기 일 초 전에 갑자기 창을 통하여 끼어
들어 말을 걸자, 타서요. 컴인! 컴인! 세 사람이 동시에 외친다. 땡큐로
대답을 하고는 둘러멘 배낭을 앞으로 돌려 뒷좌석 상석에 앉아서는 당
신들이 나의 하나님이요. 올림포스 신들처럼.

　리토호로까지는 금방이어서 차에서 내려 손을 흔들자, 그들은 다시 창
문을 열고 손을 흔든다. 내가 폰을 들이대자, 세 사람이 일제히 브이를

　　　　　　　조르바를 찾아서 발칸을 가다 나는 자유다

해 준다. 그리하여 리토호로 시내에 무사히 들어왔다. 오후 3시가 아직 못 된 시간이다. 이렇게 갈수록 신나고 재미있는 세상 살아가는데, 돌아간다고? 어림없지! 아암.

리토호로역에서 리토호로 도심까지 나를 태워 준 사람들

6월 18일 리토호로, 올림포스산

나는 지금 리토호로 호텔에서 6시에 일어나서 발코니 창으로 선라이 즈sunrise를 보고 옆방 친구가 일어나길 기다리고 있다. 그는 25살 호주 청년이다. 나의 등산 길잡이가 되었다. 그도 초행이지만 그는 영어와 그리스어에 능통하다. 어제 이 숙소에서 만나 저녁을 같이 먹었고 장비 몇 가지를 가게에서 빌렸고 여기서 프리오니아까지 택시를 불러 같이 타고 갈 것이다. 처음으로 동행하는 친구를 만났다. 물론 내가 그를 붙잡았다. 여기서는 버스가 없는데 17킬로 산길을 걸을 수는 있지만 아무도 등산 기점까지는 걷지 않는다. 자기 차로 가거나 택시를 이용한다. 버스는 없다. 6시에 내 숙소 침대에서 여명이 밝아 발코니에 나가 보니 바다가 보이고 일출이 시작되었다. 이런 복이 있나. 멀리 있는 바다가 아니라 천왕봉 바다가 아니라 바로 눈앞의 비다에서 일출을 보다니. 7시가되었네. 옆방 친구 내가 6시 반에 가자고 노크를 하니 부스스 그때야 일어나서 차려 자세로 이제 일어났다고 한다. 젊은이는 다 그래. 내 아들은 더해. 준비하여 나와라. 그 짬에 나는 할 일이 생각나지 않으면 손가락 운동.

스틱과 등산화를 렌트하는 등산용품 가게

여기 산중 로지lodge는 모두 예약제이다. 어제 등산화와 스틱은 빌렸고, 산중 산장에서 하루 자고 올 물건만 배낭에 넣고는 나머지는 여기에맡기고 가볍게 지고 간다. 어떤 코스로 갈지는 모른다. 이 젊은 친구도올림포스 산행한다고 가니 일단 무조건 예스 하고 가는 거다. 묻는다면최고 높은 봉우리 천왕봉을 간다고 하면 된다. 천왕봉이 무엇이냐 물으면, 한국에서 제일 높은 산봉우리 이름이라고 하면 된다. 그러면 더 묻지않는다.

조르바를 찾아서 발칸을 가다 나는 자유다

6월 20일

나는 지금 라리사에 와서 알바니아 가는 버스를 기다리면서 이 글을 쓰고 있다. 지난 이틀 동안 산에 머물렀기에 아무 글도 올릴 수가 없었다. 인터넷 불통 지역이다.

올림포스 산행하는 날 아침, 커피와 빵과 음료수

등산 시작점인 프리오니아 식당

올림포스산 미티카스봉을 다녀왔다. 1박 2일 코스로. 그제 아침에 숙소 친구랑 산에서 불필요한 것은 숙소에 맡기고 간단하게 일박 용품만 배낭에 지고는 7시에 숙소를 떠났다. 간단히 빵과 커피로 아침을 먹고, 또 간식과 비상식을 챙겨 한 사람이 15유로씩 30유로 주고, 택시를 타고 리토호로에서 프리오니아까지 약 40분이 걸렸다. 프리오니아는 단 하나

뿐인 식당 이름이다. 올림포스 등산을 하는 트레커는 여길 기점으로 등산을 한다. 여기까지는 차나 택시가 올라간다. 다만 버스는 올라갈 수가 없다. 여행버스도 공용버스도. 미니버스는 가능할지도?

두 시간 올라 도착한 첫 번째 셸터 아가피토스 산장

올림포스산, 온통 바위산이다

　나와 동행인 친구. 그는 어머니가 그리스인인 오스트레일리아 태생 25살 청년이다. 올림포스산 등산을 처음 하고 어떻게 가야 하는지 그도 나도 초행이다. 다만 그는 나보다 젊고, 건강하고, 영어와 그리스어를 할 수 있다. 그래서 나의 등산 목적과 일정을 그에게 미리 알려 주었다. 나는 어디로 어떻게 갈지 정해진 건 없다. 내 체력이 되는 데까지 가면 된다. 시간은 다음 날 내려오면 된다. 첫 번째 산장까지 보통 세 시간 걸린다고 했다. 초입부터 첫째 산장 아가피토스Agapitos까지 산길은 지리산처럼 계곡물이 흐르고 숲이 우거졌으나 곧 계곡은 말라 있었고, 활엽수는 사라지고 암석이 노출된 침엽수들만 자생하는 등산길이었다. 산장까지 천천히 오르니 12시쯤 도착해서 산장에서 점심을 사 먹고 내려가는 사람에게 정보를 얻고는 1시쯤 오늘 예약된 카칼로스 산장Kakalos refuge으로 출발했다. 길바닥에 적힌 화살표나 마크를 확인해 가며 한 시간쯤 오르니, 바위산이 무너져 계곡이 된 밸리가 나타났다. 온통 바위와 돌들이 바닥을 이룬 골짜기인데 건너를 바라다보니 진입할 만한 곳이 보여 바위들을 돌고 돌아 골짜기를 어렵게 건넜다. 내가 예상한 곳에 오르니 작은 소로들이 있어 길을 찾아도 길이 보이지 않아 옆으로 나아가지 않고 위쪽으로 골짜기 위 언덕을 한참 올라갔으나 더 이상 올라가기 어렵다는 생각이 들었다. 바위 봉우리였다.

미티카스봉을 향해 가는 바위산 능선 길

다시 내려가도 길은 없었다. 수직으로 올라가도 길은 없고 내려가도 길이 없으니 방법은 되돌아가야 할 뿐이다. 우린 되돌아갔다. 건넜던 바위 골짜기로 다시 내려가 우리가 확인했던 마지막 표시를 찾아갔다.

나는 위에서 내려가지 않았고 청년이 내려갔다. 나는 골짜기를 내려다보며 길을 찾았는데, 골짜기에 있는 큰 바위에 페인트칠을 한 화살표가 희미하게 보였다. 햇살이 워낙 강해 산란에 의해 안 보이기도 하는. 나는 청년에게 화살표 위치를 알려 다시 바닥 돌에 그려진 화살표를 확인하게 하여 길을 찾아서 다시 이쪽으로 오게 하였다. 그가 올라오는 곳으로 가서 우린 길을 만났다. 한 시간을 길 찾는 데 보냈다. 부지런히 찾은 길을 붙들고 표시를 따라 또 한 시간쯤 더 올랐다.

나는 화장실에 가고 싶었다. 나는 그에게 쉬고 있어라, 자연이 나를 부른다고 말하고는 적당히 길에서 떨어진 곳에 자리를 잡았는데 십여 분을 용을 써도 허사였다. 기다리는 사람도 있고 포기를 하고 돌아가니 청년은 엄지를 척 내 보이며 성공했냐고 묻는 표정이다. 나는 그렇다고 따라 엄지 척을 해 보이고 배낭 자리에 가서는 주저앉고 말았다. 일단 심장이 강하게 뛰는 걸 느꼈다. 그리고 손가락과 손목이 떨리고 약간 추위를 느꼈다. 머리는 아프지 않았다. 나는 여기 고도를 대강 가늠했다. 첫째 숙소가 2,100미터 고지다. 그러면 우리가 있는 곳은 2,300미터 정도이다. 내가 지금까지 마신 물의 양은 500밀리, 이건 고산증세다. 나는 경험이 있다. 히말라야 등산에 첫날 산 아래서 자고 다음 날 2,500미터 정도에서 점심을 받아 놓고 고산증이 왔던 경험. 물을 마셔야 한다. 나에게 남은 물은 모두 다 해도 300밀리. 단숨에 다 마셨다. 나중을 위해 남길 물이 필요 없다. 여기서 다음 산장까지는 한 시간이면 갈 것이고, 청년이 가진 물을 나에게 주었다. 500밀리 정도, 내가 반쯤 마시고 물병을 돌려주자, 그는 다 마시라고 했다. 괜찮냐고 하니 그는 괜찮다고 해서 다

조르바를 찾아서 발칸을 가다 나는 자유다

마셨다. 평소에 거의 물을 안 마시는 나였지만 물 2리터가 순식간에 마셔졌다. 그리고 한 십여 분을 더 쉬었고 아주 천천히 올랐다.

그러다 뒤따라오는 한 사람, 이 산을 주름잡는 사나이를 만났다. 그는 산장 숙소에서 자지 않는다. 빵 조각을 싸 들고, 침낭에서 잔다고 했다. 간단한 배낭을 메고 커다란 비닐 가방을 들고 있었다. 청년이 그에게 내 상태를 이야기했고 산장이 어디고 얼마나 걸어야 하느냐고 물었고, 나에게 그가 가진 조그마한 물병에 담긴 100밀리 남짓 물을 마저 주었다. 이제 건너 산정 평원에 산장이 보였는데 우리가 묵을 산장은 보이는 산장이 아니고 그 아래 작은 산장이었다. 큰 산장은 지금은 문을 닫았다고 했다.

물을 준 동행인 토마스와 산 사나이, 올림포스산

산장에서 삼 인의 저녁 식사

나는 올림포스산 사나이의 남은 물마저 얻어 마셨다. 염치없게도. 몇 번 사양을 했지만, 그는 끝내 나에게 주어서 나는 마셨다. 그리고 나는 완전히 회복되었고, 나는 그 사나이를 산장에서의 저녁 식사에 초대해서 우리 셋은 함께 식사를 했고 밤이 되자 그는 사라졌다. 다음 날도 그는 보이지 않았다. 그는 텐트도 없고 산장 안에서는 잘 수가 없다. 미리 예약을 아니 했기에. 그는 우리에게 올림포스 산길을 대강 설명해 주었다. 모두 대여섯 개의 산장이 있고 길들은 어떻게 연결되고, 모두 걸어 다닐 수 있다면서 내가 만약 걷는다면 5일간쯤 산행을 한다면 다 갈 수 있다고 했다.

키칼로스 산장 침실 이층

산장에서는 침구도 제공하고 음식도 만들어 제공하고 물도 판다. 헬리콥터가 매일 산장으로 용품을 날랐다. 가져온 물건은 모두 되가져 가야 한다. 여기서 파는 물건은 무엇이든지 남겨 두면 된다. 비닐은 사용하지 않는다. 모두 종이다. 화장실도 깨끗하다. 물청소를 틈틈이 한다. 수돗물이 나오나 꽐꽐 나오지는 않는다. 손을 씻고 얼굴을 간단히 닦을 수도 있고 양치를 할 수도 있다. 숙소 침실은 한 삼십 명 정도 이 레프지(숙소, 우리식 대피소)에서 잘 수 있고, 베드는 이층 목조 구조이다. 이

　　　　　　　조르바를 찾아서 발칸을 가다 나는 자유다

불은 필요한 만큼 제공되고 하루에 숙박비는 15유로인가 했다.

나는 물과 라키라는 양치기 술과 저녁과 차와 다음 날 아침을 먹었고 점심 도시락까지 주문하였다. 다음 날 떠날 때 기록된 종이를 동행 청년 토마스가 확인하였고, 120유로쯤 되었다. 청년이 반반으로 나눈다고 했으나, 나는 80유로를 그에게 주고는 나머지는 네가 내면 된다고 겨우 설득하였다. 내가 주문하여 먹은 게 많았고, 일일이 파악하는 게 싫었다. 산에서 노숙하는 사나이를 저녁 식사에 초대한 사람도 나였다.

나는 지금 저녁 10시 알바니아 티라나tirane로 가는 야간 버스를 기다리면서 버스표를 샀고, 터미널 카페에 앉아 한 시간째 글을 쓰고 있다. 여기 라리사역에서 알바니아 국경 근처로 가는 기차는 없다. 나는 기차로 어디든지 국경 가까이만 갈 수 없냐고 했는데 더 이상 북쪽으로도 서쪽으로도 철로가 없는 것 같다. 열차 노선 지도를 달라고 해도 없다고 한다. 어쩌면 국가 기밀일지도 모른다. 그리스는 주변 국가들과 사이가 좋은 관계는 아닌 것 같다. 지금 시간은 12시 20분이다. 앞으로 열 시간쯤 남았다. 모처럼 쉬는 시간이 생겼다.

나는 지금 여기 라리사 시외버스 터미널에서 두 시간을 보낸 후 다시 글을 쓰고 있다. 청년 친구 토마스와 헤어졌고, 그는 크레타 섬으로 간다고 떠났다. 이 버스 터미널에서. 우리는 어제 산에서 내려와 이 근처에 있는 도시 카타리니로 가서 숙소에서 같이 자고, 나는 기차로 알바니아 가는 길을 찾기로 했고, 그는 큰 도시로 가서 아테네로 갈 모양이다. 그러다 그는 맡겼던 짐을 찾아 카타리니로 갈 버스를 타야 했는데, 자기는 친구가 있는 근처 해수욕장 호스텔로 가겠다고 한다. 정말 갑자기. 조금 전까지 같이 카타리니로 가겠다고 했던 친구기. 나는 그에게 같이 가겠다고 할 수가 없었다. 그는 친구들과 어떤 사정이 있는지 잘 모르는데, 일단 저녁 식사를 같이 하면서 나는 어떻게 할까를 생각했다. 여기서는 지난번 내린 리토호로역으로 가고 싶지 않았다. 거길 다시 가면 미아가 될까 싶었다. 나는 지금 머문 리토호로에 계속 있을 수도 없으니, 카타리니로 가서 내일 알바니아 갈 수 있는 기차를 알아보겠다고 하며 저녁을 먹었다. 그는 잘도 먹는데, 나는 여전히 음식 고르는 게 어려워 지난번 먹었던 램 고기가 든 요구르트와 또 무슨 빵이 든 음식을 시켰는데, 이른 시간이라서인지 밥이 먹히질 않아 먹는 둥 마는 둥. 카타리니 숙소 검색을 하였다. 버스가 도시의 어디에 도착하는지를 모르니 예약한 숙소가 멀어 택시비를 많이 쓴 경험이 있다면서 숙소를 쉽게 예약하는 너의 방법이 있냐고 하니, 그는 내 휴대폰으로 여기저기를 찾더니만 나에게 묻는다.

자기가 갈 숙소는 여기서 시내버스로 가는 해변에 있는데 방을 셰어하는 데 18유로라고 하면서 보여 주었다. 볼 것도 없이 따라가는 게 제일이지만, 나는 보는 척하고는 좋다고 하니 그도 좋아한다. 그렇다고 덩달아 맞장구를 칠 수도 없고, 식사를 대강 끝내고 빌린 등산 장비도 반납하고, 버스를 탔다. 그런데 이 차가 막차라 해수욕장인 그 마을로 오늘은 안 간다고 하는 모양이다. 그도 황당했는지 나를 쳐다본다. 나는 택시를 타자고 했다. 벤츠 마크가 달린 택시를 탔다. 아주 맵시가 좋은. 젊은 친구는 앞자리에 앉고 나는 뒷자리에 앉았다. 젊은 친구는 기사와 여러 대화를 했지만 보통은 저희들끼리 대화이기에 나는 이해하는 게 반반박에 되지 않아 끼어들지 않는다. 숙소를 기사가 보더니 좀 멀다고 하면서 10

유로에 가기로 했는데 14유로를 부른다. 이 친구가 비싸다고 하는 것도 같았다. 지금 타고 한참 와서 별도리도 없기에 가기로 하는 것 같았다. 내리면서 15유로를 기사에게 주었더니 1유로를 돌려준다. 그는 나중에 나에게 반을 주겠다고 했다. 숙소에 가니 산에서 우릴 만났다는, 나는 초면 같은 두 젊은이가 있었다. 아, 이놈들에게 이 친구가 정보를 받았구나. 그래서 나는 오리알이 될 뻔했구나, 모든 것이 이해가 되었다. 호스텔은 방 하나에 이층 침대가 있어 8명이 자는 곳으로 벌써 우리 포함해서 7명이 되었고, 나는 이층 한 곳을 받았다. 나중에 일층에 있던 두 명이 옆방으로 가서 일층에서 잤다.

젊은 친구 토마스는 옷을 갈아입고는 수영을 한다고 나가고 나는 땀을 흘리고 씻지도 못한 몸이 너무 찝찝하여 타월을 빌려 샤워부터 했다. 그리고 나니 정신도 몸도 회복이 되어 수영복 차림으로 해수욕장에 나갔다. 일몰이었다. 한산하였고 약간의 파도만 있었다. 바다 짠물을 보니 물이 차고 따뜻하고 검사도 없이 뛰어들었다. 물은 차지 않았고 파도를 타고 넘으면 적당히 나갔다 들어왔다. 나오니 토마스가 보였다. 같이 수영을 하면서 그에게 어린 시절에 바닷가에서 자라서 수영은 자신이 있다, 머리 박는 한국 수영장 선수들 수영이 아니라 너희들처럼 머리 들고 하는 생존수영을, 자랑을 좀 해 주고는 저녁을 시켜 먹었다. 아무래도 먹었던 식사가 부족한 것 같았다. 이틀 동안 체력 소모가 대단했을 것인데, 일단 저녁이라도 다시 먹어야지. 치킨 수프가 있냐고 하니 없었다. 둘은 병맥주를 먹었고, 토마스는 라키 술을 마셨고, 나는 그리스식 샐러드와 흰 포도주 반 병을 시켜 마셨다. 와인 반 병은 두 잔 정도 나오는 양이다. 어두워지자 모기가 좀 극성스럽다. 야외 탁자 아래는 잔디밭이라 반바지 차림의 젊은이들은 계속 모기를 쫓았다. 나는 긴바지를 입어서인지 발목보다 손목을 물었다. 그래도 젊은이들은 계속 이야기를 하고 나는 들은 척도 않고 술하고 안주를 먹었다. 그들의 이야기는 젊은 여자 이야기 같았지만 흘려들었다.

리토호로 근처 해수욕장, 멀리 하얀 올림포스산

아침에 해가 뜨자 토마스는 수영을 한다고 또 나갔고 오늘 올림포스산으로 간다는 이들은 6시가 되자 일어나서 먼저들 떠났고 우리 방은 셋만 남았는데, 남은 한 사람은 우리처럼 산을 다녀온 모양이다. 이곳은 올림포스산 등산을 하는 젊은이들이 싸게 잠을 잘 수 있는 호스텔이 있는 곳이다. 여기서는 리토호로로 가는 버스가 있으니, 호텔만 있는 리토호로 숙소 비용에 비하면 반값이면 된다. 나는 천천히 일어나 백사장에서 토마스 사진을 몇 장 찍어 주었고, 아침 바다 풍경을 구경하였다. 아침 식전에 수영을 하는 것도 이곳 문화인 것 같았다. 오늘은 나는 나의 길로, 토마스는 그의 길로 가야 한다. 아침 커피를 마시면서 기차로 알바니아 가는 법을 호스트에게 물었다. 그는 기차는 잘 모르겠고 큰 호수가 있는 그리스 카스토리아Kastoria란 도시까지 가서 알바니아로 가면 된다고 한다. 그러면 호수가 있는 그 도시까지 기차로 갈 수 있냐고 물으니, 그건

조르바를 찾아서 발칸을 가다 나는 자유다

모른단다. 기차만 간다면 그곳으로 가서 자고 내일 국경을 넘어 알바니아로 가면 된다.

숙소에서 리토호로역까지 태워 준 숙소 사나이

토마스는 라리사 가는 열차 시간을 숙소 호스트와 알아보는데 둘 사이에 기차 시간이 서로 다르게 나왔나 보다. 서로 열차 시간을 보여 주고 하는데 호스트 동생쯤 되는 사람이 나타나서는 자기 차를 일단 타란다. 역에 가서 확인해서 열차 시간이 맞으면 떠나고 틀리면 다시 돌아오든지 기다리든지 하라는 말이었던 같다. 나는 그냥 토마스가 하자는 대로 하겠다고 가만히 있었다. 어제 저녁처럼 혼자 떠난다고 하면 또 고생이 되지 않을까 하는 우려도 있었지 싶다. 우린 주인에게 손을 흔들었고 주인 동생 차로 기차역에 도착해 보니 다시는 오지 않겠다고 하고 떠나온 바로 리토호로역이었다. 이런 팔자는 고친다고 고쳐지지 않는 것인가 보다. 그래, 괜찮다. 지금은 혼자도 아니고, 친절하게 스스로 태워 준 사나이도 있는데. 토마스는 택시 기사도 아닌 그에게 돈을 주겠다고 한다. 그는 절대 안 받지. 보나마나다. 나는 고맙다고 사진이나 같이 한 장 찍자고 했고, 토마스는 역무원에게 표를 샀다. 기차가 지금 바로 들어오고 있단다. 1분이라고 역무원이 외친다. 토마스는 이런 순간에 좀 어리

바리하다. 내가 그에게 두 장을 얼른 사라고 하고는, 우리를 태워 주고 떠나는 그의 사진을 찍었다. 다시는 못 만날 사람을, 그의 손을 잡고 포옹을 해야 하는데, 감사하다고 느끼고 표현을 한다면. 나의 이 사진은 그에게는 정말 아무 의미도 없는데 말이다. 돌아가서 회상을 하겠다고 사진 찍기에 바쁜 나의 이 이기심을 그때는 몰랐다. 플랫폼 3번을 찾아 지하도를 뛰어가면서도. 기차에 오르자마자 기차는 떠났다. 좌석 번호도 없는 기차에 둘이 앉아 기차를 탔다고 기뻐할 때도 나는 몰랐다. 그러나 웃음으로 남겨진 그의 사진을 들여다보고는 나는 깨달았다. 무엇이 참이고, 진리이고, 사람의 본성일까?

노선이 달라 라리사역 철로를 건너 이동

6월 21일

나는 여기 라리사 버스 터미널에 아침 10시에 와서 지금 6시가 되어 가니 여덟 시간이나 지나갔다. 여기는 내가 머물기에 적합한 곳이다. 실내가 시원하고 커피나 음료를 시키면 자리 사용이 유효한 곳이다. 내 눈

조르바를 찾아서 발칸을 가다 나는 자유다

치에. 인터넷 와이파이가 터지고, 깨끗한 화장실이 있고, 휴대폰 충전이 가능하고, 적당히 기댈 의자가 있고, 배를 채울 수 있는 빵 등 음식을 판다. 내가 먹을 만한 적당한 음식이 없어 3시를 지나 식당을 찾았는데 식당은 6시가 되어야 다시 문을 연다는 사실을 잊어서 나는 음식을 팔기만 하는 곳에서 밥과 감자로 만든 음식과 통닭 1/4 조각을 통역기를 이용해 주문해서 여기로 돌아와서 커피와 콜라를 사고, 내가 들고 온 음식을 여기서 먹을 수 있냐고 물어 허락을 받고 먹었다. 주위를 보아도 다른 곳에서 사 온 음식을 갖고 와서 먹는 사람은 없었기에 미리 물었는데, 매점 남자는 흔쾌히 괜찮다고 했다. 모르겠다. 원래 규정이 괜찮은 건지, 그냥 넘어가는 건지는. 어찌 됐든 나는 허락을 받았다. 안 된다고 했으면, 안 먹으면 된다.

스테파니봉 아침 햇살에 눈부시다

올림포스산에서 일박을 한 카칼로스 산장kakalos refuge의 높이 2,700미터의 풍광은 오래 기억에 남을 것이다. 서쪽 해가 넘어가는 곳에 스테파니봉stefani이 웅장하게 솟아 있다. 스테파니봉 아래 분화구같이 생긴 웅덩이의 깊이가 한 300미터, 솟아오른 언덕이 400미터쯤 되지 싶다.

카칼로스 산장과 스테파니봉, 석양이 진 후

스테파니봉을 향해서 왼쪽은 분화구처럼 파진 골짜기

　내가 듣기로 구덩이 아래에서 스테파니봉 정상까지 700미터라고 들었기 때문이다. 그 웅덩이 둘레로 길이 나 있고 언덕은 푸른 초원을 이루고 있다. 해발 2,700미터 산의 언덕에 푸른 초원이 있고 카칼로스 산장이 있고, 그 위로 해가 떠서 해가 지고, 높이 2,918미터의 미티카스 최정상과 높이를 나란히 하는 2,915미터 스테파니봉이 보이는 산정 아래를 지나는 길은 2,800미터 고지를 수평으로 걸어간다고 상상해 보라. 이 길은 계속 이어져 높이 2,882미터의 스칼라봉까지 두 시간 정도를 걸어야 한다. 이 길은 나무 하나 풀 하나 없는 바위가 부서진 수평 길이다. 위로는 거대한 바윗덩이 하나로 이루어졌기에 일반인의 트랙 길은 없다. 바위를 타는 전문 산악인은 로프를 이용하여 오르긴 하는 모양이다. 우리는 햇살이 바위에 부딪혀서 무서운 일사병이 오기 전, 한 시간을 달려, 바위

골짜기 세 개를 건넜다. 거리는 모른다. 한 4 킬로는 되었지 싶다. 바위 깨진 자갈길이지만 약간은 내리막이었고, 이른 아침이니 몸이 가볍기도 했다.

스칼라봉에서, 뒤로 미티카스봉이 보인다

첫째 산장에서 바로 올라오는 길과 삼거리에서 만나 다시 스칼라봉이나 높이 2,905미터의 스콜리오봉으로 오르는 길을 비스듬히 올랐다. 가끔씩 미끄러지기도 하면서 미티카스봉 가는 쪽으로 올랐다. 내려오는 등산객도 보였다. 머리에 헬멧을 쓰고 있었다. 스칼라봉에 올라 미티카스봉을 바라보니 봉우리 위에 사람들이 보였다가 밀려오는 연무에 지워졌다 생겼다 한다. 칼날같이 생긴 바윗길을 걸어가는 사람들이 보인다. 우리는 여기까지 오르기로 했다. 토마스는 더 욕심을 내지 않았다.

미티카스봉 아래 능선길에 사람들이 보인다

지금부터 오후 시간이라 미티카스 정상으로 가는 것은 일단 늦었다는 판단이고, 우리 둘이 모험하기는 무리라는 생각을 했다. 12시를 넘으면 햇살에 더위를 못 견딘다는 것이 첫째 이유이다. 둘째는 날씨가 오후에는 변덕이 심해 바람이 불 수도 있고, 비가 내릴 수도 있다. 한 30분을 머물다 하산했다.

올림포스산, 초입에는 수목이 울창하다

첫 번째 산장 아가피토스 산장agapitos refuge에 내려오니 12시가 지났다. 카칼로스 산장에서 사 온 도시락과 여기서 산 샐러드와 캔 맥주를 먹었다. 한 시간쯤 쉬다가 미끄러지듯 흔들거리며 쉽게 내려오니 3시가 좀 지난 것 같다. 다 내려와서 계곡물에 발도 담그고, 얼굴도 씻었다. 마치 지리산 천왕봉 당일 산행하고 중산리 계곡에서 쉬었듯이. 여기까지가 올림포스산 등산기이다. 올림포스산에는 12신이 있고 제일인 제우스신이 있다. 내가 신화를 아는 건 별로 없다. 읽긴 했는데, 이름들도 복잡하고 서로 얽힌 이야기가 나로서는 복잡했다. 하여간에 나는 델포이에 갔었고 신탁 이야기를 들었고 신탁 주문을 했다. 그리고 신탁을 믿고, 신이 내리는 계시대로 하면 된다는 믿음을 가졌다. 이루어져도 신의 탓. 다르게 이루어져도 신의 탓. 어느 것 하나 내 뜻으로 이룬 것은 처음부터 없었다. 그냥 해 볼 뿐. 그냥 가 볼 뿐. 그게 길이고 계시였다. 지금 이렇게

이 자리에서 하염없이 넋 놓고 글을 쓰는 것도 처음에는 몰랐고 없었다. 다만 지금 이 자리에서 이 짓을 하고 있다는 것만은 있다.

나는 지금 여기 그리스 라리사 버스 터미널에서 장장 열두 시간을 기다려 저녁 10시 출발한다는 버스를 타고 그리스를 떠난다. 이 버스는 알바니아 수도 티라나로 간다고 한다. 내일 아침 5시에 도착한다고 버스 기사가 대답해 주었다. 버스 내에는 시골 할머니, 할아버지가 나처럼 타고 있었고, 시설은 안 좋았다. 그러나 이 버스 속에 탄 사람들은 왠지 정겹다. 내가 전혀 알아듣지 못하는 말로 말을 걸었고, 나는 그저 웃음으로 답을 전했다. 지정된 좌석 번호를 찾자 그들은 뒷좌석을 가리키고는 넓게 두 좌석에 한 사람씩 앉으라고 알려 주는 것 같았다. 반도 넘게 빈 뒤로 가서 두 칸을 차지하여 한 칸에는 배낭을 앉히고 나는 길게 반쯤 누웠다. 편히 그냥 제 맘대로 누리면 되는 것 같다. 누가 가라고 했나? 내 스스로 가는 곳인데.

라리사 공용 버스 터미널

그리스를 떠나는 이곳 터미널 매표소 아가씨는 정말 서비스 정신이 엉망이다. 내가 알바니아로 간다고 매표할 때부터 전화번호를 하나 적어 주더니 전화를 걸어 예약을 먼저 하란다. 나는 전화가 없는데 어떻게 전화를 거냐고 하다가 그때는 아직 토마스가 곁에 있어서 전화를 걸어 보니, 그쪽에서 그리스 사람 아니냐고 묻는다. 아니고 한국 사람이 알바니아 가는데 예약하라고 한다고 하니, 외국인이면 그냥 여권 주고 표 사면 되는데, 이런 식이었다. 버스가 어느 승강장에 오느냐고 물어도 모른다. 10시 버스가 티라나에 몇 시에 도착하냐고 물어도 10시라고 한다. 이런 개같은 답이 어디 있냐고? 영어를 못 하는 아가씨도 아니다. 헌데 못 듣는 척한다. 내가 번역기를 돌려 그리스어로 보여 주었더니 모른다고 했다. 조금 전에 10시라고 큰 소리로 버럭버럭 소릴 치더니 이제는 모른다고, 알바니아로 버스 타고 가는 사람은 사람 취급을 안 하는 것 같다. 이 입에서 욕이 다 나온다. 그동안 그리스인에게 받았던 호의가 한꺼번에 무너지는 순간이다.

라리사 터미널 근처 알바니아인 식당에서

그래, 알바니아인들에게 받은 그들 나름대로 시련이 있었겠지만. 떠나면서 참자 싶다. 먹었던 저녁 식사가 올라올 참이다. 나는 7시쯤에 저녁을 먹으러 터미널 앞 식당을 겨우 하나 찾았다. 여기 식당은 오후 1시부터 6시까지는 문을 닫는다. 입구에 적혀 있다. 그걸 모르고 3시에 나

조르바를 찾아서 발칸을 가다 나는 자유다

왔다가 잘 못 먹는 음식을 사서 조금 먹고 버렸다. 저녁을 치킨 수프와 맥주 한 병을 먹고는 만족하여 주인 남자에게 잘 먹었다고 이야기를 나누다 보니 주인은 알바니아 사람이란다.

그래서 같이 사진 한 장 찍었다. 이제 그만 쓰고 잠을 청해 보자. 잠이 안 오면 눈이라도 감고 가자. 내일 아침 6시경에는 티라나에 있을 것이다. 열 시간 걸린다고 하니.

나는 지금 국경 검문소에 있다. 알바니아로 넘어가는. 산맥이 높아서 기온이 낮은지 약간 한기를 느낀다. 버스 노선과 승용차 노선에 차들이 줄을 섰고, 승용차가 먼저 검문과 검색을 받는다. 일부 사람들은 내려서 검문소 창을 통해 출국 검사를 받는 듯하다.

알바니아인 식당에서 치킨 수프와 그리스 맥주

나는 차에서 내려 이 광경을 잠깐 사진을 찍었는데 동승한 사람이 손을 흔든다. 검문소에서 보면 안 되나 보다. 알지만 나는 몰래 찍는다. 앞선 버스는 떠나고 우리 버스 차례가 왔다.

그리스 산악 국경을 넘어 알바니아로 가는 출입국 관리소

　김동환의 〈국경의 밤〉이란 시가 생각난다. 버스에서 사람들은 내리나 보다. 여기를 지나면 이제 인터넷이 안 될지 모른다. 내 심카드는 그리스 용이니, 알바니아에서는 알바니아 심카드를 끼워야 한다. 내려서 모두 여권 검사를 받았다. 나를 보고는 사모스섬에서 들어왔냐고도 물었다.

　그리고 차가 100미터쯤 가서 알바니아 입국 검사를 받는데, 나는 따로 분리되어 패스포트를 들고 질문을 하고는 선임에게 질문을 주고받고 안 보내 준다. 그래. 붙잡혀 보자. 선임이란 사람이 왔다. 우리 차 사람들은 입국 절차가 끝나고 여권을 돌려받아 버스로 갔는데, 내 여권은 우리 계급으로 갈매기 두 개를 단 선임이 요리조리 보고는 컴퓨터 조회를 시킨다. 자꾸 남한 사람이냐고 질문을 한다. 나는 당신들 북한 사람 만난 적 있냐고 되물었다. '노'라면서 묻긴 왜 물어, 임마! 버스 기사와 차장은 느긋하다. 이 버스는 나중에 알고 보니 국경에서 기사와 차장이 바뀌었다. 지금까지 차를 몰고 온 사람은 그리스인이었고, 알바니아 입국 후에는 알바니아 기사가 기다렸다가 운전해 간다. 운전사와 보조 기사도 같이. 그러니 서로 정보 전달이 안 되고, 그리스 기사는 아침 5시에 티라나에 도착한다고 했지만 버스는 7시를 넘겨 도착했었다. 그리스 매표소 아가씨가 모른다고 말할 수밖에 없었다.

알바니아 티라나 버스 정류장

　그러나저러나 기사가 바뀌어 다행이다. 그리스 기사는 수동식 변속기 버스를 휴대폰 두 대를 보면서 메시지를 주고받으면서 야간 운전을 했다. 처음 차가 산을 오를 때 꼬불꼬불 산길을 얼마나 급회전을 했는지, 나는 연신 구토를 하며 멀미 증상이 와서 산정 휴게소에서 쉴 때 멀미약을 사 먹었다. 멀미약이 영어로 뭔지 아냐고? 내 제스처에 그 다재다능한 기사가 매점 주인 보고 뭐라고 한마디 하니 알약 한 알을 주었다. 다급하니 포장지를 읽지도 않고 단번에 먹었다. 내가 생각해도 먹는 데는 용감하다. 다행히 그 약효가 단방약이다. 트림이 한번 나오더니 속이 가라앉았다. 맛은 화끈거리고 싸했는데, 생약 같았다. 티라나까지 버스를 타고 온 사람은 나랑 부부 한 쌍이었는데, 그는 중간에 쉬는 휴게소 매점에서 탄 것 같았고, 영어로 날 도와주었다. 버스에 내려 환전소도 알려 주었고, 티라나 시내로 들어가는 버스도 알려 주었고, 그 친구 덕분에 나는 지금 티라나에서 한 30분 더 서쪽에 있는 바닷가 근처 항구도시 두러스Durres의 해수욕장으로 바로 찾아왔다. 시외버스라도 탔는데 요금을 받지 않았다. 종착지라고 했고, 버스 차비를 준다고 하니 안 받는다고 했다. 앞서 내린 사람들은 냈는지 살펴보질 못했다. 이 버스를 소개시켜 준 사람은 터미널 여행사 주인이었고 그는 알바니아 돈을 유로와 환전 해 주었다. 나는 환전 비율을 전혀 모르고 그가 주는 대로 받았다. 득실 은 미세할 것이고 신탁이니까!

두러스 야채 시장

나는 지금 알바니아 티라나에 왔다. 국경을 넘는 밤 버스를 타기 위해 버스 터미널에서 열두 시간을 기다리고 밤 버스를 타고 그리스, 알바니 아, 북마케도니아 이렇게 삼국이 국경을 접한 아주 복잡한 나라, 산악과 호수가 있는 지역을 밤을 새워 넘어왔다. 옛 유고슬라비아 연방이 해체 되고 어마무시한 전쟁으로 악명을 떨친 지역이다. 유고의 철인 티토가 죽고 인종대로 나라가 분리되자, 목숨을 건 땅 차지로 전쟁이 일어난 것 이다. 산과 호수를 경계로 국경이 생겼는데 알바니아로 가는 산악도로 는 아찔하였다. 산을 오르는 철로는 사라지고 터널의 흔적과 제방 자리 는 과거의 영광을 이야기하지만 강을 따라 신설된 자동차 도로는 산마 루 고갯길에 국경 출입국 관리소를 서로 만들어 현재를 살고 있다. 알바 니아는 지금 대단한 경제 건설을 하고 있었다. 새로운 아파트와 도로 건 설 현장이 돋보이고, 유럽의 선진국 경제에서 벗어나 자립을 하고 있다.

조르바를 찾아서 발칸을 가다 나는 자유다

지도자의 철학이 돋보인다. 도로를 따라 긴 강은 물길을 내고 흘렀다. 티라나까지 흘러 마지막 평원에 티라나가 있었다. 그 강의 끝에는 항구 도시 두러스가 있는데 인천과 서울처럼 도시가 이어져 있다.

　나는 티라나에서 머물 계획을 바꾸어 국제버스터미널에서 티라나 시내로 가지 않았고 두러스로 버스로 들어와 아침 식사와 차를 마시고 심카드를 살까 해서 알아보니 용량이 적은 것이 27유로라고 해서 포기를 했다. 와이파이를 쓰기 위해 카페와 식당을 여러 군데 들러 어려움을 극복하고, 숙소는 해수욕장 근처로 잡아서 택시를 타고 왔다. 10유로를 내거나, 1,000레크를 내라고 해서 10유로를 주었다. 방은 넓고 세 개의 침대가 있다. 더블베드가 한 개, 싱글이 두 개. 그러니 4인실이다. 가격은 같다. 어쩔 수 없다. 친구를 만날 수가 없으니. 그래도 오늘은 야간버스에서 못 잔 잠이라도 보충하자면 혼자 쓰는 방이 필요하다. 한적하고 편의시설이 잘되어 있다. 내일은 또 어디로 갈지, 내일만이 알고 있다.

3. 아직은 서구에 물들지 않아
아름다운 나라 알바니아

알바니아 두러스 해수욕장 야경

두러스 시내 시장 가게들

6월 22일 티라나

두러스 해수욕장 중심 거리, 길 건너 마을에서 길 잃음

나는 어제저녁 약간 당황스러운 일이 있었다. 저녁 7시가 되어 근처에 해수욕장과 식당들이 있다고 입실할 때 주인아주머니가 알려 준 방향으로 걸어갔었다. 여긴 그리스보다 한 시간이 늦다. 한국과는 일곱 시간 차이가 난다. 숙소는 주택가이고, 공터와 골목길로 연결되어 있었다. 집을 찾아올 때 택시로 왔기에 주변에 대한 인식이 없었던 탓도 있다. 해수욕장까지 몇 번 물어 갔다. 약간 멀긴 해도 되돌아올 때를 위해 주변을 인식하며 갔다. 집을 나오면 길을 안내해 줄 휴대폰 정보를 아무것도 받을 수 없다는 것도 미리 알고 있었다. 휴대폰 심카드를 새로 구입하지 않았기에 길을 잃으면 난감한 상황이 오고, 집으로 돌아가지 못하면 배낭과 옷을 벗고 다녀야 할 수도 있기에. 해수욕장은 넓고 모래사장은 아주 좋았다. 많은 사람들이 백사장 파라솔 아래서 놀았고, 바닷속은 수십 미터까지 수심이 낮고 물은 맑았다. 물론 그 많은 사람 중에 나처럼 옷 봉지 들고 혼자 와서 몸 한번 담구고 가는 이는 없었을 듯하다. 그 누구도 나를 주시해 주는 사람도 없었다. 사람들이 나가지 않은 곳까지 가볍게 헤엄을 쳐 나갔다가 되돌아와서는 올 때 봐 두었던 해산물 요릿집에서

　　　　　　　　　조르바를 찾아서 발칸을 가다 나는 자유다

생선 요리를 시켰다. 사진이 안 보이는 음식을, 글도 모르는 음식을 그동안 어렵게 주문을 해서 먹었는데, 오늘은 쉬웠다. 신선한 생선을 골라서 어떻게 파냐고 물으니 무게를 달아 그릴에 구워 준다고 한다. 여기가 지금 다닌 국가들 중에 물가가 제일 싸니 돔처럼 생긴 큰 놈을 가리키며 얼마냐고 하니 바로 손저울에 올리고는 7유로를 부른다. 생선 수프와 구이와 샐러드, 그리고 생맥주 큰 잔 한 잔을 시켜 맛있게 먹고는 일어서니 9시가 지났다. 좋아하는 물고기도 먹었고, 바닷바람도 쐬었고, 술도 적당히 마셨으니 마음속으로는 콧노래가 나왔다.

두러스 레스토랑 피시 요리

바지는 수영복 차림이지만 여기는 해수욕장이고, 커다란 보름달이 보였다. 상가를 벗어나 골목길 주택지 샛길로 기억을 더듬어 갔는데 한참을 가니 길은 비포장에 저절로 자란 나무들이 사는 논밭이다. 아닌데, 주택들이 나와야 하는데. 이런. 되돌아서 갔는데, 갔던 길도 왔던 길도 아닌 길 사이에 묻혔다. 이리저리 골목길을 다녀도 큰길로 나갈 수도 없고 사람도 없고 멀리도 보이질 않았다. 해변으로 나가면, 내가 밥을 먹었던 큰길가 식당을 찾으면, 내가 옷을 두었던 자리를 찾으면, 되짚어 다시 찾을 수도 있을 것인데, 산속에서 길을 잃고 밤이 된 것과 똑같았다. 열차가 다니지 않는 철길, 분명 이 철길을 넘어서 해수욕장을 갔으니 이 철길을 다시 넘어가는 것은 맞지만 마른 풀이 우거지고 철길 둑의 높이가 달랐다. 철길을 따라 올라가도 내려가도 내가 봐 두었던 장소는 아니었다. 이제 철길을 사이에 두고 어느 쪽이 바다 방향인지를 모르겠다. 바람 없는 철길에서, 달은 휘영청 밝고, 짐이 든 비닐봉지 들고, 상의는 입었지만 모기는 극성이다. 이장희의 노래 〈울고 싶어라〉가 입가에 맴돈다. 사람도 없지. 내 심사와 같은데. 바다로 가야 하는데 저 달을 보고는 바다 쪽을 알 수가 없다. 한쪽을 찍었다. 그러고는 골목으로 들어갔는데 집들은 사라지고 벌판만 뻗어 있다. 그래도 어쩔 수 없다. 바다가 안 나오면 산이라도 나오겠지. 뻗어 있는 철길을 떠나 멀리 갔는데 저 멀리 승용차가 보인다.

두러스 해수욕장, 수심과 수온이 적당한 아드리아해

사람이 차 속으로 들어가서 시동을 거니 미등이 켜지고 있었다. 차가 떠날 모양이다. 잡아야지. 뛰었다. 막 떠나려는 차, 닫힌 문을 향해 소리를 치니 운전석 창문을 열고 젊은 친구가 놀란 표정으로 쳐다본다. 길을 잃었다고 염치 불고하고 구원을 요청한다. 어디로 가냐고 묻는다. 갖고 있는 건 집 주소와 위치다. 보여 주었다. 그도 관광객이다. 중국인이

조르바를 찾아서 발칸을 가다 나는 자유다

냐고 묻는다. 한국인이라고 답했다. 나는 어디가 해변이냐고 물었다. 그는 나의 상태를 이해했다. 제 차를 타란다. 호텔들이 있고 큰길이 있고 해수욕장이 있는 자리에 데려다주겠다고 한다. 큰길이 나왔고, 큰 호텔들이 길에 즐비한, 일단은 방향의 기준을 잡을 수 있는 지역에서 내렸다. 내가 저녁을 먹었던 생선요릿집으로 다시 왔다. 정신을 바짝 차리고, 기억을 계속 상기했다. 길을 잃은 이유는 내가 돌아올 때 방심했다. 어두워져 주변을 못 보면서 골목에서 길들이 갈라지는데 단 한 번 방향이 틀리면 끝이었다. 미아였다. 바둑의 복기처럼 첫수부터 복기를 했다.

오늘은 여기에서 아침 8시에 출발해야 한다. 몬테네그로로 버스를 타고 가야 한다. 버스를 두 번 타면 9시 반에 몬테네그로 가는 버스가 있단다. 가 봐야 알겠지만. 지금 6시 반이다. 여기는 알바니아 티라나 근처 두러스 해수욕장이다.

나는 지금 포드고리차 가는 버스를 탔다. 버스는 냉난방도 되었고, 와이파이도 되고, 여기서 출발해서 티라나에 들러 손님을 태우고 몬테네그로의 포드고리차로 간다. 손님은 홍콩인 한 명, 독일인 한 명, 미국인 한 명. 모두 젊은이들이다. 인터넷 예매 사이트에서는 18유로였는데 두러스 터미널 여행사에서 20유로에 표를 샀고, 짐 하나에 2유로를 더 주었다. 심카드가 없어 눈먼 봉사인데, 와이파이 연결을 시도해 보니 연결되네. 그래서 숙소에서 두러스 버스 터미널 올 때 있었던 일을 기록하려고 한다.

숙소에서 두러스 터미널 가는 시내버스 안에는 사람들이 많았고, 아침 출근 시간처럼 붐볐다. 간밤 숙소의 호스트는 영어와 경제학을 전문으로 한다는 젊은 여성이며, 부모님과 함께 시골스러운 분위기의 개인 집을 빌려준다고 소개되어 있었다. 집을 찾기 어려워 택시를 탔고, 침실은 넓고 조용하고 좋았다. 그러나 이층 옥상에서 열기가 방으로 내려왔고, 에어컨이 없이 낡은 선풍기로 열기를 식히며 모기에게 헌혈을 하며 잠을 잤다. 일어나니 수돗물이 안 나오고, 주인 할머니, 할아버지는 다른 집에 살고 있었다. 타월이 없다. 물이 안 나온다. 물어볼 말이 없을 정도로 정리된 시스템이 아니니 물어봐야 하는데, 두 분은 영어가 되지 않고, 그때마다 통신으로 딸에게 물었다. 아침에 세수와 양치를 식수 한 병으로 해결하고 어서 나왔다. 주인 할아버지는 수도 고치느라고 바쁘니 내가 어서 떠나 주어야 당신들 마음이라도 편하지 싶어 7시가 넘자 나왔다. 시내버스를 타고 시외버스 터미널로 가는데, 기다리던 사람들 따라 중간 문으로 올라서니 주머니를 찬 아주머니가 표를 팔아서 동전을 한 움큼 손바닥에 펼쳐 보였더니 조심스럽게 동전 2개를 가져갔다.

버스표 파는 아주머니, 승차권과 동전

버스 안 기둥에 배낭을 기댄 채 서서, 표 파는 아주머니 사진을 찍었더니 손으로 표와 손에 쥔 동전이 보이게 내밀어 주었다. 사진은 찍어도 얼굴은 찍지 말라고 했는지 주위 승객이 같이 웃어 주곤 했다. 붐비던 사람

조르바를 찾아서 발칸을 가다 나는 자유다

들이 일부 내리고 나는 버스 터미널에 내려야 하니 알려 달라고 미리 부탁을 했는데, 이 아주머니와 옆에 선 아주머니가 무슨 이야기를 하면서 나의 작은 손가방을 이야기했다. 손가방이 편리하고 좋아 보여서인가 하며 고개를 끄덕여 주었는데, 표 파는 아주머니가 내가 멘 가방을 앞쪽으로 당겨 손으로 쥐고 있으라는 시늉을 한다. 그래도 내가 못 알아들으니 그는 뒤로 당겨진 손가방을 앞쪽으로 돌려 주고는 가방 앞에 작은 주머니를 손으로 열어 본다. 찍찍이로 붙은 덮개를 열어서 속을 들여다보았고, 나도 보니 언제나처럼 받은 버리는 영수증과 메모 몇 장뿐인걸. 그는 지퍼가 달린 큰 주머니를 열어 보라고 한다. 끝부분까지 잠기진 않았지만 윗부분은 잠겨 있었다.

알바니아 출근 시간 시내버스

그런데 속에 든 지갑 속 돈들이 아무렇게나 삐져나와 있었다. 그 모습이 내가 돈을 챙겨 넣은 모습은 아닌 것 같았지만. 그러자 아주머니가 꺼내 보라고 시늉을 해서 돈들이 지갑에 물린 모습 그대로 지갑을 꺼내서 헝클어진 돈을 꺼내 가지런히 챙겨 지갑 속에 넣었다. 돈을 대강 보니 유로와 알바니아 화폐가 제대로 있는 것 같았다. 아주머니가 돈을 보고 사람들에게 본 대로 전달하는 것 같다. 나는 상황을 모르니 아무렇지도 않았고, 상황을 아는 그들은 안도의 한숨을 쉬는데. 여기서 내리라는 아주머니의 말에, 밖을 보니 터미널 같다. 웃으며 손을 흔들어 주고 떠나는 버스 사진을 찍고, 횡단보도를 건너는데, 붐비는 버스 속에서 타자마자 내 옆에 바싹 붙었다가 사라진, 검은 티를 입었던 젊은 남자가 떠오른다. 내 옆에 붙어 나를 밀어서 나는 기둥으로 밀리고 뒤에 멘 배낭이 자리를 못 잡아서 옆으로 다시 배낭을 옮기고 하던 일이 기억이 났다. 가방 지퍼는 열었고 지갑만 든 가방 속이 아니니 지갑은 못 꺼내고 속에 있던 돈을 반쯤은 꺼냈는데 상황이 어찌 되었는지 꺼내지는 못한 것 같았다. 내 옆에 있었던 내 가방을 자꾸 쳐다보며 무슨 이야기를 했던 아주머니의 목격담 이야기로 가방 속 지갑의 돈의 상태까지 공개되었다. 그런데도 나는 버스에서 내릴 때까지 소매치기의 등장을 몰랐었다. 어제 식사값을 치르고 남은 돈을 이렇게 마구잡이로 넣었구나 했다.

알바니아 빵과 요구르트로 점심 식사

이제 9시 반이면 별로 소용없게 될 알바니아 지폐들. 아침 식사도 하고, 커피도 사 먹었는데 돈이 남았다. 해서 지금 탄 버스비도 남은 알바니아 돈으로 지불하고 동전 800레크가 남았다. 알바니아에서는 공용화폐는 아니지만 유로가 사용되고 있다. 1유로는 100레크로 주고받는다.

조르바를 찾아서 발칸을 가다 나는 자유다

800레크는 8유로이다. 알바니아로 여행을 떠날 시에는 알바니아 돈은 잊어도 된다. 유로만 들고 가든지 얼마든지 돈이 나오는 신용카드만 있으면 된다. 나처럼 여러 국가를 다닐 거라면 미리 유심을 한국서 사서 오길 바란다. 나라를 옮길 때마다 심카드 사는 번거로움 버리고. 이삼 일짜리 유심은 팔지 않는다. 길 잃지들 말고. 인터넷만 되면 숙소 잃을 염려는 없다. 예약한 자료 다시 열어 보면 집 찾아가기에 다 그대로 보관되어 있다.

4. 아드리아해의 진주
몬테네그로 포드고리차, 코토르

포드고리차 모라카강Moraca river과 밀레니엄 브리지

코토르 요새에서 본 코토르만

6월 23일 포드고리차

알바니아에서 몬테네그로로 가는 버스

알바니아 출입국 관리소

나는 지금 포드고리차 아파트 숙소에 있다. 어제 버스에서 내려 단 7분이면 간다는 아파트를 무려 한 시간 반을 걸려 찾은 이야기를 하고자 한다. 티라나를 출발한 버스는 아드리아해 안쪽 낮은 구릉지를 따라 북으로 여섯 시간이 걸려 오후 4시 30분에 도착했다. 알바니아 출국도 하고 몬테네그로 입국 절차도 밟고, 이 국경 출입국 사무소는 지난번 산악지대로 들어올 때와는 완전히 달랐다. 수많은 승용차와 화물차가 국경을 넘는 곳이라 여권 검사는 자동으로 처리를 하고 있었다. 다만 우리는 차에서 내려 줄을 서서 검사를 받아야 했다. 승용차는 고속도로에서 영수증 주고받듯이 차내 탑승인원 수대로 여권을 보여 주고 받으면 끝이

난다. 포드고리차에 도착하면 인터넷 통신이 안 되니 미리 찾아가는 길 공부를 철저히 했다. 길 찾기 구글 지도를 무려 여섯 장이나 사진으로 찍었다. 도로에서 좌로 우로 도는 곳마다 스크린 샷을 찍어 놓고는 터미널 식당에서 점심을 먹고 찾아갔다.

5시부터 식사를 판다니 시설이 좋은 자리에서 15분을 기다려 식사 주문을 해 잘 먹고는 나오면서 식당 주인에게 길을 물어 최종 확인도 했다. 식당을 벗어나면 인터넷이 먹통이니.

내가 예상했던 방향으로 큰 도로 몇 블록 좌로 우로 찾아갔다. 길들은 인도와 차도, 중앙 분리 도로, 가로수 정비가 잘되었다. 문제는 한낮이라 물어볼 사람이 없다. 간혹 만나면 관심 있게 들어 주는 할아버지인데, 내가 무슨 질문을 하는지 알아듣질 못한다. 길을 몸짓으로 묻는 일은 정말 힘들다. 그것도 구글 지도 찍은 사진을 보여 주면서. 아파트란 게 우리나라처럼 고층 아파트가 아니라 삼사 층짜리 빌라이니. 어쩌다 젊은 사람 만나면 그도 길 찾기에 바쁜 외국인이었고, 묻기가 미안하다. 주민들은 낮잠 자는 시간이니. 학생도 아주머니도 할아버지도 영어는 모르는 것 같다. 대체 이 나라 언어는 무엇일까? 그리스어도 알바니아어도 아니고, 그렇다면 몬테네그로어가 있는가? 열 명도 넘게 만났지 싶다. 하도 사람이 귀해 간이 가게에도 들르고 마켓에도 들르고, 나중에는 어떤 할아버지가 나를 찾아와서는 설명을 한다. 먼저 들른 마켓에서 내 이야기를 들었는가 보다. 나를 보더니 자기가 먼저 설명부터 한다. 골목길에서 만난 사람은 설명을 하다 숙소는 모르겠고, 내 스크린 샷을 보고는 도로를 알려 준다. 내가 못 알아들으니 자기 차를 타란다. 그리고 4차선 도로에 내려 주고는 이 길이 지도의 이 길이라고 알려 준다. 나중에는 출발한 버스 터미널은 어디쯤일까 궁금해졌다. 그것도 모르겠다. 내가 지금 어디에 있는지를 모른다.

포드고리차 터미널에서 먹은 점심

　배낭이 무겁다는 걸 처음으로 느낀 날이다. 아무 데나 벗어 놓고 사람 찾아가서 묻고 다시 온다. 내가 벗어 놓은 배낭을 이리저리 다니며 겨우 찾고는 웃는다. 만들어 둔 참고용 정보는 많은데, 이걸 사진으로 다시 찾는 데도 한참이다. 그러나 끈질기게 묻고, 걷고, 시도하고 반성하고, 그러다가 와이파이가 터지는 곳으로 간다. 그러면 내가 어딘지도 알고 여기서 숙소가 어딘지 다시 알게 된다. 여긴 너무도 고상한 곳이다. 그 많은 카페도 가게도 상가도 호텔도 없다. 있긴 있을 것이다. 다만 문을 열 시간이 안 됐을 것이다. 내가 호텔을 찾는 줄 알고 호텔을 알려 준다는 할아버지를 따라갔다. 동양인 할아버지가 서양인 할아버지를 따라갔다. 호텔에는 와이파이가 터질 것이니. 가다 대형 몰을 만났다. 몰이란 게 우리식 백화점이다. 할아버지를 보내고 몰에서 와이파이를 켜니 확 세상이 나타났다. 젊은이에게 구글 길 찾기를 보여 주면서 물었다. 여길 가야 하는데 어떻게 가느냐고 물었다. 이 질문은 수백 번도 더 한 말이니 일사천리로 혀가 꼬부라진다. 이 친구가 보더니 나가서 우로 좌로 설명을 한다. 이제는 체면이고 염치고 같이 좀 가자, 이 지도가 이 몰을 나서면 사라진다, 나는 울고 싶다. 이 말은 차마 안 했다만. 그러니 이 친구 왈 예, 예, 당신의 인터넷 사정 잘 알고 있습니다. 그러더니 내 핸드폰을 잡고는 어딜 툭 친다. 그리고는 이 지도로 가면 안 사라진다는 것이다.

포드고리차, 리브니차강과 모라카강이 만나는 명소

밀레니엄 다리 아래서 만난 아제르바이잔 3인

무슨? 하나님이가, 네가? 이 친구 하는 말이 정말 하나님이네. 죄송한데요. 내가 좀 바빠서 모셔다 드리지 못해서요. 눈물 나는 이야기를 한다. 읽는 사람은 웃을 것이다. 나는 지금도 눈물이 난다. 재미있어서 눈물이 나냐고? 아니, 모르겠네. 왜 이 아침부터 눈물이 나는지. 그리고 나가 보란다. 지도가 먹통이 되는지 안 되는지. 지도는 위성지도로 바뀌었고, 정말 안 사라졌다. 고생한 보람이 있었다. 배웠잖아. 이제 인터넷 없어도 길 찾기는 문제없게 되었다. 그리하여 아파트도 찾고 입실도 했는데.

주인도 없는 아파트를 찾아서 번호로 아파트 메인 출구 열고, 문이 안열려 기다려 나오는 사람 나올 때 재빨리 통과, 이곳의 2층은 우리나라식으로 3층이니 3층으로 가서, 9호실은 없네. 8호실은 있는데 문패에는 이름인지 타이틀인지 모르는 문자가 적혀 있는데, 어디가 9번이지? 10개 중 하나인데. 모르겠다. 하나를 찍지. 초인종 같은 데를 누른다. 다행히 인기척이 들려 헛기침을 하고는 "여보세요." 해 버린다. 크게. 아파트문이 열리고 개가 먼저 나와 나의 다리를 건드린다. 주인아주머니와 딸이 개를 저지한다. 배낭을 멘, 밀짚모자를 쓴 수염이 허연 늙은이가 나타나서는 9자를 외친다. 그래도 그녀는 놀라지도 않았고, 미소를 지으며 통로 한편을 가르친다. 8자 있는 쪽을. 9자가 왼쪽인지 오른쪽인지 확실히 알아야지. 한쪽 벽을 한 손으로 친다. 아, 이 벽 쪽이 9호실이구나. 손으로 인사를 하고는 닫는 문을 다시 한 번 더 보고는 9호실 앞에서 다음 메모를 읽는다. 무슨 퀴즈 문제 풀이하는 놀이 같다.

마트에서 사 온 음식으로 식사

"Akde는 열쇠고리는 5531입니다."

조르바를 찾아서 발칸을 가다 나는 자유다

아파트 현관문 열쇠고리 모습

"Tha 아파트는 2층, 9번 출입구입니다."

수수께끼가 아직 한 개 남았네. 열쇠고리는 5531.

9호실 앞에서 일단 초인종을 누른다. 대답이 없다. 살피니 문 옆에 까만 플라스틱 통이 하나 달려 있다. 위 뚜껑을 살짝 밀어 열고는 번호가 네 줄이 있어 번호 키구나, 내가 이번에 사서 쓰는 배낭 열쇠와 같구나 했다. 네 자리 숫자를 맞추고 열고 잠그고 하니. 5531을 한 줄로 세우고는 아파트 손잡이를 좌우로 막 돌린다. 이런, 꿈적도 않네. 가만히 살피니 열쇠 구멍이 있다. 열쇠는 어디 있지?

"열려라 참깨!" 안 열리네.

줄을 잘 맞춰서 다시 열려라 참깨. 이제는 통을 흔들어 본다. 문고리도 세게 다시 돌린다. 허허, 안 된다. 마지막 관문이 제일 어려운 법이야. 텔레비전에서도 봤잖아. 대학 등록금 주는 프로. 고등학생 상대로 하는 건데 이름을 모르겠네. 김동근 아나운서가 진행하던 장학퀴즈는 알겠는데. 하여간에, 정신을 집중하여 문제를 잘 들어야 하는데.

열쇠고리는 5531. 열쇠고리가 무엇일까? 통이 있고, 번호가 있고, 열쇠가 고리가 있다. 고리를 열면 열쇠가 있을지도. 줄 선 번호 아래 통이 있고 작은 손잡이 고리가 있네. 위에서 아래로 밀어 본다. 쑥 아래로 밀리네. 고리가 아래로 툭 떨어지며 열쇠 한 개가 들어 있었다. 만세다. 대한민국 70대 영감의 인간 승리다!

6월 24일 코토르

숙소에서 간단히 야채샐러드로 아침 식사를 하고 10시 30분에 나와 집에서 15분 거리에 있는 버스 터미널에서 11시 코토르 가는 버스를 8유로에 탔다. 마침 옆자리에 앉은 아가씨도 코토르 간단다. 부드바를 지나서 코토르에 1시 20분에 도착하였다. 옆 좌석 아가씨가 차 안에서 호스텔로 예약을 시도하니 본인이 아니라고 해서 그녀는 친절히도 나를 푸파 다인 호스텔까지 안내해 주었다. 코토르 해안이었고 터미널과 가깝고 코토르성이 근처였다. 일본인 청년 교사를 만나 같이 점심을 먹었다. 일 년간 세계여행 중이란다. 페라스트perast섬 구경을 버스를 타고 갔다.

포드고리차에서 코토르 가는 버스, 사진촬영 아가씨

페라스트섬 앞 가는 버스는 매 시간마다 다녔다. 버스는 해안도로를 따라 더 멀리 가는 버스이고 나는 승객들에게 물어 페라스트 해안에서 내려 언덕 아래로 급경사진 계단을 밟고 내려갔다. 해안에는 수영을 하는 사람과 배를 타고 페라스트섬을 한 바퀴 도는 유람선을 타는 사람들이 있었다. 유람선이란 게 소형이라 가족들 대절선이라고 보면 된다. 나는 시간도 없고 혼자 대절선을 타는 것도 마땅하지 않아서 그냥 해안선

조르바를 찾아서 발칸을 가다 나는 자유다

을 따라 마을 상가들이 끝나는 곳까지 걸어갔다 다시 되돌아 와서는 길거리에서 젤라또 아이스크림 하나 사 먹고는 돌아오는 버스를 기다려 되돌아왔다. 페라스트는 인공 섬이다. 어부가 지나가면서 돌을 던져 만들어진 섬이라고 하는데 믿거나 말거나. 경치 한번 좋은 곳이고 사진을 몇 장 찍었다.

돌아와서 코토르성은 내일 아침에 보기로 하고 아래쪽 관광지를 구경하였다.

페라스트, 코토르만의 두 개의 섬

페라스트 해변

6월 25일

나는 지금 크로아티아 두브로브니크에 와 있다. 10시 출발한다는 버스는 11시를 넘어서 출발했고, 아드리아해의 해안선을 따라 북상하는 길은 그림 같았다. 협곡 같은 푸른 바다는 차창에서 시선을 떼지 못하게 했다. 세 시간이 걸린다는 버스는 네 시간이 걸려 오후 3시도 넘겨 도착했다. 숙소에서 만난 일본인 교사도 같이 탔다. 인터넷이 안 되어 지난번 고생한 게 생각이 나서 내가 제안을 했다. 당신이 자는 숙소에 나는 따라가서 잘 것이니 어디든지 예약을 하고 동행만 좀 해 다오. 그리하여 산꼭대기 호스텔에 40유로를 주고 들어와서 또 일기를 쓰고 있다. 내려서 점심을 먹어야 하는데 따라가니 점심 먹을 시간도 없이 왔다. 근처에 식당이 없어 시내로 들어가야 할 것 같다.

코토르 요새 무너진 성벽, 남문으로 오르다

6시가 지나면 더위도 한풀 꺾이는 시간이니 배가 고파도 참고 글이나 올리자. 오늘 아침 6시 반에 어제 문이 닫혀 들어가지 못했던 코토르 성벽을 갔다. 입구가 세 곳이고 사람들이 오르는 북문으로 가지 않고, 남문에서 시작하여 북문으로 내려오는 코스를 정해서 가까운 남문 성벽 길

조르바를 찾아서 발칸을 가다 나는 자유다

을 따라 올랐다. 길이 막혔으면 포기하고 내려와서 북문을 찾아갔을 것인데, 길은 나 있었다. 좀 묻혀도 계단과 성벽이 있어 계속 올랐다. 7시에 북문 게이트는 입장료를 받고 사람들이 오를 것인데 내가 오르는 길은 폐쇄된 길은 아닌데 관리를 하지 않은 길이다. 어쩌면 입장료를 안 내고 갔다 올지도 모르고, 마지막 길에서 성벽이 막혀 더 이상 못 오를 수도 있다는 상상을 하며 끈질기게 땀을 흘리며 올랐다. 길어야 한 시간인데 하면서 열심히 길을 찾아, 가끔씩은 되돌아 나와 샛길을 찾아 올랐다. 아마도 내가 오늘은 제일 먼저 올라온 사람이지 싶다. 정 코스와 만나는 곳이 비닐 줄로 막혀 있었다. 냉큼 발을 올려 단숨에 넘었다. 이젠 가슴 졸이며 올라온 처지를 면했다고 박수를 한번 치고는 좋은 자리에서 비디오도 찍고, 올라오는 사람에게 아침 인사도 먼저 건넨다. 마치 관리인이나 된 기분이다. 전망과 사정은 상상을 하시길. 나는 사람들이 내려가기 시작하니 그들 따라 천천히 내려갔다. 내려가는 길이 두 길로 갈라져서 나는 사람들이 별로 안 내려가는 북문과 남문 사이에 있는 길로 내려갔다.

북문으로 내려오는 길, 코토르만

얼마 가지 않아 사람들이 표를 사서 올라왔고, 나는 태연하게 내려갔다. 입장 시에 표를 올리면 걸림이 움직이는 지하철 검표하는 시스템을 떠올리면 된다. 표를 파는 남자가 내려오는 나를 보더니, 대뜸 질문을 한다. 웃음 띤 얼굴로. 표를 샀냐고 물었다. 내 생각에 전혀 예상치 못한 질문이다. 표를 보자든지, 어디로 올라왔나 하고 물어야 하는데, 아니면 언제 올라왔는지를, 아닌가? 표를 샀냐고 묻는다. 이 질문은 너무나 당연한 질문 아니냐? 내 앞에도 이미 내려간 사람들이 있을 것인데. 7시에 개장했고, 이미 한 시간이 넘었고, 사람들이 내 앞에 내려간 것을 보았으니 말이다. 순간 내 입에서 나온 말이다. 표 안 샀다고 대답을 했다. 샀냐고 묻는데, 답은 안 샀는데 무어라고 대답을 할까? 그러니 그 남자. 15유로입니다. 캐시 또는 카드? 두말없이 캐시 한다. 어서 나가고 싶었다. 주머니 속에서 20유로 지폐 한 장을 건넸다. 그는 영수증을 발급해 준다. 어떻게 나가냐고? 이 문은 한 방향으로만 열리는데. 가로막은 들어 올린다고 내가 나갈 쪽으로 열리지는 않는다. 다시 올라가? 표 샀는데. 그는 옆으로 반질반질 닦은 맨땅 길을 가리킨다. 나 말고도 표 안 사고 올라가는 사람들이 있구나.

그러나 내가 올라간 길은 금년에는 적어도 한 사람도 아니 다닌 길이다. 관리자도 다닌 길이 아니다. 그럼 누가 다니기에 이처럼 훈련되어 있을까? 되짚어 보면 내가 올라가면서 북문 길에도 사람이 올라가는 게 보였다. 7시가 되기 전이다. 매표인은 7시 정각에 매표를 할 것이다. 입장은 게이트가 있는 게 아니다. 표 없다고 지하철 개찰구 못 지나가고! 일찍 올라가고 싶은 사람 저지하지 않는다. 가라고, 내려올 때 검표하면 된다!

　　　　　　　　조르바를 찾아서 발칸을 가다 나는 자유다

코토르성으로 진입하는 남문 해안길

코토르성에 대해서는 언급을 하지 않겠다. 천 년(9세기부터 19세기까지)이 걸려 보수 유지된 성이라고 한다. 5세기부터 12세기는 비잔틴제국, 15세기부터 18세기는 세르비아 네만야 왕조, 15세기부터 18세기는 베네치아공화국, 19세기 초에는 오스트리아 헝가리의 지배를 받았다.

코토르 버스 터미널

나는 지금 아침 5시에 잠이 깨어 주식 창을 열어 놓고 내 주식을 팔려고 들여다보고 있다. 어제 통장 잔고를 보니 15만 기천 원이 남아 있었다. 100유로쯤 남았다는 이야기이다. 현금도 이제 70유로이니, 자금 확보가 시급하여 팔아서 현금을 확보해야 한다. 과거 동유럽 여행 시 현금을 분실하고 급히 주식을 팔아 본 경험이 있기에, 미리 팔아야 했는데,

오늘은 해결해 보자고 새벽에 일어났다. 한국 시간 정오이다. 매도 창이 열려 생각한 금액으로 올려놓고 결과를 기다리고 있다. 어제저녁에 여기 신도시로 가서 심카드를 샀다. 크로아티아에서는 5, 6일은 머물 것이라 6일권을 7유로에 사서 간이식당 의자에 앉아서 개통을 했다. 인터넷이 되니 이제 어디로 가도 되고, 자금이 확보되면, 만사가 형통이다. 여행이란 보는 여행이 있고, 다니는 여행이 있다. 보는 여행은 찾아가서 호텔에 펼쳐 놓고, 쉬고 놀고 즐기는 여행이다. 다니는 여행은 찾아가면서 경험하고 부딪히는 여행이다. 더 많은 곳으로, 더 많은 사람을 만나며, 더 많은 문화와 생활을 접한다. 나의 이번 여행은 후자이다. 해서 가능한 한 여러 도시를 대중교통으로 찾고 묻고 부딪힌다. 옛 우리 선조의 시대에 나그네란 사람이 있다. 길을 걸어가는 사람이라는 뜻일 거다. 구름에 달 가듯이 가는 나그네, 방랑시인 김삿갓이듯, 조선 땅을 유람했듯, 터벅터벅 걷듯, 나는 건들건들 떠난다. 정처 없는 나라로, 도시로. 오늘은 스플리트로 올라갈까 한다. 어제 여기까지 걸어왔던 길을 버스 길을 찾으면 타고 갈 것이고, 못 찾으면 걸어가면 된다. 돈 있고, 시간 있고, 지도 있으니 만사형통이로다.

조르바를 찾아서 발칸을 가다 나는 자유다

5. 쪽빛으로 물든 해안을 따라 크로아티아 두브로브니크, 스플리트, 자다르, 플리트비체 그리고 자그레브

두브로브니크 요새

스플리트 궁전

자다르 바다 오르간, 아드리아해

플리트비체 국립공원

6월 26일 두브로브니크 스플리트

두브로브니크 성벽 절벽에서 본 아드리아해

성안에 사는 사람들의 일상

나는 지금 스플리트 어느 호스텔에서 아침을 맞았고 눈을 뜨자 일기가
밀린 게 생각이 나서 침대에 기대 누워 글을 올린다. 먼저 어제 오전에
구도심에 있는 두브로브니크 성벽을 갔었다. 인터넷도 되고, 지난밤에
저녁을 먹으러 걸어간 신도시까지의 길을 익혔기에 비탈진 좁은 골목
길을 내려와서 버스를 잡아타고는 버스 터미널로 가서 오늘 갈 스플리
트 버스표를 샀다. 시간표를 보니 거의 30분 간격으로 버스가 다닌다. 1
시 출발 스플리트 가는 버스표를 사고, 지금 구경 갈 두브로브니크 시내
버스표도 샀다. 성벽 앞에 내리자, 인산인해였다. 한국인 단체 관광객도
보여 반가워 몇 마디 인사를 나누고 그들은 단체라 바삐 떠났다. 초입의

조르바를 찾아서 발칸을 가다 나는 자유다

관광안내소에 들러 두세 시간 코스를 설명을 듣고는 성내 중앙을 지나 해안까지 걸었다. 다음은 반을 나누어 해안 성벽 안쪽 아래로 성벽을 따라 골목길을 걸어 출발했던 입구로 나왔는데 성벽이 기준이라 길을 찾기는 쉬웠다. 성벽 위로 걷는 코스는 유료 성벽이었고 입장객들이 줄을 서 있었다. 성벽 밖으로 나가서 해안으로 접근하는 곳이 있어 나갔다.

바다가 보였고, 수영을 하는 사람도 있었다. 사진을 부탁해 찍었고, 성벽을 나오면서 바라본 건너 절벽 아래 작은 해수욕장이 보였다. 바로 저곳이다. 오래된 소나무가 절벽에 섰고 이 성을 바라볼 수 있는 저기로 가자. 곧장 나와서 찾아갔다. 한 십여 분 걸으니 언덕에 주차장과 공원이 있었고, 관광객은 없었다. 아니, 주민도 없었다.

두브로브니크 성벽에서 건너편 소나무 절벽을 보다

먼 바다가 한편으로 보이고, 왼편으로 내가 갔던 성벽의 전체가 보이고 성벽 위로 사람들이 줄지어 걸어가는 게 보였다. 아마 그들도 나를 볼 것이다. 낡은 벤치에 앉아 내가 나를 칭찬한다. 나는 누군가? 외롭고 높고 쓸쓸한 나는, 골목길, 낮은 곳, 사람 없는 곳, 가난한 사람, 쉬는 사람을 만나러 다닌다. 지금도 성벽 안에서 철저히 이 수칙을 지키고, 여기를 찾아온 것이다. 내가 담은 사진도 그러하다. 그러고는 호젓하게 커피 한 잔을 마시고 싶었으나, 적당한 곳이 없어 그냥 버스 터미널로 돌아와서 터미널 식당에서 샌드위치와 커피를 마셨다. 고성古城에도 두 얼굴이 있었다. 수많은 사람들이 대형버스를 타고 들어와서는 정해진 시간에 가이드를 따라 움직이고, 급한 소비를 하고, 일행에서 벗어나질 못한다. 보는 것이 사물이 아니라, 일행이다. 떨어지고 헤어질까 불안하기에. 내 생각이지만.

동·서유럽 육로를 누비는 플릭스 버스

플릭스 버스는 훌륭하다. 동·서유럽의 방방곡곡을 누비는 버스교통의 대명사이다. 두브로브니크에서 스플리트까지 해안선을 따라 가는 여행길은 아주 좋았다. 차창으로 펼쳐지는 광경은 카메라 영상을 보는 듯했다. 구글 맵으로 위치를 확인해 가며 가다 쉬다 버스는 다섯 시간이나 걸려 갔다. 냉방시설과 충전시설, 내 배낭까지 스스로 챙겨 짐칸에 넣어 준 서비스는 그동안 탔던 버스 회사와 달랐다. 불과 20유로에. 스플리트에 오니 인터넷이 불통이 되었다. 어제는 통신 장애가 생겼나 생각을 했었는데 생각해 보니 7유로에 6일용 심카드는 크로아티아용이 아니라, 두브로브니크용이지 싶다. 길거리 마트에서 샀을 때 무언가 수상하다 싶었다. 가격도 그렇고, 여권 접수도 없었기 때문이다. 확인을 해 보

조르바를 찾아서 발칸을 가다 나는 자유다

면 알겠지.

스플리트 숙소에서 아침을 먹고 쓰던 글을 마저 써야겠다. 밀리면 끝이다. 어제저녁 이야기를. 숙소는 중심지에서 그리 멀지는 않았으나, 개장한 지 얼마 되지 않았는지 시설은 훌륭하나 시스템이 아직 미비하다.

스플리트 버스 터미널, 시내버스 타는 곳

알려 준 대로 버스를 타고 내렸는데 찾을 수가 없었다. 알려 준 위치에서 더 이상 갈 곳이 없었다. 지금 생각하니 내 인터넷이 심카드가 안되어 생긴 문제다. 두브로브니크에서 산 심카드는 스플리트에서는 안된다는 걸 이제 알았다. 물으니 대형마트 안으로 들어가라는 사람, 아파트 단지를 건너가라는 사람, 또 눈물 나는 일이 생기고 있었다. 다행히 시간이 7시나 되었고 날씨는 하루 종일 흐렸으니 무덥지 않았다. 주소를 보여 주어도 아는 사람이 없다. 누군가 주소를 보더니 대형 몰 안으로 들어가라는 것이다. 인터넷이 안 되니 번역기도 안 되고. 그래, 가 보자! 몰, 즉 대형마트에 내가 모르는 숨은 숙소 단지가 있을지도. 입구를 찾아 기웃거리는데 젊은이 서넛이 간이매점 앞에서 무언갈 먹고 있었다. 일단 물어봐야지. 말을 건넨다. 본토 영어를 한다. 주소를 보여 주고 구글 지도를 보여 주고 대화 속에 호스텔이라고 했나 보다. 그들은 저쪽을 손으로 가리킨다. 아니, 호스텔을 아냐고 하니, 그래. 안다고 한다. 그럼 같이 가 주면 안 되겠냐? 내가 여길 두세 바퀴를 돌고 있다.

스플리트 숙소를 찾아 준 미국 고등학생들

"같이 갑시다."

모두가 주르륵 간다. 이런 감사할 일이 있나. 동네 청소년들 같은데. 일단 가면서 셀카로 단체사진 찍고. 몰과는 다른 건물이나 블록은 붙어 있었다. 군말 없이 뒤를 졸졸 따라간다. 애들은 저희들끼리 마냥 떠들고 즐겁다. 입구에서 보니 호스텔이다. 그들은 문을 열고는 다 들어간다. 아니, 친절도 하셔라. 당연히 입구까지만 안내하지, 안으로 들어서지는 않을 터인데.

"너희들 여기 사니?"

그렇단다. 어디서 왔는데. 미국인이란다. 참 국제적으로 사네. 너희들. 숙소 체크인 안내인이 안 보인다. 카우치 의자에 앉아 기다린다. 그들은 자기네 방으로 올라가고 나는 호스트가 오길 기다린다. 한 10분을 기다리면서 붙여 놓은 와이파이 개통을 했다. 호스텔에는 손님도 별로 없다. 금액도 싸다. 이층 침대 세 개가 든 내 방에 어제 세 명 잤는데, 지

조르바를 찾아서 발칸을 가다 나는 자유다

금 둘 남았다. 침실 안에 욕실, 화장실이 따로 있다. 이제 9시가 되어 간다. 창밖에는 비가 그쳤는지 오는지는 모르겠지만, 여기 구경은 어젯밤 10시까지 다 했다. 스플리트 디오클레티아누스 궁전 구경한 이야기는 다음에 하기로.

스플리트 디오클레티아누스 궁전 입구

버스는 5분 전에 떠났고, 다음 버스를 기다려야 했는데, 버스표를 잘못 샀다. 나는 자다르 간다고 했는데 매표원은 트로기르Trogir로 들었던 것이다. 그녀는 내 발음을 수정해 주면서 6유로에 팔았다. 시간이 한 시간이나 남아서 근처를 돌다 더워서 돌아왔다. 버스들이 홈마다 들어선 곳에 가서, 자다르라고 창에 써 붙인 버스 기사에게 표를 보여 주니 이 표는 자다르가 아니란다. 자다르가 트로기르와 같냐고 물어 그녀는 그렇다고 확인까지 했는데, 다시 가 확인을 해야겠다. 나이 든 그녀도 나처럼 어설픈 영어로 들렸으니. 아까는 펜이 없어 말로 했는데 펜을 찾아 표 뒷장 여백에 Zadar라고 잘 써서 들이댔다. 그녀는 옆 직원에게 무슨 말로 묻더니 15유로를 더 달란다. 그러면 그렇지. 버스를 두 시간 이상 타야 하는데 6유로가 말이 되냐고. 5번 플랫폼에서 아리나 회사 버스를 탄라다. 그리하여 아침부터 작은 소동을 한번 치르고 버스를 탔다. 헌데 버스표를 차장이 차 안에서도 파네. 매표기를 들고 다니면서. 그래서 티켓을 보여 주고 읽어 보니 17.60도 있고, 18.70도 있고, 3.74도 있다. 내가 지불한 금액의 합은 21유로쯤 되는데. 버스는 떠났는데, 차장에게 사지도 않은 버스 요금을 물어보면 무엇하랴. 다 하늘의 뜻인 걸 하며. 나는 지금 자다르로 가고 있다. 국민 여러분!

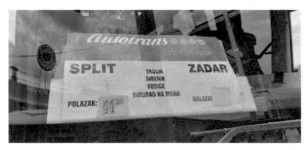

스플리트에서 자다르 가는 버스

잠깐 존 사이에 비가 내렸다. 소나기인 모양이다. 점심에 마신 포도주에 기분이 좋다. 저 바다에도 비가 내렸었지. 수영하던 사람들은 뭍으로 나왔을까. 내가 탄 버스는 마을마다 서다 가는 옛날 시골 갈 때 탔던 완행버스이다. 그런대로 정취가 있다. 가다 서다 사람들은 바뀐다. 이 버스에 시발지에서 종착지까지 가는 사람은 나뿐인지도 모르겠다. 그러니 매표소 아주머니께서 내 말을 잘못 알아들었을지도 모르겠다. 차가 혼들려 그만 쓰고 자야겠다. 크로아티아는 바다의 나라이다. 좁은 땅, 긴 해안선이 남북으로 이어져 있다.

조르바를 찾아서 발칸을 가다 나는 자유다

6월 27일 자다르(조다르)

지금 나는 자다르 바다 오르간이 소리를 내는 자리에 앉아 있다. 소리가 들리려나.

석양이 지고 있다. 나그네가 정처 없이 오는 듯하다가 정처가 있다. 바람이 일어 시원하다. 맥주 한 캔 들고 와서 마시며 앉아 있다. 나는 지금 자다르 호스텔 침대 속에 있다. 어제는 시골 완행버스를 타고 네 시간을 시속 50킬로가 규정 속도인 해안도로를 구불구불 타고 북쪽으로 올라왔다. 가끔씩 차창으로 소나기가 내가 졸 때마다 왔다. 그리고 버스에서 내려 내일 찾아갈 플리트비체 국립공원 쪽으로 1시에 출발하는 표를 예매하고는 오늘은 꼭 여기에서 국제 심카드를 사겠다고 찾기 시작했다. 버스 정류장에서는 못 찾아서 큰길을 건너 백화점 같은 곳으로 가서 혹 매장이 있나 하고 물었다. 점원도 모르고 매장도 없단다. 이런 난감한. 이렇게 관광객이 많이 오는 곳인데! 내가 못 찾아서 그렇지 있긴 있을 것인데. 와이파이가 되냐고 물으니 카페를 알려 준다. 오렌지 주스를 시켜 놓고 ANB 호스텔에 예약 신청도 해 놓고는 예비 배터리 충전도 시켜 놓고는 서빙하는 아가씨를 배제하고 가게 호스트처럼 보이는 남자 점원에게 물었다. 일단 내 의사를 쉽게 이해하는 게 우선이었다. 서빙하는 아가씨는 친절하고 적극적이고 나처럼 내가 필요했던 훈련된 말들은 잘 듣고 말하지만, 전문적인 분야의 영어는 대개 못 알아들었다. 그렇지 않은 곳도 있지만. 그 남자는 친절하게 또 정확하게 내 휴대폰에 위치를 표시해 주었고, 찾아가는 방법도 알려 주었다. 그렇다. 걸어서 6분, 배낭과 충전기는 여기에 두고 시킨 주스도 남겨 두고 찾아가자!

자다르 삼성 폰 매장

그리하여 삼성 휴대폰을 취급하는 T자 로고가 새겨진 곳에서 먼저 온 사람들 순서대로 상담을 하는, 심카드와 핸드폰 고객 서비스 센터 같은 곳에서, 슬로베니아와 크로아티아에서 10일 동안 사용 가능한 심카드를 10유로에 사서 돌아왔다. 헌데 ANB 호스텔 숙소는 거절되었다. 방이 없다는 게 거절 사유다. 부*닷컴에서 찾으니 내가 심카드를 산 곳 근처이었다. 예약 확정이 되었고 구글로 확인하니 7분 거리, 방금 다녀온 골목을 벗어나 큰길에 있었다. 체크인을 하고 자다르는 무엇이 볼 것이냐, 어디로 가야 하냐, 숙소 호스트에게 파악을 했다. 사실 나는 대개 이름난 도시를 찾는 가지만 도착하기 전까지 그 도시에 대한 지식이 없다. 그곳에 가면 무엇이 있고 무엇을 보아야지가 없다는 것이다. 그 장소에 가서 알아보고, 걸어 보고 알아낸다. 여행의 기본이 안 되어 있다고 말해도 된다. 하물며 내가 갈 도시 이름도 생각이 안 나길 반복하고, 그러니 떠나면 바로 잊는다. 그러나 잊지 않는 것이 있다. 지나간 모든 일의 상황과 감상은 오래 기억이 남는다. 그 사람 이름은 잊었지만 그 눈동자, 그 인간미는 내 가슴에 있네. 내가 박인환인가? 구경 나간 이야기까지 적어두어야 한다. 팔았던 주식 증권계좌에서 은행계좌로 이체를 해 본다. 한국에서 하던 대로 그냥 번호 몇 개 넣으니 처리되었다.

조르바를 찾아서 발칸을 가다 나는 자유다

자다르 바다, 석양 무렵

심카드를 바꾸었는데도 변한 게 없다. 전화와 메시지를 여전히 사용할 수가 없다. 전화와 메시지는 여기 외국에서는 왓츠앱인가로 쓰고, 한국 사람끼리는 카톡으로 산다. 숙소 아가씨에게 부탁해 시내 안내 지도에 내 위치와 몇몇 곳에 동그라미 몇 개 그리고는 들고 나섰다. 이 동네 걸어서 가도 된다. 이 숙소 위치에서는. 한 20분 걸으니 올드 타운이 나오고, 사람들이 몰려간다. 따라간다. 부둣가가 나오고, 고성古城이 나오고, 크로아티아 어느 도시랑 비슷하다. 잠은 신도시, 관광은 구도심. 고성 내 마을 구경이다. 성이니 높은 사람이 전쟁에 대비해 요새를 짓고, 대개 산성은 산의 험준한 바위나 지형지물을 이용했고, 바다의 요새는 배를 타고 쳐들어오는 적을 막을 성곽을 지었다. 허나 또 어떤 곳은 해적 같은 무리가 지은 곳이어서 바다 쪽은 막지 않았다. 육지 쪽을 막았다. 육지에 살던 원주민이 못 내려오게 성벽을 쌓기도 했다. 이 사람들은 뱃사람이고, 해적이니 배를 타고 쳐들어오는 상대는 자신이 있을 것이니. 여기는 바다 파도가 노래를 한다는 파도 오르간이 있고 이오니아해가 바다 서쪽, 아마 이탈리아 베네치아쯤 될 것인데 그쪽으로 해가 지는 석양을 보는 곳이라고 8시가 되니 많은 사람이 세계 각국에서 왔다. 한국 사람도 100분의 1쯤 아니 1000분의 1쯤 된다.

자다르 도심 유적지

　맥주 한 캔과 피자 한 조각을 사 들고 유적 돌덩이에 앉아 먹었다. 시원하고 길거리 악사가 기타 쳐 주고, 나처럼 자리에 앉으라고 대리석을 반듯이 깔아 놓았다. 오르간 위에 앉아서 석양을 본다고 사람들이 쭉 앉았다. 내가 앉은 자리 아래 소리 구멍들이 나 있다. 소리를 녹음하고 일몰을 동시에 기록하는 무비, 우리말로 동영상을 여러 장 찍었다. 이러다 아침도 못 먹고 나가는 것 아닌가. 일단 여기서 줄이고.

자다르 바다 오르간, 석양

　아침에 숙소에서 모닝커피를 마시자고 집 앞의 큰 몰 카페로 나왔다. 여유를 부려 볼 심사이다. 위도를 올려서인지 서늘한 기운이 마치 한국 가을 날씨다. 여기가 어제 심카드를 사러 온 곳이다. T가 보이고 재래시

　　　　　　　　　조르바를 찾아서 발칸을 가다 나는 자유다

장 과일 등 야채 시장이 섰다. 아침 장을 펼친 곳 같다. T를 다녀왔다. 숙소에서 나오니 또 인터넷이 불통이다. 들러 상태를 설명하니 어제 그 남자 점원인 줄 알았는데 만나 보니 다른 사람이네. 그 양반보다 친절하다. 일단 미소로 맞이한다. 하여간에 영어가 유창한 넘들은 좀 건방지고 딱딱하다는 게 내 선입견이다. 문제는 금방 해결되었다. 전원을 한번 끄고 다시 켜면 살아난다. 그럼 됐다. 지난번 7유로짜리도 그러면 됐을지도. 그러나 이번에 산 건 슬로베니아에서도 쓸 수 있다고 했으니. 통과. 이 새가슴이 인터넷만 죽으면 갑자기 불안해진다. 아드레날린이 폭발함을 느낀다. 전투적이 되고, 당황한다. 아직 수련 부족이다. 나그네, 집시, 방랑자, 하이쿠 시인인 척하면서, 커피 한잔을 마시면서도 시계를 연신 보는 현대인이다. 오늘은 여기 앉아서 한 시간은 수련을 해 보자. 눈만 뜨면 떠날 궁리를 하고 분주하던 일상에서 오전 시간이 남았다고 어디로 가서 무엇 하나라도 더 봐야지 하는 욕심 좀 제발 버리고! 여기 구라파인들의 문화 속에서 느긋한 모닝커피를 즐기고. 모두 담배를 피우는데, 난 못 피우지만 담배 연기도 맡아 주며. 내가 앉은 자리 옆 상점이 삼성 휴대폰 매장이다.

자다르 대형마트, 아침 시장

이곳 상권에 대한 생각, 대형 매장 앞에 재래시장이 아침마다 선다고 했다. 오진 6시부디 오후 1시까지란다. 매일. 어제 오후에는 여기 파라솔들이 모두 접혀 있었다. 마침 커피를 마시러 8시에 나오니 길거리가 아닌 대형 매장 앞인데 이렇게 고정 파라솔보다 큰 간이 지붕을 올린 천막 점포 수준이다. 커피를 마시고 숙소로 돌아오면서 아침으로 만들어 먹을 과일을 샀다. 그리고 요플레를 사자고 물으니 대형마트 안으로 들어가란다. 시간도 넉넉하고 과일 봉지를 든 채 가니 우리나라 이마트에 가면 있는 식품 코너와 비슷한 매장이다. 나는 요플레 한 개를 사자고 와서 이것저것 구경을 했고 내가 원하는 달콤한 요플레도 사고, 어제처럼 차 속에서 먹을까 해서 샌드위치를 고르는데 옆을 보니 도시락이 있다. 이런, 일본식 도시락이다. 가격은 봐도 모르겠고 먹고 싶은 것을 집어 들고는 가격을 치르고 나왔다. 과일과 요구르트 그리고 도시락 하나. 숙소에 가서 점심때 먹으려고 했던 생선 도시락부터 먹는 게 순서 같아 도시락부터 간장, 겨자를 풀어 한 판을 다 먹었다. 그다음 남은 과일은 씻어서 비닐봉지에 넣어 배낭에 매달았다. 차를 탔을 때 배낭을 짐칸에 싣는다면 꺼내기 쉽게 말이다.

자다르 숙소에서 만난 파키스탄인

대형 매장과 지역의 소상인들이 상생하는 이런 식 보기 좋다. 대형 매장 식품 코너에 다 있는 식품들이고, 내가 먼저 산 과일 봉지를 들고 들어가면서 들고 들어가도 괜찮냐고 물으니 괜찮다고 그냥 들어가란다. 이런 어려운 말 어떻게 하는지 모르지? 영어 쉬운데, 콩글리시는 아무나 하잖아. 한국인들 제일 잘하는. 콩글리시에서 제일 중요한 건 명사지. 다음 동사, 부사, 형용사는 해도 되고 안 해도 되지. 어순도 중요하지 않아. 모두 표정과 제스처 그리고 억양. 억양은 엄청 중요하지. 동사는 제스처에 부사, 형용사는 표정, 억양에. 이런, 영어 다 가르치네. 헌데 그 명사마저 모른다면 현품이나 비슷한 물건이 있어야 하니 좀 난감할 때가 있어. 이 명사를 설명할 때 우리나라 스무고개를 해야 되지. 서술로 명사를 설명해야 되니. 어려워서 힘들어서 못 하겠다고? 당해 봐. 급하면 어떡해도 전달돼. "트라이 앤 에러Try and Error!" 내가 탈 버스가 오는 15번 홈 앞 의자에 앉아서 이 글을 쓰고 있는데, 누가 내 옆에 서서 무어라고 중얼거린다. 마니, 마니 하면서 할머니 목소리다. 나는 들은 척도 아니하고 쓰기를 계속하다 아차 싶어 주머니의 동전들을 쥐고는 일어서서 그 할머니를 찾는다. 그 사이에 어디로 가고 안 보인다. 한 방 맞았다. 호주머니에 동전이 무겁도록 쌓여서 들고 다니면서 주저하다니, 그 할머니가 다시 지나가기를 바란다.

나는 지금 플리트비체 국립공원 가는 플릭스 버스를 타고 가고 있다. 여기 버스는 가끔씩 제 홈이 아닌 곳에 들어오기도 했고, 시간이 늦기를 여러 차례 경험했기에, 나는 출발 시간 5분 전에 배낭을 메고 일어섰다. 그러고는 표를 꺼내 들고 기사나 차장 혹은 터미널 직원 그마저도 보이지 않으면 아무나에게 표부터 내밀었다. 보고 찾아 달라는 뜻이다. 제일 잘 아는 사람은 기사들이다. 빈자리가 많은 홈에 들어와 기다리는 버스는 둘뿐이다. 소형버스 둘이다. 하나는 지역 서틀 혹은 투어 버스 같았고 남은 하나는 플릭스 버스이었다. 내가 받은 티켓에서는 플릭스란 글을 보지 못했기에 당연히 아닐 거라고, 저 버스는 20분 전부터 저 자리에 있었는데. 그 기사가 버스 머리에 서 있었으니, 한편으로 자기 버스도 아닌데 뭘 알까, 알아도 내 수준이겠지 하는 마음으로 티켓을 들이대자. 그는 "예스, 이 버스입니다. 타셔요." 하는 것이다. 정말이요? 이 표가 플릭스 버스표 맞아요? 감탄사를 한번 지르고 좌석 번호가 있냐고 물으니 앉고 싶은 자리에 앉으라고 했다. 정각에 출발을 했다. 1시에. 승객은 나와 할머니인지 아주머니인지 모를. 식탁도 있고, 콘센트도 있고, 냉방 좋고, 자리 넓고, 천국으로 가는 버스다. 플릭스 사랑해요.

플리트비체 가는 플릭스 버스

6월 28일 플리트비체 1일 차

나는 지금 크로아티아 플리트비체 국립공원에서 떨어진 어느 산간 마

조르바를 찾아서 발칸을 가다 나는 자유다

을에 와서 배낭에 든 비상식량으로 만찬을 차려 놓고 막 먹으려는 찰나 사진이라도 한 장 남겨야겠다는 생각이 들어 사진을 찍고 남은 이야기는 만찬을 한 후에 올리겠다. 비상식량으로 식사를 하게 된 경위를 말하자면 겨우겨우 듣도 보도 못한 산중 마을로 오게 되었는데, 이 숙소를 잡은 것은 나이긴 한데, 국립공원에 도착해서 알아보니 근처는 숙소가 있을 곳이 아니다. 국립공원이니 개인 숙박지가 있을 리가 없고, 공용 숙소도 마땅하지 않았다. 검색을 해서 가장 가까운 지역에 수십 개의 대상 숙소 중, 가격이 적당한 숙소를 재빨리

플리트비체 입구에서 내려다 본 폭포

예약을 신청해 놓고 이틀 입장권을 샀다. 예약 확정이 되어 숙소 위치를 보니 8킬로라고 하는데, 호스트에게 메시지를 보냈다. 버스가 있으면 버스를 탈 것이고, 아니면 마을 이름이라도 알려 달라. 알아서 가겠다고. 동문서답으로 택시를 타란다. 택시비가 얼마나 나오냐고 물어도 대답은 없고, 나름대로 작전을 짰다.

8킬로면 비무장으로 걸으면 두 시간이면 갈 것이고, 구글 지도는 4킬로로 나왔다. 시간은 차로는 16분. 짐을 여기 공단에서 맡아 주니 맡긴 짐을 오늘 찾지 말고, 내일 공원에 다시 입장을 할 것이니 내일 찾으면 될 것 같았다. 배낭만 없으면 뭐 한두 시간 걸을 수도 있지.

그렇게 생각하고 오늘 공원 구경은 반만 돌고, 공원 셔틀버스로 내려오면서 혼자 온 미국 젊은이를 만나 같이 걸어 나오게 되었고, 공원 1정

문에서 헤어지면서 "당신은 어떻게 여기서 나가냐?"고 물으니 렌터카로 나간다는 것이다. 렌터카 드라이버에게 내가 돈을 줄 터이니 나를 좀 태워 줄 수 있냐고 물어봐 주겠냐고 하니 자기가 드라이버라고 한다. 그에게 방향이 같다면 가는 곳까지 좀 태워 줄 수 있냐고 했더니, 숙소가 어디냐고 묻는다. 주소를 보여 주니 같은 방향이니 태워 주겠단다.

국립공원 첫날 구경을 하고 나오면서 차를 태워 준 미국인

그 미국 젊은이의 차를 얻어 타고 산 중턱까지 잘 와서 차를 돌릴 수 있는 곳에서 나는 내렸다. 나는 이제 여기까지 왔으면 10분 내에 숙소를 찾을 것이니 잘 가라고 그 차가 돌아 나갈 때까지 여유를 부렸다. 산중 마을은 외길이었고 도로는 빙글빙글 돌아 넓게 펼쳐진 언덕 위로 올라갔다. 물론 나는 걸어서 올랐다. 구글 길 찾기를 따라 1킬로를 올랐고, 길 찾기는 다 왔다고 알려 주었다. 그러나 그 자리는 집이 없는 도로 위였다. 주위에 있는 숙소 할아버지에게 내 숙소를 물었다. 1킬로를 더 올라가란다. 앞만 보고 걸어 올랐다. 배낭을 메고, 내가 오르는 건 선수인데 하면서 한참을 올라 지도를 보니 구글은 800미터를 더 가란다. 아니, 같은 주소를 찾았는데 지금 다시 800미터를 가라면, 나는 되돌아 내려간 것이지 않느냐? 그럼 어느 쪽이 오르는 방향이고 내려가는 방향인가? 또 근

조르바를 찾아서 발칸을 가다 나는 자유다

처에 있는 아무 숙소 주인을 찾아 묻는다. 할아버지는 눈도 어두워 안경을 찾아와서는 열심히 들여다보고는 고개를 흔든다. 구글 지도를 볼 줄도 모르고 영어는 낫 놓고 기역 자도 모른다. 에어비N비 숙소 안내에는 호스트 얼굴도 나오고, 영어 구사라고 설명되어 있다. 알고 보니 이 산중 마을에는 영어를 아는 사람이 없을지도 모른다. 할머니, 할아버지들이 사는 우리네 산골 마을이었는데, 민박집 찾는 손님들이 생겨 집들을 개조하여 방을 만들고 민박업을 하는 모양이다. 도시에 사는 젊은 아들딸들이 호스트로 등록해 놓고는 손님을 받는다. 관리는 늙은 엄마, 아빠가 한다. 지도 위치가 맞다고 확신을 한 나는, 손과 음성으로 길 찾기가 알려 주는 위치로 가자면 올라가야 하는지, 내려가야 하는지를 물었다.

플리트비체 첫날 숙소를 찾으며, 산중 마을에서

지도를 보고는 어느 쪽이 산을 오르는 쪽인지 알 수가 없었다. 길은 언덕 등성이에서 양쪽 다 내려가고 있었다. 그 할아버지 말씀은 내려가라는 것이다. 손짓을 보니. 그러나 네가 찾고 있는 숙소는 여기서 1킬로를 더 올라가야 한다고 하는 것이었다. 여기서 어떻게 1킬로를 더 올라가냐고, 그렇게 올라가서 아니면 우짤긴데 나만 뺑뺑이인데. 해서 다시 지도가 알려 주는 800미터를 터벅터벅 왔다 갔다 하는 갈지자 도로를 따라

내려왔다. 더 갈 곳 없는 곳에 구글이 다 왔다고 하는 곳에 다시 왔다. 전
처럼 그곳에는 집도 절도 없다. 숙소 긴판이 하나 도로에 서 있었다. 사
진을 찍어서 호스트라는 젊은 여자에게 사진을 보냈다. 지금 사진 자리
에 와 있는데 올라갔다 다시 내려왔다. 숙소 안내 구글 길 찾기 따라 왔
는데 어떻게 찾아가냐고?

숙소에서 비상식품으로 저녁

회신이 왔다. 동생이 차를 갖고 데리러 오겠단다. 진작 그럴 것이지.
내가 물었다. 지도가 틀리냐? 내가 잘못 걸었냐고? 대답이 없다. 말하
기 곤란하면 답 안 한다. 그리하여 체크인하고, 차 태워 준 사촌 동생이
란 청년에게, 식당이 근처에 어디 있냐고 물으니 내가 차에서 처음 내
린 여기서 1.2킬로 떨어진 곳을 알려 준다. 구글 지도에 찍어 준다. 평지
로 16분. 평지도 구글 16분이면 30분 걸리는 거리다. 산중 마을은 한 시
간도 더 걸릴 것이다. 내가 걸어온 거리를 다시 걸어 내려갔다 또 올라
오라고! 저녁을 꼭 먹어야 한다면 걸어가야 하고, 아니면 안 가고 굶어
야 한다. 식당은 그곳 한 곳뿐이다. 결론은 안 간다. 그래서 배낭에 든 간
식, 사과 한 알, 자두 한 알, 살구 한 알, 토마토 한 알. 먹다 남은 흰 포도
주 반 잔. 과자 한 봉지. 그걸 차렸다. 주방을 뒤지니 커피와 차가 있었

다. 커피 한잔 끓이고, 다 먹었다. 그 많은 과일도. 그래. 지옥 같은 조건을 해결했는데 내일 나갈 때는, 또 걸어갈 건가? 택시 부를 건가? 풍문에 60유로라는 얘기가 들렸는데. 나는 택시 가격을 아직 모른다. 여기서 플리트비체 국립공원 입구까지.

아침 조식 상차림 10유로

6월 29일 플리트비체 2일 차

저녁을 먹고 내일 어떻게 나가나? 이런저런 궁리를 해도 마땅하지가 않다. 택시를 불러 나가면 되지만 가격이 비쌀 것 같다. 올 때 시간과 거리를 셈하면 50유로는 더 달라고 할 것 같다. 쉬운 방법은 여기 숙소에 손님이 들어오면 해결이 될 것인데 아직은 이 집에 입실한 손님은 나뿐이다. 하는 수가 없지. 신탁을 믿는 수밖에는.

내가 받은 방은 별실이라고 하는데 전망이 좋다. 문밖 복도에 사람 소리가 들린다. 내가 자는 방의 바로 옆방이다. 나는 조심스럽게 방문을 두드렸다. 남자 한 사람이 나와서는 인사를 한다. 내 사정을 이야기를 하니 자기는 괜찮다고 하면서 친구가 잠시 후 돌아오면 물어보고 그 친구도 괜찮다고 하면 알려 준다고 하였다. 다시 공원으로 가는 차편은 그렇게 해결이 되었다.

그들은 내일 아침에 여기서 8시경에 나갈 것이라며 아침에 식사를 어떻게 하느냐고 물었다. 나는 여기 10유로를 주면 아침 식사를 준비해 준다고 해서 신청을 했고 주인이 말하길 7시 반에 식사를 식당에 차려 준다고 했다. 그들은 자기들이 준비한 식품으로 아침을 먹었고 나는 유럽의 낙농 농가의 식품으로 차린 식사를 하였다. 치즈와 요구르트와 소시지와 과일로 만든 순전히 나의 식사 스타일로 차린 것 같은 식사를.

앉아 있는 이들이 둘째 날 국립공원으로 차를 태워 준 독일 청년들이다

해서 나는 아침 8시경에 그 독일 청년 둘과 함께 출발해서 나는 제1 정문 앞에서 먼저 내리고 그들은 제2 정문으로 갔다. 나는 정문에 내려 어제처럼 배낭을 맡기고 간단한 비닐봉지 하나를 들고는 모든 길을 탐방할 목적으로 루트를 정해서 제일 위로 올라가서 내려오면서 호수의 양쪽을 트레킹하였다. 공원 버스를 타고 가장 위 버스 정류장까지 가서 상부 전망대에서 일반인들은 멀다고 잘 안 가는 호수 건너 길고 멀고 구불구불한 길을 따라 두세 시간이나 더 걸려 탐방을 하였다. 큰 호수가 네

조르바를 찾아서 발칸을 가다 나는 자유다

개나 이어져 있고, 물들이 사방 여기저기서 흘러들어 오니 사실 어디가 하류인지 구별이 어렵기도 하다. 주변은 숲으로 덮였고 호수면은 위아 래가 분간이 어려웠다. 하여간에 눈앞에 건너편 호수의 길이 보였고 그 길을 가자면 얼마나 호수면 기슭이 넓은지 걸어가 봐야 알게 된다. 그저 감탄사가 흘러나올 뿐이다. 탄산칼륨, 즉 석회석 녹은 물이 만든 남색 물 빛을 가진 플리트비체 국립공원, 내 필설로는 형언하기가 어렵다. 이틀 을 구경하고 오후에 어제 내린 제1 정문 앞에서 자그레브 가는 버스를 기다려 타고 크로아티아 수도로 갔다.

플리트비체 국립공원 지도

공원 제일 상부인 전망대에서 내려다본 호수들

6월 29일 자그레브

나는 지금 크로아티아 자그레브 중심가 뒷골목 길거리 술집에 앉아 음악 소리와 젊은이들 웃음소리에 감성에 젖어 한 잔의 술을 혼자 들어 마신다. 종일 굶어도 배고픈 줄 모르고 서양식 샐러드 한 그릇을 담아 놓고 한 모금 마시고 안주 한 젓가락 집어 먹는다. 이국의 밤 분위기에 젖어 언제 돌아갈지 모른다. 나는 지금 행복하다. 고단한 하루를 보내고 안식의 순간이 왔다.

자그레브 구도심 길거리 카페, 아침 시간

자그레브 숙소는 버스 터미널에서 트램으로 두 정거장 위치에 있었고 다인 숙소(게스트 하우스)라 찾기가 그리 어렵지는 않았다. 그러나 그 역시 간판도 없고 유럽식 건물 한 층을 빌려서 숙소로 만든 곳이었다. 나는 두 정거장을 걸어서 찾아갔다. 여장을 풀고는 카운터 안내인에게 물어서 중심가와 관광지 그리고 볼만한 곳을 알아냈다. 마침 저녁 8시부터 오케스트라 공연이 매일 있다고 해서 찾아갔다. 수많은 사람들이 어두워지자 모였고 대형 스크린으로 연주자와 지휘자의 모습을 비춰 주어 마치 곁에서 보는 듯했다. 잔디밭에 자리를 깔고 앉은 가족 단위 혹은 연

조르바를 찾아서 발칸을 가다 나는 자유다

인, 친구들이 저녁 시간을 보내는 모습이다. 곡에 맞추어 춤을 추는 남녀도 있었고 여름밤을 보내는 이곳의 문화를 체험하였다. 그러고는 올드 타운이라는 지역으로 가서 길거리 카페에 앉아서 저녁과 맥주를 마셨다. 당연히 혼자서. 한국보다 혼자 먹는 식탁과 자리가 어색하지 않았다. 나에게는.

자그레브 공원에는 저녁에 공연이 열린다

자그레브 꽃 시장

6. 목축의 나라 슬로베니아 류블랴나
그리고 블레드 호수

슬로베니아 류블랴나강

슬로베니아 블레드 호수

6월 30일 류블랴나, 블레드 호수

류블랴나성에서 본 류블랴나 도심

    나는 지금 류블랴나 어느 호스텔에 와 있다. 이제 여행 방법이 나름대로 터득이 되어 가는데, 다 돼 간다. 돌아갈 날이. 알바니아를 지나가듯 슬로베니아로 올라왔다. 크로아티아와 슬로베니아는 유고연방 시절에 한 나라였다. 플릭스 버스를 타고 두 시간 남짓 하니 들어와 버렸다. 국경을 넘었는데, 경찰 같은 사람이 차에 올라와서는 여권 보잔다. 보여 주었더니 돌려준다. 체크인도 아니하고는. 표 살 때 여권 보여 주고, 티켓 끊었는데, 그게 입국 절차이다. 농촌 풍경이 전원 마을이랄까? 목가적이다. 수도가 류블랴나인 걸 처음 알았다. 나라 넘어왔다고 인터넷은 불통되었다. 되거나 말거나 나는 간다. 더 떠돌 것이다. 한국 가는 이스탄불 비행기가 떠나는 날이나, 그 전날 이스탄불로 가서 비행장에서 비행기 갈아타고 귀국하면 쉽다. 해서 이제 일주일도 못 남았지만 여기저기 떠돌다 떠날 것이다. 어디서? 지도 보면 루트가 대강 보인다. 내일은 여기서 가까운 블레드를 당일로 다녀오고 모레는 피란이란 아드리아해 쪽으로 갈까 한다. 그곳까지는 슬로베니아 땅이다. 여기 버스 터미널에 내려 심카드 파는 자판기가 있어 얼른 샀다. 제일 싼 것으로, 헌데 내용물이

조르바를 찾아서 발칸을 가다 나는 자유다

그냥 카드 한 장이고 칩이 없다. 물릴 수도 없고, 또 당했다. 이스탄불 가는 비행기 편이 많은 곳이 자그레브이니 돌다가 자그레브로 가야 이스탄불로 쉽고 편히 싸게 간다고 본다.

오늘 오전에 자그레브 구도심을 잠깐 찾아갔다. 8시에 나가 10시에 왔다. 어젯밤에 가 본 길이라 쉽게 갔는데, 가다가 구경거리가 생겨 얼쩡거리고, 아침밥은 제대로 먹어야 점심을 걸러도 되겠다 싶어 조식을 파는 식당에서 오트밀 조식을 먹었다. 아우에게 메시지가 와서 내일이 내 생일인데 미리 축하한단다. 그런가 했다. 생일, 나는 무덤덤하다. 고맙다고 전하면서 속으로 나도 아우들 생일 한 번도 아니 챙겼는데, 아우들이 알지 못한다고 서운해하면 정말 못난 형이다.

류블랴나 광장에서 유로24 축구 관전

류블랴나 버스가 10시 반에 있다고 하니 그 차를 타고 가도 넉넉하겠다 생각했다. 전통 꽃 시장을 지나 재래시장에서 과일을 좀 사서 들고 숙소로 왔다. 배낭을 또 지고 버스 터미널로 갈 게 아니라, 오늘은 트램도 한번 타 보고 쉽게 가자고 호스트에 물어 나왔다. 트램 번호와 위치, 가격, 사는 법을 물으니, 전문가 안내로 일사천리다. 지도 위에 트램 서는

곳 그리고 버스 터미널 위치, 걸리는 시간. 더 물어볼 것 없다. 지도 위에
글씨로 다 써서 준다. 완전 나에게 맞춤 서비스로. 일시천리로 버스표
사고, 타서 할 일이 없으니 졸음밖에 안 온다.

류블랴나강 도살자 다리, 사랑의 맹세 열쇠 도열

6월 30일

나는 지금 류블랴나 호스텔에서 새벽에 잠이 깨어 쓸데없는 갈등을 하
고 있다. 어제 점심때 먹은 태국 음식. 먹을 때 따뜻하여 땀을 뻘뻘 흘리
면서 정신없이 먹었는데, 무얼 먹었냐면, 중국집인 줄 알았다. 음식 그림
과 냄새가. 쓰키야끼라고 적혀 있는 음식을 주문했는데 매웠다. 주인이
내가 한국인인 줄 미리 알았는지 핫으로 시켜 버렸다. 음식점에는 선풍
기도 없어 무더웠는데도 뜨거운 음식에, 여행 와서 처음으로 매운 음식
을 먹었으니 어제는 위장이 약간 시달렸지 싶다. 5시가 지나서 깨어 화
장실 다녀와서는 내 사랑 일기를 적는다. 내가 호스텔 즉 다인 기숙형 마
니아가 된 이유는 첫째, 버스에서 내리면 접근이 편리한 역과 버스 터미

조르바를 찾아서 발칸을 가다 나는 자유다

널 근처에 위치한다. 대개 걸어서 20분 이내다. 구글이 알려 주는 시간은 15분 이내다. 둘째, 입구에 간판이나 표시가 잘되어 있다. 큰 호텔이야 더 잘되어 있겠지만, 아파트 숙소나 개인이 소규모로 운영하는 호스텔 숙박지는 표시가 미흡하다. 해서 찾기가 쉽다. 셋째, 체크인, 체크아웃이 시스템화되어 있어, 익숙해지면 별로 물어볼 사항이 없다.

도시 지도를 달라 하면 호스트는 코스와 방법을 일사천리로 알려 주고, 외출 후 찾아올 때도 편리하다. 넷째, 가격이 저렴하고, 내 수준에 시설이 훌륭하다. 왜냐면 4인에서 10인이 한방에서 공용 생활을 하고 공동 욕실, 화장실을 사용하나 대개 투숙률이 50프로 정도였다. 내가 다닌 시기에는.

오늘은 심카드를 못 구했다. 사 넣었는데도 작동이 안 되고, 또 전문점을 못 찾아서 포기를 해야 하니. 슬로베니아에서는 두 번이나 샀는데도 결국 못 쓰는 신세가 되었다. 이런저런 이유로 슬로베니아 여행을 그만하고 다시 크로아티아로 돌아갈까를 갈등하고 있다.

스코틀랜드 학생 18세 Kai Boyd와

어제 오후에는 이 지역 류블랴나성을 걸어서 올랐다. 케이블카를 타지 않았다는 이야기이다. 세 개의 다리를 여러 번 건넜는데 걷다 보면 자꾸 건너게 되어 있다. 반경 200미터 안에 볼거리가 모여 있다. 성만 근처 산 위에 있다. 9시부터 중심 광장에서는 2024 유로 축구 시합을 보여 주었다. 독일과 덴마크전으로 스코틀랜드 18세 남자아이를 친구로 하여 축구 이야기를 하고 관전을 했는데, 10시가 넘어가서 전반전만 같이 보았다. 그 녀석도 나도 혼자 여행한다는 게 서로 위안이 되었나 보다. 심카드 접속 때문에 여러 사람 고생을 시키고 포기하니 속이 시원하다.

　짐을 챙겨 숙소를 나서서, 버스 터미널에 가면 크로아티아 도시로 갈 것인지 슬로베니아 도시로 갈 것인지 결정이 나겠지. 어디로 가든지 새로운 도시로 떠나는 건 분명하다. 오전에 일찍 떠난다는 것도. 10인실 이층 침대, 내 머리 위에는 젊은 아가씨가 자고 있다. 까마득히 잊고 잤는데, 글을 다 쓰고 다시 눈을 잠깐 붙일까 하는 순간 떠올라 덧붙인다. 나도 어젯밤에 샤워하고는 속옷 바람으로 들랑거렸다. 누가 보든지 말든지, 나는 안경을 안 쓰면 모두 잘 안 보인다. 오늘이 내 생일이구나. 양력이 아니고, 음력으로. 6시에 일어나 일기 쓰고 다시 자고 일어나서 오늘 일정을 볼까 해서 달력을 들여다보니, 뭐 전에도 말했듯이 그렇다는 얘기다. 이제 일어나서 챙겨 나가야겠다. 8시가 지났네.

류블랴나성 성벽에 연인

　나는 지금 블레드에서 다시 류블랴나로 나오는 버스에 있다. 이탈리아 트리에스트로 가고자 하는데 류블랴나에서 바로 가는 버스가 있으면 두 시간 걸린다고 하니 가고, 아니면 여기서 하루를 더 머물고 내일 아침에 떠날 것이다. 블레드 호수 구경은 다 하고 왔다. 6킬로의 둘레길을 세 시간쯤 걸려 걸었다.

　　　　　　　　　조르바를 찾아서 발칸을 가다 나는 자유다

블레드 호수에서 수영을 즐기는 현지인들

현란한 색감으로 칠한 도기, 블레드 호수 노점상

7월 1일

　나는 지금 슬로베니아 류블랴나 강변의 어느 카페 노천 의자에 앉아 2024년 유로 축구 영국과 슬로바키아 게임을 보고 있다. 전반전에 슬로바키아가 한 점을 넣어서 이기고 있다.

　주변 사람들이 영국인인지 모두 풀이 죽어 있다. 나는 약팀 슬로바키아를 응원하는데 여기서 한 점 넣는 순간에 박수를 치고 환호성을 치면 그들이 얼마나 기분이 나쁠까 싶어 모른 척 가만히 있었다. 내 옆에 앉은 젊은이 한 쌍은 게임이 안 풀리니까 고개를 절레절레 흔들고 안절부절 못한다. 생맥주 한잔에 피로가 확 풀린다. 지금은 쉬는 시간. 나도 쉬는 시간. 오늘 블레드 호수를 다녀와서 내일은 사라예보로 간다. 기차로 갈 수 있었으면 했는데, 기차로는 슬로베니아에서 보스니아헤르체고비나로 갈 수 없다네. 그래서 버스표를 샀다. 사라예보는 옛 유고연방의 수도였다. 유고가 망하기 전 이에리사 탁구 선수가 사라예보의 승전을 전해 주던 도시로.

자그레브 버스 터미널

자그레브 시내 트램

　나는 지금 어제 예약한 사라예보 숙소를 취소했다. 간밤에 속이 안 좋아 1시까지 잠자리에 들지 못했다. 생일이라 혼자서도 잘 먹자고 과식을 했는지, 음식을 잘못 골라 힘든 식사를 했지 않나 생각한다. 그냥 하던 대로 먹었으면 무탈했을 것이다. 8시 버스를 타고 보스니아헤르체고

　　　　　　　　　　　조르바를 찾아서 발칸을 가다 나는 자유다

비나 사라예보까지 장시간 버스여행을 하지 않는 게 바른 판단이다 싶다. 그곳에 내리면 밤 11시이니 숙소를 찾는 것도 힘들 것이다. 체한 건 확실한데 여기서 마땅한 방법이 없으니 손가락 사이를 눌러 트림을 하고, 침실 밖으로 나가 호스트에게 따뜻한 물을 얻어 마시고 1시까지 눕지 않고 시간을 보냈다. 밤새 선잠을 자고는 눈을 뜨니 5시이다. 마음을 바꾸었다. 일단 오늘은 자그레브까지만 가기로. 예약된 버스로 간다. 자그레브에서 한 시간을 기다려 다른 버스를 타고 세르비아로 간다고 했는데, 자그레브에서 하루를 편히 지내보면서 결정을 하자고 마음을 바꾸었다. 여정을 변경하니 마음이 편해졌다. 변경에 따른 비용 부담은 규정대로 따르면 된다. 지금 여기 시간은 새벽 6시이다. 일어나서 떠날 준비를 해 보자. 이런 경우는 한국에서 종종 있었다. 소화 불량, 물론 비상약은 어젯밤에 먹었다. 한의원 처방으로 갖고 온 소화제를 먹었다.

나는 지금 크로아티아 자그레브 버스 터미널 승객 대합실에 앉아 있다. 오전에 여길 와서 기차역을 방문하여 행여 보스니아헤르체고비나 사라예보로 기차를 타고 갈 수가 있나 하고 갔으나 기찻길은 5년 전에 끊겼다고 한다. 세르비아 베오그라드도 기차는 못 간단다. 남북의 철도도 길이 없어 못 가는 것이 아니라, 정치적 이유로 못 가는 것이다. 그러나 여기는 버스는 간단다. 여기서 베오그라드로 가나 사라예보로 가나 시간이 비슷하게 걸리니 어디를 가나 내 마음먹기 나름이다. 나는 사라예보에 가고 싶다. 그래서 다시 버스표를 샀다. 저녁 10시 출발 아침 6시 도착 플릭스 버스로. 부*닷컴으로 숙소를 예약했다. 취소한 숙소에다 일정 변경을 요청했다. 승낙이 오면 좋고 안 오면 다시 예약하면 된다. 이제는 늦은 밤 도착이 아니라, 오전 일찍 도착이니 찾아가면 되는 일이다.

위장병은 그럭저럭 잘 다스리고 있다. 류블랴나에서 생강차 따뜻한 걸로 속을 데웠고, 숙소에서 나오면서 따뜻한 물 샤워를 했다. 그리고 요구르트 한 병을 마시고 여기 도착하여 점심으로 치킨샐러드를 먹었고, 요구르트를 한 병 더 먹었다. 이제 마무리로 커피를 마신다. 지금 2시 반인데 밤 10시까지 버스를 기다려야 하나, 배낭을 맡길 수 있는 곳이 있으니 시원해지면 트램 타고 자그레브 클래식 공원을 보든지. 공연은 매일 있다고 했으니.

주식으로 먹는 샐러드와 요구르트

조르바를 찾아서 발칸을 가다 나는 자유다

7. 여행의 백미 보스니아헤르체고비나 사라예보 그리고 모스타르

보스니아헤르체고비나 사라예보 라틴교

보스니아헤르체고비나 모스타르 네레트바강

7월 3일 사라예보 모스타르

자그레브에서 사라예보 가는 버스 티켓 42유로

크로아티아 출국 수속은 차량에 앉아서 한다

나는 지금 사라예보 어느 조용한 숙소에 와 있다. 비는 내가 차에서 내
릴 때 이미 오고 있었다. 나는 자그레브에서 어젯밤 10시에 출발했다.
깜깜한 밤을 열 시간이나 걸려 왔는데, 만원 완행버스는 산길을 부지런
히 오른 것 같고, 가끔씩 잠에서 깨어 버스 앞창으로 보이는 시야는 좁은
산길을 지나기도 했고, 좁은 자연석 동굴 속을 통과하기도 한 것 같았다.
어쩌면 시골 신작로를 지나는 것도 같았다. 버스는 플릭스 버스가 아니
라 지방 운수회사의 낡은 버스였고, 좌석 배정은 없고, 티켓을 사나 마나
줄 먼저 선 사람 우선이었다. 사람이 얼마나 많았는지 늦게 줄을 선 사람
은 차를 못 타고 말았다. 나는 운 좋게 제일 마지막으로 탔다. 그도 어린

조르바를 찾아서 발칸을 가다 나는 자유다

아이가 좌석에 있었는데도 남은 자리를 쳐다보고 좌석이 하나 남았다고 나를 마지막에 올라가라고 했는데, 나도 빈 좌석을 발견하고 가 보니 꼬마가 엄마랑 앉아 있었다. 나는 맨 뒷좌석 중간 앞 통로에 앉은 사람에게 양해를 구하고 바닥에 그냥 앉았다. 이렇게라도 탄 게 얼마나 행운이냐.

 내 뒤에 있던 사람들 여러 명이 내일 아침에 다시 와야 한다. 나는 아침부터 지금까지 이 차를 타려고 매표도 하고 정류장 근방에서 종일을 기다렸는데, 줄을 서려 20분 전에 오니 벌써 줄이 길게 서 있었다. 그렇게 하여 비 오는 사라예보에 오게 되었다. 그래도 마음은 편했다. 6시에 차에서 내려 한 시간여 터미널 카페에서 시간을 보내다, 먼저 버스 시간을 알아보니 불가리아 소피아로 가려면 이 터미널이 아니라 동부 버스 터미널로 가야 했다. 기차역을 찾아가서 물으니 5년 전에 여기 사라예보에서 소피아, 베오그라드 가는 열차는 다 없어졌단다. 이제 동부 터미널을 찾아가 보자! 비옷을 입고 트램과 전차를 타고 동부 터미널을 찾아가니, 거기도 마찬가지다. 그럼 버스밖에 없고, 버스도 단 하나의 노선 베오그라드뿐이었다. 시간표를 알아보니 하루 여덟 차례쯤이다. 여덟 시간 걸린단다. 야간버스뿐이다. 나에게 맞는 시간은. 그냥 포기하고 말았다. 일단 숙소를 찾아가자. 1시부터 체크인이라니, 입실을 했다. 어쩔 수 없구나. 여기서 이틀을 보내고 이스탄불로 비행기를 타고 가는 것이 명쾌하다. 여기 사라예보 여행사에 들러 7월 4일 오후 비행기 표를 샀다. 이제 고단했던 여정들을 마무리해야 하는가 보다. 나는 나의 의지로 행동한다. 다만 그 의지를 고집하지는 않는다. 나의 길은 나의 의지대로만의 길은 아니기 때문이다. 이 숙소는 독방에 큰 침대 한 개에 조용하다. 그래서 이틀을 머물기로 했다. 아침에 어느 중심가 백화점 인포메이션 센터에서 알려 준 이스트 사라예보 버스 터미널 가는 전차번호 103번이면 숙소도 오고, 비행장도 가고, 버스 터미널도 간다는 걸 오전에 터득했다.

자그레브, 사라예보 버스 동승한 한국 아가씨, 세계일주 여행 중

나는 지금 모스타르Mostar에 와 있다. 사라예보에서 두 시간 반 걸려왔다. 오는 길이 너무 좋아서 하루 여행으로 빛나는 하루가 될 것 같다. 호수와 강을 따라 버스 길은 이어지고, 나는 비디오를 찍기에 여념이 없었다. 높은 산맥을 넘어왔는데 산맥이 아니다. 산 사이로 물길이 나고 강물이 흘렀으니 맥은 이어지지 않는다. 네레트바강은 보스니아헤르체고비나에서 시작해서 크로아티아 스플리트로 흘러간다. 강물 길을 따라 버스 길도 꼬불꼬불 흐르고, 강 건너 기찻길도 강을 따라 흐르고, 산을 넘은 철탑도 같이 흘러간다. 이 아름다움을 남기자면 내 능력으로 불가하니 사진과 동영상으로 대체한다.

7시에 가는 기차가 있다고 했으나 그 시간에 나서질 못해서 버스를 탔다. 혹 다음 기차가 있다면 하고, 역에 가서 알아보니 오후 4시란다. 포기하고 돌아오는 기차가 5시에 있다고 하니 돌아올 때는 기차를 타자고 모스타르역에 가서 5시 기차표를 미리 샀다. 사전 지식 하나 없이 그냥

조르바를 찾아서 발칸을 가다 나는 자유다

왔다. 12시에 도착하여 다섯 시간이나 남았으니 이 동네가 아무리 커 본들, 그냥 강을 기준으로 아래위를 걸으면 다 나타나겠지 한다. 아침도 안 먹고 왔으니 일단 식당에를 왔다. 음식값이 싸다. 대강 시켰는데, 식사는 11마르크, 즉 5.5유로. 흰 포도주를 글라스로 달라니 작은 병과 잔을 주었다. 6마르크. 하여간에 싸다. 접시를 비웠다. 피자 몇 조각이 빵처럼 나왔는데 다 먹었다. 짜지 않고 부드럽다. 흘러간 팝송이 흘러나오고 와인 한 잔에 흥겹다.

모스타르 가는 버스, 강을 따라 절경이다

모스타르 스타리 다리

나는 지금 스타리 다리 근처 파프리카 커피 전문점에 와 있다. 점심 먹고 지금까지 걸었다. 다리 세 개를 오르내리면서, 그리고 역사의 다리 스타리 다리 아래서 쉬다 다이빙하는 튀르키예인들도 보았다. 다리 난간 위에서 뛰어내리고 사람들은 환호를 하였다. 지금 시간이 4시가 지났네. 5시 기차를 기다린다. 보스니아헤르체고비나 가는 마지막 기차를. 1993년은 이 나라 사람들에게 잊을 수 없는 날인가 보다. 보스니아 내전이 끝자락에 있었던 말살의 비극.

잊지 말자 1993년, 보스니아 내전의 해

보스니아 내전 당시 희생된 사람들의 묘지, 1993년이다

7월 4일 사라예보 희망터널(라티니 터널)

나는 지금 오늘 하루를 복기하는 시간을 갖고 있다. 모스타르를 갈 때는 버스로, 돌아올 때는 기차를 탔다. 갈 때는 운전석 반대쪽에 앉아야

모스타르 기념품 가게, 아름다운 그릇들

모스타르에서 사라예보로, 만원 기차 승객들

강변을 보며 간다는 이야기를 들었기에 그렇게 앉았다. 호수가 많고 강물이 끝없이 길을 따라 펼쳐진 곳. 무어라고 형언할 수가 없었다. 모스타르 구경은 뒷전이 되고 말았다. 돌아올 때는 열차가 달리는 방향으로 우측에 앉았다. 그래야 강과 호수를 차창으로 본다. 철로는 하늘 위에 세워진 듯하다. 내려다보니, 마치 비행기를 타고 저공비행을 하는 듯, 산골짜기 저 아래로 마을들이 보인다. 굴을 얼마나 뚫었는지, 쉬지 않고 굴을 통과한다. 강변길을 달리다, 산맥 속으로 들어가서 나오니 하늘 열차가 되었다. 설명은 아무리 해도 부족하니 그림과 영상으로. 부디 가시면 승용차는 버리시고, 사라예보에서 모스타르 간다는 버스로 가시길. 돌아오실 때는 오후 5시 출발하는 완행열차를 타시라. 하늘 열차 역에 정차를 하기도 한다. 그러나 그 역사에 타고 내리시는 손님은 보이지 않고,

역장 한 분이 나오시어 열차 마중과 전송을 정자세로 하고 섰다. 빛나는 역무원 제복을 입고서.

버스 길은 강변을 따라가는 길로 나 있으나, 여기서도 짧은 터널을 수 없이 지난다. 그러나 열차 길은 훨씬 위에 있어 차창 아래로 강을 내려다보는 눈맛이 더욱 좋다. 댐을 막아 수위를 높이고, 낙차를 이용해 수력 발전을 하였다. 상류로 올라가다, 또 수위를 높여 댐을 막아 수력 발전을 한다. 이렇게 세 개의 댐이 있다. 물은 얼마나 맑으랴! 소양강 댐을 상상해 보시라! 그 댐 유역을 따라 수십 킬로를 강물 따라 길을 만들었다. 네레트바강은 서쪽으로 흘러 크로아티아 플로체로 흘러간다. 이 강물이 모스타르 도시 중심을 지나면서 스타리 다리를 만들었다. 다시 사라예보에 와서 올드 타운을 배회하다 들어왔다. 내일은 사라예보 공항으로 가면서 사라예보 역사의 현장을 가 볼 것이다. 이름하여 희망의 터널을.

나는 지금 사라예보 공항에 있다. 공항 근처에 있다는 사라예보 희망 터널(라티니 터널)이라고 부르는 곳을 찾아갔다. 1991년부터 3년간 보스니아 내전 당시 사라예보는 고립되었단다. 수만 명이 죽고 또 수만 명이 전쟁 피해자가 되었고, 인종청소의 현장에서 식량과 식수, 전기가 온통 끊긴 상황으로 도시 전체가 죽음을 기다리는 상황에서 외부로 통하는 지하 통로를 만들었다는 현장. 미국이 비행장을 접수했다고 한다. 그래서 사라예보 시민들이 활주로 아래로 터널을 파 식량과 식수를 옮기는 보급로를 확보했다는 현장을 보러 갔다. 버스에서 내려 구글 지도를 찍은 사진을 보면서 나름 작전을 세워 찾아가겠다고 비행기 출발 네 시간 전에 집을 나섰다. 그러나 결과는 못 보았다. 물론 터널 입구 건물까

조르바를 찾아서 발칸을 가다 나는 자유다

모스타르에서 돌아오면서, 사라예보 역사

보스니아 커피

보스니아 내전에 파괴된 사라예보 구도심

지 갔다. 걸어가다 길을 잃고 택시를 불러 달라던 나를 만난 주민은 결국
은 자기 차로 현장까지 태워 주고 갔다. 내 나이 정도인 그는 영어를 한
마디도 알아듣지 못했다. 전화로 택시를 부르던 그는 여의치 않자 자기
를 따라오란다. 아파트 지하 주차장에서 자기 차에 태워서 현장에 내려
주고 바람같이 사라졌다. 그런데 희망의 터널 출입문은 잠겨 있었다. 근
처 카센터에서 차를 타고 나오다 나에게 붙들린, 그 주민에게 묻자, 문이
닫혀서 출입이 불가하단다. 지금은. 하여간에 못 알아듣는 말을 주고받
았지만 내 이해력으로는 왜 닫혔는지는 알 수가 없었고, 현재 건물은 모

두 잠겨 있고 문은 닫힌 게 현실 상황이다.

왜? 사람도 없나? 지금 만난 이 사람이 유일한데 그의 설명을 듣고 내가 이해한 게 전부다. 공항까지는 10분이면 걸어간단다. 포기했다. 공항 가서 다시 알아보자! 지금 들어가지 않으면 기다릴 시간이 없다. 나는 두 시 비행기로 이스탄불로 간다.

희망터널 입구

오늘 가지 않으면 내일 한국 가는 비행기를 탈 수가 없다. 못 보는 게 신의 뜻이다. 신탁인가? 도시나 시골에 있는 공동묘지는 하나같이 1993년에 죽었다고 새겨져 있었다. 얼마나 많은 사람들이 1993년에 죽었는지 묘비명을 보면 안다. 시간이 남으니 할 일이 생긴다. 보스니아 돈이 남았다. 들고 갈 이유가 없다. 이것저것 몽땅 다 썼다. 이제 제로이다. 비행기 뜰 시간이 20분 남았다. 사람들이 줄 섰네.

튀르키예 식사, 공항 내, 아이란과 콩 수프

희망터널(라티니 터널)

희망터널까지 차를 태워 준 주민

8. 찾아갈 곳이 있는 이스탄불

이스탄불 이란인 무슬림 무스타파

7월 4일 무슬림의 이스탄불

나는 지금 이스탄불 아는 숙소에 찾아왔다. 마치 옛집을 찾아오듯이 이스탄불 공항에 내리자 바로 일사천리로 기억을 되살려 올드 타운인 악사라이로 왔다. 버스에 내리자 한 달 전에 내가 걸었던 길들이 보였고, 초인종을 누르자, 내 친구 이란인 무스타파가 대문을 열어 주었다. 그도 놀라고 나는 반가웠다. 인터넷이 안 되니 연락을 할 수가 없었지만 내가 오는 날 방이 없다면 자기 방을 같이 쓰자고 한 약속이 생각났기에, 망설임 없이 들어갔다. 역시 빈방은 없었고, 그는 자기 방에 매트리스를 새로 깔아서 "Be my guest!"를 외친다. 이렇게 정다울 수가 있다. 역시 정이란 만국 공통인걸. 따뜻한 홍차를 끓여 주며, 그간 여정들을 들어 주었다. 저녁이 되자 지난번에 만났던 한국 식당에서 일한다는 장기 투숙인 한국 청년도 퇴근하여 왔고, 이란인 가족들이 방들을 다 차지하고 있었다. 같이 준비해 준 식사로 식사를 하니 고향집에 온 것마냥 여독이 풀린다. 무스타파는 숙박비를 받지 않겠다고 떼를 쓴다. 내가 그러면 마음이 불편해서 안 된다, 나는 찾아오기 편해서 왔고, 어디서 자도 숙박비는 지불해야 하니 주어야겠다고 했다. 그러면 주는 대로 받겠단다. 안 주면 안 받는다는 얘기고, 많이 주어도 다 받겠다는 것 아닌가? 지난번에 얼마씩 주었는지 알 수가 없다. 그래서 내가 여행을 다녀 본 경험치로 주었다. 그는 고맙다고 여러 번 인사를 했다.

고맙긴 내가 고맙지. 사람은 무엇으로 사는가? 이런 우문이 생각난다. 종교에서는 사랑이라고 하기도 한다. 그래. 사랑, 러브, 맞긴 맞다. 우리 식으로 표현하면 인정으로 사는 것 아닌가 싶다.

조르바를 찾아서 발칸을 가다 나는 자유다

악사라이에서 공항 가는 버스, 작별 기념

무슬림 무스타파는 메카를 향해 기도한다

7월 5일 이스탄불 구도심 악사라이

나는 지금 이스탄불에서 고요하고 아늑하고 맑고 서늘한 아침을 맞았다. 같이 잔 무스타파가 절을 하고 있다. 그는 무슬림이다. 따라 절을 했다. 나는 절에서 혹은 집에서 하던 삼배, 혹은 백팔 배처럼 그냥 절을 한다. 그가 바라다보는 방향으로. 그는 아마 여기에 있는 무슬림 사원을 향해 할 것이다. 오전에 사원 하나는 다시 가서 보고 갈까 한다. 무슨 술탄 사원이라고 했는데, 엄청 크다. 기억이 난다. 밖에선 참 여러 방향에서 본 기억이 있는데 아야소피아보다 더 높고 멋진 자리에 있다. 이름은 술레이만 모스크. 그는 무슬림 의식으로 절을 했을 것이다. 나는 불교 의식으로 절을 했다. 나는 주문도 없고, 생각도 없다. 무념으로 무상으로 몸을 움직였다. 체조를 한다는 생각은 있었다. 몸이 먼저다. 의식과 사상과 종교는 그 다음에. 무스타파 고맙다. 그와 나는 서툰 영어로 어제 밤늦도록 무슬림과 한국 토속 신앙에 대한 이야기를 나누었다. 처음 내가 여길 왔듯이, 오늘 여길 마지막으로 정오에는 떠날 것이다. 더 다닐 곳도 다닐 이유도 없다. 다만 저 술레이만 사원은 다시 한 번 더 보고 갈 것이다. 이 숙소를 나서면.

이스탄불 구도심의 중심지 악사라이

이스탄불 구도심 경찰청 공원

나는 지금 술레이만 모스크를 보고 다시 숙소에 왔다. 아침 시간이라 회교 사원은 입장객은 없었고, 청소하는 사람들만 분주했다. 내부는 네

조르바를 찾아서 발칸을 가다 나는 자유다

개의 장대한 사각 기둥이 돔을 받들고 서 있다. 돔 내부는 창문으로 비쳐 들어오는 빛으로 환하다.

그리고 색조가 빛나는 각양 무늬의 타일에 새겨진 문자 문양과 모스크의 화려함이 실내를 장악한다. 술탄의 힘과 알라신의 힘처럼. 나는 말없이 정면 기도처를 향해 큰절을 했다. 무스타파가 아침에 기도를 하는 모양으로, 주문이나 염불은 없다. 기원도 없었다. 그냥 행동만이 있을 뿐. 나와서 그 웅장한 외세를 보고 싶었으나 볼 수가 없다. 산속에서는 산을 볼 수가 없듯이. 돌이켜 생각해 보면 우연히도 높은 언덕 위에 자리한 이유로 멀리서 많이도 봤었다. 수도교를 지나니 익숙한 거리가 나왔다. 악사라이는 올드 타운의 대명사이다. 나는 이스탄불 거리를 알 수는 없다. 다만 여기 악사라이 거리 탐방은 다 했지 싶다. 처음 와서 삼 일을 있었고, 다시 와서 하루를 지냈으니, 지금 시간이 한 시간 착오가 있구나. 내 시계는 11시인데 폰 시계는 12시다. 이제 나가야 한다. 이스탄불 공항으로.

수도교 근처 사라찬 고고학 공원, 할아버지들 잡담 장소

나는 지금 이스탄불 공항 출국 터미널에 와서 5시 반에 떠나는 한국행 비행기를 기다리고 있다. 이스탄불 공항 일층은 입국장이고 이층은 출국장이다. 그래서 나는 이층에 갇혀 있다.

건물에 들어서자마자, 짐을 검색하는데, 사람을 바쁘게 한다. 나는 1시에 왔으니 무려 세 시간이나 남았는데, 갇혀 할 일은 없고 여기저기 또 기웃거리기 시작한다. 이스탄불 지도 한 장은 구하고자 일층, 이층 관광 안내소를 다녀도 없다. 시내에는 숙소마다 깔려 있는 한 장짜리 지도가 말이다. 절간에서 새우젓 찾기지. 그러다 만난 것이 와이파이 스폿과 폰 충전소다. 충전소에 충전을 해 놓고는 와이파이를 지원한다니 돈을 받고 하는지, 무료로 하는지, 아무나 하는지, 먼저 하는 사람이 어떻게 하는지 살핀다. 물론 영어로 순서를 설명해 놓았지만 눈도 침침한데 까막눈인 내가 보고 배우는 게 익숙하거늘. 여권을 제시하면 되는가 보다. 모두들 여권을 꺼내 들고 줄을 섰다. 해서 나도 따라 했더니 종이 한 장을 프린트해 준다. 비밀번호가 적혀 있다. 옳지. 와이파이를 켜고, 이스탄불 공항이 떴을 때, 이 번호를 넣으니 확 나타났다. 정보의 바다가. 이렇게 가는 세월에 장단을 맞추어 손가락 춤을 추고 있다. 나는 지금. 기차 떠나기 전에 체크인을 해야지. 그만 쓰고 떠나자.

이스탄불 공항 체크인 카운터

내 일기장도 이제 곧 끝날 것이다. 한국 땅에 도착하면, 독자들이 "뭘 헛소리를 하나. 늙은 시골 영감 주제에." 할 내용들이 되고 말 일이니. 옛

조르바를 찾아서 발칸을 가다 나는 자유다

날 옛적에 서영춘이랑 후라이보이 곽규석이가 부른 〈서울 구경〉이란 노래가 유행을 했었다. 시골 영감 서울 구경 이야기를 노래로 엮었는데, 내 이야기가 그럴 정도로 인기가 있었고 재미가 있었다면 다행이고. 휴대폰 충전도 하고 와이파이도 열렸으니 이제 인터넷 구매를 한 체크인 내용을 사진을 찍어서 들고 간다. 이걸 들고 정말 출국 게이트로 가면 입장이 될까 살짝 걱정이 된다. 나는 화물로 보낼 짐은 없으니 그리고 스캔 코드가 있으니 될 것도 같지만 만사 불여튼튼이라고 체크인 라인에 가 보니 한국인들이 줄을 길게 서서 어느 세월에 저 줄 끝에 서서 기다리나 싶다. 그렇다고 배짱으로 나만 안 하고 있다 안 들여보내 주면 황당한 것도 같고 해서 칸마다 줄을 섰는데 저쪽 끝을 보니 비즈니스 손님 받는 칸은 비었다. 나는 비즈니스가 아니니 거긴 내 해당처가 아닌 건 잘 알지만, 수속을 받겠다는 게 아니라 물어보겠다는데 여유 있게 가서는 노숙하게 내 폰의 인터넷 항공권 사진을 보여 주면서 이걸로 보딩 티켓이 되냐고 물었다.

그는 한참을 들여다보더니 된다고 한다. 그래서 여기에는 게이트가 안 나오는데, 어느 게이트냐고 하니 A9이란다. A를 알파라고 해서 내가 손가락으로 A를 써 보이니 그렇다고. 설명을 친절히 해 주시어 고맙다고 하고 돌아서서 가는데, 날 부른다. 그래서 뭘 더 알려 줄 게 있나 보다 했는데. 여권을 보잔다. 허허, 여권 보자는 사람 하나도 겁이 안 나는 사람이여. 나는. 이번에 여러 나라를 넘나들면서 수도 없이 넘긴 사람이여. '그래요.' 하며 허리 주머니에서 지퍼를 조심스럽게 열고는 척 꺼내서 여기 있소! 그는 저쪽 테이블로 가더니 정말로 그 옛날 공항에서는 와이셔츠 위 주머니에 턱 꽂아 놓고 공항을 배회했던 그 보딩 티켓을 만들어 준다. 야, 이것 봐라. 이 사람들이 날 알아보는 거야! 내가 왕년에 얼마나 멋진 신사였나를 말이다. 영국 신사라고 있잖아. 양복 입고, 까만 구두 광내고 비행기 타고 이 나라 저 나라 비즈니스 다닐 적에는. 거기다가 샐러리맨의 대명사 대우그룹 출신이었다는 사실을 알면. 아이고, 다 옛날이여, 왕년에 잘 안 나간 사람도 없잖아. 이러다 또 버스 놓칠라. 시간 좀 보고, 그래. 시간을 확인하니 딱 한 시간이 남았네. 그래도 이제는 A9 게이트를 찾아봐야 안심이 되제. 일어서서 보니 저쪽으로 사람들이 몰려가고 있었다. 이게 뭔 일이여!

공항 내 1시간 무료 와이파이 기기

버스에서 내리자마자 청사 건물 입구에서 지고 들고 간 물건 다 검색대에 올리고, 허리에 찬 여권 주머니와 시계, 동전, 허리띠까지 풀게 해서 검색대를 통과했는데, 여기서 또 하네. 다들 하는데 대들 수도 없고, 일단은 줄부터 서서 들어간다. 줄줄이 사람들이 줄을 따라 빙글빙글 돌아가니 시간은 자꾸 가고, 차례는 기다려야 하고, 온몸에다 감고, 걸고 다닌 걸 다 풀어내고, 다시 착용하고 야단법석이다. 다른 사람들은 척척 잘도 하는데 나는 매고, 걸고, 그것도 모자라 휴대폰은 고리를 만들어 허리에 걸었다. 분실 방지한다고. 게이트를 찾을 거라고 정신을 차리고 돌아서니.

산 넘어 산이라고, 나는 아직 출국 심사도 안 받았네. 생각해 보니 안

조르바를 찾아서 발칸을 가다 나는 자유다

받았어. 거기도 벌써 세계 각국으로 가는 사람들이 줄줄이 줄을 섰다. 이스탄불 공항 규모가 세계 몇 번째 크기쯤 될걸. 줄이 어디가 짧은지 한 눈으로 쓱 보고는 빠를 것 같은 곳에 척 선다. 이건 눈치고 수단이고 없는 길이여. 심사를 대충 해 주는 검색관을 만나면 줄이 빨리 지나가는 것이니. 다행히 내 줄은 진도가 좀 빠르다. A9이 어딜까? 눈앞에 복장이 직원 같은 남자가 보인다. 찾아가서 보딩 티켓을 보여 주며 묻는다. 그가 옆에 선 여자 동료에게 무어라고 하니, 그녀가 저 뒤쪽을 손으로 가리키며 A를 보라고 한다. 그쪽에 A자가 보인다. 잽싸게 올림포스산 등산한 실력으로 배낭끈을 양손으로 쥔 채 뛴다. 우짤 거요. 좀 전에 영국 신사이니, 샐러리맨 우상이니 하던 내가. 지금은 비행기 시간 내 찾아가서 타야 하는 거여. A라인이 가도 가도 끝이 없다. A는 처음이 아니고 시작도 아니고, 한쪽 끝이었다. A부터 Z까지 순서가 있고. 우리가 중앙 한가운데 검색대로 들어갔다고 치면 26개 중 한쪽 끝이 A라인이다.

이스탄불 공항은 항공기와 승객 수용 능력은 최고이다

에스컬레이터를 타고 내려가라고 하네. 정말인가 싶어 다시 확인하여 A자만 붙들고 앞만 보고 간다. 수평 에스컬레이터도 탔지 싶다. 드디어 A가 1부터 보인다. A1 하나가 한 개의 계류장이다. A자가 붙은 계류장이 10개이다. A9을 찾았다. 어휴, 숨차다. 버스 타는 곳도, 비행기 타는 곳도, 타는 곳만 오면 뛰는 것 버릇되면 안 되는데. 하여간에, 탱자탱자 하고 놀 때는 좋았는데, 마지막까지 바쁘다 바빠. 내 인생 파장에 바쁘면 안 되는데.

조르바는 못 만난 거여?

그 만났다는 조르바에게 뭘 배웠는데?

도로아미타불이어라!

여행 수단 및 방문 도시별 일정

(이동은 버스이고 기차나 선박은 표시됨. 출발과 도착 시간)

5월 24일 인천 8시 30분 이륙 - 이스탄불 도착

5월 27일 이스탄불 예니카프항 페리 15시 30분 - 튀르키예 부르사항 17시 30분 도착

5월 28일 튀르키예 부르사 11시 30분 버스 - 차나칼레 15시 30분 도착

5월 29일 튀르키예 차나칼레 7시 30분 미니버스 - 트로이 8시 도착 - 11시 트로이 출발 - 아이바즉 12시 도착 - 15시 출발 - 이즈미르 19시 도착

5월 30일 이즈미르 9시 출발 - 베르가마 11시 도착

5월 31일 베르가마 13시 출발 - 쿠사다시 17시 도착

6월 1일 쿠사다시 10시 30분 출발 미니버스 - 에페스 11시 30분 도착 - 셀축 15시 출발 - 데니즐리 16시 40분 출발 - 파묵칼레 19시 도착

6월 2일 파묵칼레 2시 출발 - 데니즐리 - 쿠사다시 20시 도착

6월 3일 쿠사다시

6월 4일 쿠사다시 8시 30분 페리 출발 - 그리스 사모스섬 피타고레이오 11시 도착 - 그리스 사모스섬 바티 16시 도착

6월 5일 그리스 사모스섬 바티 18시 출발 Blue Star 페리 - 그리스 아테네 피레우스항

6월 6일 그리스 아테네 피레우스항 2시 30분 도착 - 크레타 이라클리온행 ANEK LINES 페리 8시 출발 - 이라클리온 베네치아항 18시 도착 - 니콜라스 이스트로 21시 도착

6월 7일 크레타 이스트로 15시 출발 - 시티아 17시 30분 도착

조르바를 찾아서 발칸을 가다 나는 자유다

6월 8일 크레타 시티아 11시 30분 출발 - 리치티스 고르지 12시 30분 도착 - 이스트로 숙소 재입실 23시

6월 9일 니콜라스 이스트로 12시 출발 - 이라클리온 도착 14시

6월 10일 크레타 이라클리온 14시 출발 - 크레타 하니아 19시 도착

6월 11일 크레타 하니아 13시 출발 - 키사모스 14시 20분 도착

6월 12일 크레타 키사모스 12시 출발 - 크레타 이라클리온 13시 도착 - 칼라미 15시 도착 - 크레타 수다항 16시 도착

6월 13일 크레타 수다항 ANEK LINES 페리 19시 출발 - 아테네 피레우스 항 6시 30분 도착 - 아테네 7시 도착

6월 14일 아테네 15시 출발 - 델포이 15시 45분 도착

6월 15일 델포이 16시 출발 - 티바 18시 도착, 티바역 20시 7분 기차 - 레이아노클라디 21시 40분 도착 - 택시로 라미아 아닉스 호텔 11시 도착

6월 16일 라미아 호텔

6월 17일 라미아 호텔 10시 출발 - 레이아노클라디역 10시 30분 출발 - 라리사역 12시 도착 - 라리사 열차 12시 40분 출발 - 리토호로역 도착 13시 30분 - 승용차 탑승 - 리토호로 숙소 인

6월 18일 그리스 리토호로 출발 - 올림포스 산행

6월 19일 올림포스산 하산 - 리토호로 출발 - Rritsa Litochoro Beach

6월 20일 리토호로역 8시 40분 출발 - 라리사역 도착 9시 20분 - 라리사 알바니아 티라나행 버스 출발 22시

6월 21일 알바니아 티라나 7시 도착 - 알바니아 두러스항 8시 30분 도착 - 바닷가 숙소

6월 22일 두러스 7시 출발 - 포드고리차 16시 도착

6월 23일 몬테네그로 포드고리차 11시 출발 - 코토르 13시 도착

6월 24일 코토르 11시 30분 출발 - 두브로브니크 15시 30분 도착

6월 25일 두브로브니크 12시 30분 출발 - 스플리트 18시 도착

6월 26일 스플리트 11시 30분 출발 - 자다르 14시 30분 도착

6월 27일 자다르 13시 출발 - 플리트비체 국립공원 제1 주차장 15시 30분 도착 - 미국인 청년의 렌트카에 동승하여 19시 poljanak 숙소 근처 도착

6월 28일 플리트비체 국립공원 제1 주차장 숙소 독일인 승용차로 9시 30분 도착 - 국립공원 재관람 후 자그레브행 버스 16시 출발 - 자그레브 18시 30분 도착

6월 29일 자그레브 10시 45분 출발 - 슬로베니아 류블랴나 14시 도착

6월 30일 류블랴나 10시 30분 출발 - 블레드 호수 도착 12시 - 블레드 호수 출발 15시 - 류블랴나 도착 16시 15분

7월 1일 류블랴나 8시 25분 출발 - 자그레브 11시 10분 도착 - 자그레브 21시 사라예보 야간 버스 출발

7월 2일 사라예보 6시 도착

7월 3일 사라예보 9시 30분 버스 출발 - 모스타르 11시 30분 도착 - 모스타르 17시 기차 출발 - 사라예보 19시 20분 도착

7월 4일 사라예보 14시 30분 튀르키예 항공 이륙 - 이스탄불 공항 17시 25분 착륙

7월 5일 이스탄불 출국 17시 40분

7월 6일 인천공항 도착 10시 30분

조르바를 찾아서 발칸을 가다 나는 자유다

조르바에 대하여

〈희랍인 조르바〉는 그리스 작가 카잔차키스의 소설이다. 카잔차키스는 1885년 그리스 크레타섬 이라클리온에서 태어났다. 소설 속 주인공 조르바의 삶을 통해서 인간의 진정한 삶과 죽음, 자유를 그렸다. 소설 속에, 묘비명에 적인 세 문장.

나는 아무것도 바라지 않는다.
나는 아무것도 두려워하지 않는다.
나는 자유다.

발칸반도로 가자.

걸어서 가자.

어디로 가나?

그냥 가 보자! 고민하면 복잡하다.

2024년 5월에 가서 7월에 왔다. 내 방식대로 다녔다. 삿갓 쓰고 바랑 메고 걸었다던 김삿갓의 방랑처럼. 조선반도가 아니라 지중해의 발칸반도이니 가고 오고는 비행기를 타야지. 정처 없이 간다고 하듯 배 타고 버스 타고 완행열차 타고, 걸어 다녔다.

예전에는 무전여행 다녀도 즐거웠지만 지금은 돈은 쓰고 몸은 아끼지 않는 여행을 하기로 했다. 지금은 경제 만능의 세상이고 돈을 써야 즐거우니까?

튀르키예, 그리스 크레타, 아테네, 올림포스산, 알바니아, 몬테네그로, 보스니아헤르체고비나, 크로아티아, 슬로베니아 7개국 37개 도시를 다녔다. 43일 동안에.

무얼 했냐고? 내 하고 싶은 대로 먹고 자고 걷고 어울리고 보고 듣고 느끼고 그리고 글과 사진으로 남겼다. 사진이 무려 3,000장인데 동영상은 못 올리고 그중 삼백여 장 올렸다. 그러나 글은 나름 다 정리하여 옮겼다. 일기처럼 그날그날 쓴 글들을 그대로 옮겼다. 다만 지명과 시간들은 사진 자료와 검색으로 보완했을 뿐이다. 돌아와서 석 달 만에 책이 나오게 되었다.

여행은 행복했고 돌아와서는 기뻤다.

칠십 대 노인의 인간 승리이기에.

달아랑 우거에서

조르바를 찾아서

발칸을 가다
나는 자유다

ⓒ 이학근, 2024

초판 1쇄 발행 2024년 12월 10일

지은이   이학근
펴낸이   이기봉
편집   좋은땅 편집팀
펴낸곳   도서출판 좋은땅
주소   서울특별시 마포구 양화로12길 26 지월드빌딩 (서교동 395-7)
전화   02)374-8616~7
팩스   02)374-8614
이메일   gworldbook@naver.com
홈페이지   www.g-world.co.kr

ISBN   979-11-388-3818-4 (03810)

• 이 책은 산청군 문화예술기금에서 일부 지원받아 발간되었습니다.